트레샤 퓨전 판타지 장편소설
WISHBOOKS FUSION FANTASY STORY

 10

트레샤 퓨전 판타지 장편소설

초판 1쇄 찍은 날 | 2019년 12월 18일
초판 1쇄 펴낸 날 | 2019년 12월 26일

지은이 | 트레샤
펴낸이 | 예경원

기획 | 위시북스
편집책임 | 이은송
편집 | 위시북스

펴낸곳 | 예원북스
등록번호 | 제396-2012-000132호
등록일자 | 2012. 7. 25
KFN | 제1-496호

주소 | 경기도 고양시 일산동구 호수로 646-24 위너스21II빌딩 206A호 (우)10401
전화 | 031-819-9431 팩스 | 031-817-9432
E-mail | yewonbooks@naver.com

ⓒ트레샤, 2019

ISBN 979-11-365-0676-4 04810
        979-11-6424-172-9 (set)

Wish Books
트레샤 퓨전 판타지 장편소설
WISHBOOKS FUSION FANTASY STORY
마왕성 플레이어
10

CONTENTS

◀ 61장 ▶
딩크

"미궁 타르타로스가 붕괴됐다고? 원인은?"

"이거부터 보는 게 더 이해가 빠를 거야."

책상 위로 다리를 올려놓고 있던 금발의 여인이 서류를 집어 던졌다.

맞은편에 앉아 있던 청년은 다름 아닌 펄션 길드의 마스터. 리미트리스 진영 내에선 권좌라고 불리는 선일이었다.

감히 권좌를 상대로 뻔뻔하기 그지없는 태도를 고수하고 있는 그녀였지만 안타깝게도 권좌인 것은 금발의 여인도 마찬가지. 때문에 선일도 별 트집 잡지 않고 서류를 살폈다.

가장 먼저 눈에 들어오는 것은 최근 리오스 진영에서 벌어진 체이서와의 충돌. 그리고 지스를 앞두고 종적을 감춘 사태후와 그의 본대였다.

"미친놈들이군. 그 괴물 놈을 미궁 타르타로스로 이동시켜 버리다니. 거울성 때와 비슷한 수법을 쓴 건가."

"서머너 레이 안. 그 여자의 기술 중 한 가지겠지. 우린 그렇게 추측 중이야."

"미궁의 주인과 충돌했나 보군. 아니, 아무리 놈과 충돌했다고 해도 타르타로스가 붕괴될 리는 없을 텐데. 또 무슨 다른 변수가 생겼던 건가?"

"그것까진 나도 모르지만 이 사건이 우리 진영에게 기회란 것은 아주 잘 알고 있지."

아놀드와 그레엄을 필두로 악몽의 탑에 진입한 리오스 진영, 페이튼 진영이던 미궁의 주인의 진영 복귀설, 타르타로스가 붕괴된 이후 종적을 감춘 사태후와 체이서 본대까지.

물론 다인 진영과 쿤다 진영이 아직 남아 있긴 했지만 갖가지 소식들로 인해 리미트리스 진영을 주목하는 이들이 거의 사라진 것은 사실이었다.

때문에 차소희는 이번 기회를 틈타 원정을 노리기로 결정했다.

"거울성이 가로막고 있던 길?"

"거울성이 우리 리미트리스 진영과 근접했던 것은 기억하고 있을 테지? 거울성이 공략된 이후 버랭스 들판과 이어져 있던 미개척 지역으로 가는 길이 열렸지만 그 누구도 원정을 생각치 않았어."

이유는 간단하다. 미개척 지역 원정에 대한 위험성과 보급이 불가능한 거리. 그리고 타 진영의 개입을 경계해서였다.

하지만 애초에 거울성과 근접한 리미트리스 진영이라면 충분히 원정을 꾸릴 수 있었다.

마침 타 진영의 이목까지 흐릿해진 상황 아닌가.

미개척 지역 탐험에 대한 보상과 새로운 도시 등을 떠올려 봤을 때 그저 무모한 시도로는 보이지 않았다.

"……길잡이는 찾아봤나?"

"디텍터는 아니지만 쓸 만한 길잡이가 하나 눈에 들어와서 말이지. 안선욱이라고 들어는 봤겠지?"

"아아, 최근에 중립 미션에서 꾸준히 기록을 갱신 중인 그 루키 놈 말인가. 놈의 재능이 쓸 만하다는 것은 들어서 알고 있어. 하지만 겨우 한 명 가지곤 제대로 원정에 나서지 못할 텐데?"

선일의 말대로 원정에서 길잡이는 필수였다. 단순히 시야 확보 및 정찰을 하는 것뿐만 아니라 미지의 세계에서 가장 빠르게 적응하고 누구보다 뛰어난 판단을 할 수 있는 그런 실력자.

앞서 언급된 선욱 또한 그에 해당하는 루키였지만 이런 미개척 지역 원정을 위해선 최소 세 명이 필요했다.

"한 명은 우리 길드의 리우청을 후보로 두고 있어."

"지금 장난하는 거냐?"

"아니, 내가 먼저 얘기를 꺼낸 만큼 무척이나 진지해."

미개척 지역 원정에 성공할 시 리미트리스 진영의 영향력이 매우 크게 상승한다는 사실은 소희도 아주 잘 알고 있었다. 특히나 다른 진영에 비해 권좌가 둘뿐인 리미트리스이기 때문에 이번 원정은 반드시 성공시켜야 했다.

'정말 진심인 건가?'

하지만 선일로선 당최 이해가 되지 않았다. 리우청이라면 그저 김민아의 부탁을 통해 디어스 길드에 들어오게 된 무능력한 검사 플레이어가 아니던가.

한데 이렇게까지 진지한 태도로 그를 후보에 올리겠다니?

원정을 실패하면 가장 손해를 볼 자가 쉽게 입에 올릴 만한 사안이 절대 아니었다.

"아무튼 그렇게 알고 있어."

"하아. 무슨 뜻인지는 모르겠지만 우선 알겠다. 나머지 길잡이 한 명은 우리 쪽에서 최대한 구해보도록 하지."

결국 정확한 일정을 뒤로 미룬 채 제의를 승낙하는 정도로 대화를 마치는 선일이었다.

그렇게 그가 먼저 자리를 뜨자 방에 홀로 남겨져 있던 소희는 책상 위에 올려져 있던 서류를 내려다보며 조용히 중얼거렸다.

"모두가 무시하는 플레이어라."

어떤 결과를 맞이할지는 그 누구도 알 수 없는 일이었다.

[한채은 : 멀린 길드는 절반이 전멸을 하는 치명적인 피해를 입고 말았어요. 간신히 타르타로스에서 빠져나가긴 했지만 한동안은 길드 하우스로 돌아가 정비를 해야만 할 것 같아요. 도중에 용찬 님께서 사라져서 걱, 걱정 많이 했는데 괜찮으시죠?]

사태후가 악몽굴에 들이닥칠 줄은 누구도 예상치 못했을 것이다. 때문에 대형 길드인 멀린은 때아닌 난전을 겪어야 했지만 덕분에 용찬은 의심을 사지 않고 미궁을 빠져나갈 수 있었다.

하지만 미궁이 붕괴되면서 타르타로스의 사건 이후로 사태후와 고룡은 행방불명, 구휘는 진영으로 복귀한 상태였다.

'문제는 미궁이 소멸된 이후 내부에 있던 자들이 어디로 이동됐느냐는 건데.'

붕괴되기 직전 빠져나간 자들이야 본래 진영으로 돌아갔다고 치지만 마지막까지 혈전을 치른 사태후와 고룡은 아니었다.

'아직까지 그 친구와 통신이 되지 않는구나.'

아리샤와의 통신도 제대로 되지 않는 상황. 최악의 경우 두 존재가 마계로 넘어올 수도 있긴 했지만 아직까지 밝혀진 것은 아무것도 없었다.

오히려 지금은 미개척 지역인 아리엇 산맥에 시선이 쏠리고 있는 상태. 최근에 메시지를 날려온 리우청의 보고에 의하면 리미트리스 진영이 본격적으로 원정 준비에 나서는 듯했다.

즉, 원래의 흐름대로 아리엇 산맥 원정이 이루어진다는 것.

'그전까지 마계에서 못다 한 일들을 마저 해놔야겠어.'

가문의 사건으로 인해 꽤나 시간이 끌리긴 했지만 마델이 죽었으니 더 이상 방해할 자는 없을 터다. 남은 것은 한동안 올리지 못했던 서열을 최대한 올려두는 것뿐.

마침 서열 24위 마왕 라자루스가 보호의 권능을 발현해 부대 전체에 보호막을 형성시켰다.

"킬킬킬. 아무리 네놈이라도 내 권능을 뚫진 못해!"

"굳이 뚫을 필요까진 없지, 록시."

"준비하고 있었습니다."

스킬 부여권을 통해 새로 터득한 마법 '마나 이터'.

시전자의 마력을 소모해 지정된 대상들의 마력을 불태우는 지속형 스킬인 마나 이터는 금방 보호막 안에서 마법을 준비하던 병사들의 마력들을 상실시켰다.

결국 마나 이터를 버티지 못하고 마법사 용병 한 명이 보호막에서 튀어나왔지만 그것을 놓칠 리 없는 위르겐이었다.

-페페펭. 헥토르. 좌측 200미터 부근에 마법사 용병이 마법

을 준비한다!

"스나이핑 준비 완료! 쏘겠습니다!"

시야 확보 기술을 통해 정확히 위치가 파악되자 헥토르의 마력 절반이 화살에 맺혔다. 미리 자세를 잡고 있었기 때문에 더할 나위 없이 정밀해진 조준.

그리고 표적이 동작을 멈추는 순간 일격의 위력이 담긴 스나이핑 화살이 쏘아졌다.

콰앙!

"템바린?"

중요한 전력 중 한 명이 당한 것 때문일까. 한창 보호막에 집중하고 있던 라자루스의 권능에 빈틈이 생겨났다.

"루시엔."

"맡겨두세요!"

"쿨단."

-힘세고 강한 아침. 쿨단. 내 이름은!

가장 먼저 신속화를 발동한 루시엔이 쏜살같이 튀어나갔다. 그 뒤를 라이언 부대의 대장인 쿨단이 함께했고, 얼마 되지 않아 적들의 기술을 빨아들이는 강력한 흡수력이 전장을 지배했다.

"내 기술들이!"

"기력이 빨려들어 간다!"

"다, 다들 진정해. 우선 저 해골 뼈다귀 놈부터 쓰러트리라고!"

지휘관으로 보이던 용병 한 명이 황급히 흐트러진 진형을 복구시키려 했지만 이미 시위를 떠난 두 번째 화살이 벌어진 보호막 사이를 뚫고 근접 병사들을 도륙하고 있었다.

[루시엔이 섬무를 시전했습니다.]

유이치를 통해 배운 새로운 기술 섬무.

일정 시간 동안 공격 속도를 두 배로 증가시켜 섬광처럼 적들을 베어낼 수 있는 효과로서, 신속화와 광폭으로 시너지 효과를 내는 루시엔에게 있어 매우 안성맞춤인 스킬이었다.

그렇게 루시엔이 계획대로 진형을 완벽히 붕괴시키고 있었을 때.

"취이이익. 타겟형 마법들을 발동해라!"

-던진다. 투창을!

"한조 부대. 일제히 사격해!"

바쿤의 세 부대가 본격적으로 원거리 지원에 나서기 시작했다.

[감내의 마왕 라자루스의 보호막 내구도가 한계에 도달했습니다.]
[보호의 권능이 취소됩니다.]

이로써 서열전 내내 용찬을 거슬리게 했던 보호의 권능은 한동안 발동이 불가능해진 상황.

라자루스는 한꺼번에 밀려오는 바쿤의 병사들을 보며 당황했지만 체력이 한계인 것은 놈들도 다르지 않았다.

때문에 희망을 갖고 마왕성 큐버의 병사들에게 반격을 지시했지만 그 순간, 주변 일대로 광범위한 마력 힐이 발동됐다.

[로드멜이 그룹 힐을 시전했습니다.]

[바쿤 병사들의 체력이 회복됩니다.]

[일정 시간 동안 바쿤 병사들의 자연 치유력이 상승합니다.]

"뭐, 뭐야? 보통 치료술사의 몇 배는 되어 보이는 이 치료 기술은?"

보고도 믿기지 않는 광경이었다. 하지만 선두에 서 있던 용찬이 마지막 지시를 내리자 모든 것이 현실로 다가왔다.

"칸, 켄. 쓸어버려라."

"키에에엑. 기다렸습니다!"

"키에엑. 얘들아. 가자!"

마침내 서열전의 막을 올릴 불한당들이 떼거지로 밀려왔다. 특히 불한당의 대장 칸과 켄은 한동안 지시를 기다리고 있던 탓에 몸이 근질거리고 있던 상황. 뒤늦게 기체술을 발동한 둘이 바닥을 내려찍자 대지가 흔들려 왔다.

그리고.

파지지직!

전방으로 천둥 벼락이 내리치며 진정한 주인이 천천히 발걸음을 옮기고 있었다.

"서열 24위에 등극하신 것을 축하드립니다. 마계에선 최단기간에 20위대로 오른 최초의 마왕이시군요."

서열전을 마치고 돌아오자 최상층에서 대기하고 있던 그레고리가 진심을 담아 축하를 전했다.

2년 전까지만 해도 서열 74위에 불과했던 최하위 마왕.

하지만 지금은 엄청난 반전을 이룩해 내며 20위대까지 올라와 있었다.

"아니, 이것도 느린 셈이야."

"마왕님께선 그러시겠지만 다른 마왕들 눈에는 그렇게 보이지 않을 겁니다."

"그것도 그렇겠지. 승자의 방에서 얻은 대가는?"

"절반은 프로이스 가문에게. 나머지 절반은 바쿤의 영역으로 가져왔습니다. 또한 마왕님께서 요구하신 골드와 젬도 예정대로 도착한 상태입니다. 이로써 바쿤은 물론 프로이스 가문까지 더욱 영향력을 펼칠 수 있을 겁니다."

마델의 사형 집행 이후 용찬은 완전한 정식 후계자로 추대되고 있었다.

그 때문인지 이전에 걸어두었던 원로들의 제약도 사라져 있었고, 서열전에서 받아낸 대가들도 전부 본가 가와 바쿤이 균등히 나누는 상태였다.

[바쿤의 영역이 4단계에 도달했습니다.]
[개설 가능한 시설들이 늘어납니다.]
[추가 보상이 주어집니다.]
[보조 기술을 가진 바쿤의 병사 중 한 명의 능력을 강화할 수 있습니다.]

말하기가 무섭게 시스템 메시지들이 우르르 쏟아졌다. 마당 수준이던 바쿤의 영역은 이미 마왕성의 넓이를 넘어선 상황. 영역 전체로 성벽까지 개설되는 가운데 그레고리가 눈을 빛내며 보고서를 내밀었다.

"앞으로 진행할 영역의 발전 계획서입니다. 부디 차례대로 읽어보시고 허가를 내주시길."

"분명 영역 관리는 너에게 맡겼을 텐데?"

"관리에 앞서 허가를 받는 것은 당연한 순서입니다."

"……으음."

벌써부터 머리가 지끈거린다.

차라리 적들과 전투를 치르는 것이었다면 이리 고민도 하지 않았을 것이다.

할 수 없이 용찬은 보고서를 책상 위에 올려두며 다른 주제를 꺼내 들었다.

"네 번째 수입원의 게이트는 어떻게 됐지?"

"아마 오늘 완공될 겁니다. 그러고 보니 새로운 인간을 한 명 데려오셨던데 어떻게 하실 생각이십니까? 우선 급한 대로 레필스 약초밭으로 보내두긴 했는데……."

"한번 만나 보긴 해야겠지. 하지만 그 전에 처리해야 할 게 있어."

"마왕님. 지금 가장 먼저 처리해야 할 게 저 보고서가 아닐까 생각합니다만."

"아니, 우선 이 용병 소환권부터다."

최근에 플레이어 유한성을 영입하며 성공적으로 바쿤의 전력을 상승시킨 용찬이었지만, 그는 마계에서 대외적으로 노출시킬 수 없는 비밀 병기였다.

그것은 이번에 회유한 진협도 다르지 않을 터. 오히려 지금은 마족들 앞에서 당당히 활용할 수 있는 바쿤만의 전력이 필요했다.

마침 그레고리도 그런 사정을 이해한 것인지 보고서를 품에 다시 집어넣으며 물었다.

"그러면 차라리 이번에 건네받으신 오르비안 님의 가신들부터 찾으시는 게 어떻습니까?"

"그럴 시간이 없어. 게다가 놈들이 협조적으로 나올지도 모르는 상황이야. 당장 바쿤에서 도망친 놈들도 전부 찾아내지 못했는데 무작정 가신들부터 찾는 것은 어리석은 짓이지."

"흐음. 그러고 보니 바쿤에서 탈주한 병사가 아직 두 명 정도 남아 있었군요."

쿨단, 위르겐과 마찬가지로 2년 전에 바쿤을 빠져나갔던 두 명의 병사.

고유 기억 속에서도 거의 찾아볼 수 없었던 그들의 정보는 아직까지 정확히 밝혀진 게 없었고, 그나마 루시엔의 증언을 통해 이름 정도만 알고 있는 상태였다.

'딩크와 바사르였던가. 정 안 되면 헨드릭에게 물어볼 수도 있긴 하겠지만 굳이 찾을 필요는 없지.'

그들을 대신할 병사들은 널리고 널려 있었다. 게다가 마넬 사형 집행 이후 유독 헨드릭의 대화 요청이 심해지지 않았던가. 괜히 받아들였다가 온갖 악담에 시달릴 수 있었다.

도움도 안 되는 망나니의 헛소리에 휘둘릴 생각은 전혀 없는 것이다.

때문에 용찬은 헨드릭의 영혼을 뒤로한 채 용병을 소환하기 위해 4층으로 내려왔다.

"페페펭. 이로써 네 번째 용병이군!"

"설마 마족은 아니겠지?"

"제발 너같은 다크 엘프가 안 나오길 빌어야겠군."

이미 구경을 하기 위해 바쿤의 병사들이 잔뜩 모여 있는 가운데 루시엔과 록시가 서로를 노려보며 기세 싸움을 벌였다.

그 사이 어떻게 소환 소식을 알고 온 것인지 아이리스가 잔뜩 기대에 부푼 얼굴로 게이트를 바라보고 있었는데, 생소한 얼굴의 한성이 걸어오자 고개를 갸웃거리며 그에게 물었다.

"아저씨는 누구예요?"

"아니, 난 아저씨가……."

"어어! 소환된다!"

"……."

한성은 안중에도 없단 것인지 금세 빛나는 게이트로 고개를 돌려 버린 아이리스.

뒤늦게 그가 바닥에 주저앉아 절망을 느끼고 있었지만 그 어떤 병사들도 눈치채지 못하고 있었다.

그리고 마침내 게이트에서 새로운 용병이 모습을 드러냈다.

"뭐야. 여긴 어디여?"

철퇴를 등에 짊어지고 있던 놀이 멍하니 주위를 두리번거린다. 마치 핏빛처럼 붉게 물든 털들과 길게 늘어진 꼬리. 그리고 앞으로 쭉 튀어나온 주둥이 속 날카로운 이빨까지.

비교적 보통 놀보다 덩치가 크던 놈이 사납게 으르렁거리며 주변을 경계하자 뒤에 서 있던 루시엔, 위르겐, 쿨단이 동시에 당황해했다.

그리고.

"탈주범이다아아아아!"

"붙잡아라. 페페에에엥!"

[+ㅅ+]

병사들이 단체로 몸을 날리고 있었다.

수인 연합 코르덴.

마계 최초로 노예 해방 운동을 일으킨 수인들의 국가다. 네 명의 수인왕들이 각각의 지역들을 관리하며 정식으로 하나의 나라로서 인정받았지만 아직도 수인들에 대한 시선은 바뀐 것이 하나도 없었다.

특히 르네의 밤 사건 이후로 수인왕들의 반발은 더욱 심해졌고, 몇 차례 마계 위원회와 의견 충돌을 벌이며 이종족 조약의 문제들을 다시금 언급하는 분위기였다.

"빌어먹을 마계 위원회 새끼들! 뭐가 평등하단 거야. 조약을 맺은 이후로도 바뀐 게 하나 없는데!"

"아이고. 진정 좀 하십시오. 이렇게 화풀이한다고 달라질 게 뭐 있겠습니까."

"아오. 진짜 그 영감탱이들만 아니었으면 진작 마계 위원회로 쳐들어갔을 텐데."

"자자, 일단 여기 연초 좀 피시고 마음을 좀 추스리십시오."

제미스가 연초를 건네자 씩씩거리던 코핀도 어느 정도 화를 가라앉히며 연초를 입에 물었다. 그제야 수인왕의 저택 내부가 잠잠해졌고, 코핀의 충실한 부하이던 제미스도 안도의 한숨을 내쉬며 그가 부순 벽의 파편들을 정리하기 시작했다.

"후우우우. 요구하는 것은 더럽게 많은 놈들이 뻔뻔하기도 하지."

"비스커빌 때만 해도 저희 카어스 지역의 생산품들을 싹 쓸어갔었죠. 그땐 정말 도둑놈들인 줄 알았는데."

"생도둑놈들이지. 아닐게 뭐야. 하아, 일단 딩크 때문이라도 한동안은 저택에만 머물러야겠어."

"엥? 딩크라면……?"

"천방지축인 놈이 하나 있어."

연초를 피우던 코핀의 눈빛이 아련하게 물들었다.

딩크.

놀들의 왕인 자신의 혈육이자 유일한 카어스의 후계자.

비록 2년 전 수행을 하러 간답시고 코르덴에서 종적을 감추는 사건이 벌어지기도 했지만 아직까지도 아들의 얼굴이 잊히지 않았다.

"아주 제멋대로였지만 약속 하나는 철석같이 지키는 놈이었지. 출발하기 직전에 따로 통신 아티팩트도 챙겨간 듯했으니 조만간 연락이 올 거다."

"아드님이 계셨을 줄이야. 왜 제겐 얘기도 해주지 않으신 겁니까. 이거 섭섭합니다요."

"얘기할 게 있어야 하지. 2년 동안 무슨 짓거리를 하고 다녔는지도 모르는데 잘도 얘기하겠다. 인마."

"아니, 아드님이 계시단 거 말입니다."

"크응. 넌 1년 전에 내 밑으로 들어와서 잘 모르겠지만 딱히 자랑할 만한 놈이 못 돼."

지금도 생생히 기억이 난다. 자신의 마음에 들지 않는다고 카어스 일대의 패거리들을 무자비하게 짓밟았던 그 사건을 말이다.

다행히 주변 주민들의 피해는 그다지 없었지만 하필 다른 지역의 수인들까지 엮이는 바람에 뒷수습에 꽤나 진을 뺐었다.

그런 아비의 고생을 아는지 모르는지 피로 칠갑된 철퇴를 들고 당당히 돌아왔던 아들. 얼굴에 철판을 깐 수준을 넘어 자신이 무엇을 잘못했는지조차 인지하지 못하던 놈은 무작정 코핀에게 이런 말을 했었다.

'난 그저 잘못된 것을 바로 잡았을 뿐이야.'

그 이후로 딩크는 한동안 저택에서 자숙해야만 했다. 이제 와서 생각해 봐도 가장 뼈아픈 기억.

그 때문인지 연초를 물고 있던 코핀의 얼굴이 와락 구겨져 있었다.

"아무튼 나로서도 감당 못 할 놈이었어. 게다가 글은 또 어찌나 싫어하던지 어릴 적부터 들판에서 사냥만 주구장창 즐겼다니까. 하아. 이번 2년간의 수행으로 인해 무언가 깨달은 게 있기를 바라야겠지."

"최근에 게펄트인가 게팔트인가 때문에 수인들을 마왕성 병사로 영입하는 일도 많아졌다고 하던데 혹시 수행하던 도중 마왕성에 들어간 것은 아닐……."

퍽!

실실거리던 제미스의 얼굴이 바닥에 처박힌다.

마왕성의 병사? 웃기지도 않는 소리다.

지금 수인들과 마족들의 상하 관계가 어찌 되던가. 전혀 평등하지 않은 귀족과 노예 수준의 관계 속에서 수인왕의 후계자가 놈들에게 머리를 조아린다는 것은 절대 용납 못 할 일이었다.

"소름끼치는 소리 하지도 말아. 딩크 그놈이 마왕성에 들어가는 것 자체가 있을 수도 없는 일이겠지만 혹시나 그런 일이 벌어진다면……."

살기를 풀풀 휘날리던 코핀이 손에 쥐고 있던 연초를 가루로 만들었다.

"마왕이 누구든 간에 내가 죽여 버릴 테니까."

[놀 전사 딩크를 포박했습니다.]
[바쿤 병사들의 분노가 대폭 상승합니다.]

바쿤 초기 시절 마왕성엔 펠드릭이 고용한 다섯 명의 용병이 존재했었다.

다크 엘프 루시엔, 스켈레톤 쿨단, 제피르 일족의 위르겐. 그리고 우연히 소환된 놀 전사 딩크까지.

비록 나머지 한 명은 찾아내지 못했지만 이로써 탈주했던 네 명의 용병 중 세 명은 바쿤으로 돌아온 셈이었다.

물론.

"이거 풀어! 풀으라고! 내가 왜 다시 바쿤의 용병이 되어야 하는 건데!"

정작 딩크는 인정하지 못하는 분위기였지만 말이다.

때문에 바쿤의 병사들은 더욱 분노하며 놈에게 적의를 품고 있었지만 다행히 그레고리의 빠른 대처 끝에 불상사는 벌어지지 않았다.

"제가 오기 전에 탈주했던 병사인 것 같습니다. 루시엔 님의 증언대로라면 우연히 가주님에게 발견되어 용병으로서 고용된 듯합니다."

"네 번째 용병은 놀 전사인 건가. 갈수록 이종족들만 모여드는 것 같은데."

"아마 기분 탓일 겁니다."

생각해 보면 바쿤은 이미 이종족들로 가득해져 있었다. 심지어 인간인 아이리스, 한성, 진협은 물론 망령인 푸른 갈퀴 용병단들까지 정원을 가꾸고 있는 처지였으니까.

이러다간 정말 이종족이란 이종족들은 전부 끌어들일지도 몰랐다.

"어이. 망나니 새끼야. 이거 안 풀어!"

"지금 마왕님께 그게 무슨 망발이십니까. 얼른 취소하십시오!"

"아, 그래도 집사는 집사라 이건가. 대체 그동안 무슨 변화가 있었는지 모르겠지만 저딴 망나니 밑에서 절대 일 못 해. 그러니까 이거 당장 풀어!"

놀 전사 딩크는 반전을 일으켰던 헨드릭에 대한 소식을 아무것도 듣지 못한 듯했다. 그렇지 않고서야 이렇게 막무가내식으로 뻔뻔하게 나올 순 없을 터.

용병 계약이 끝나지 않았는데도 불구하고 무작정 탈주를 시도했던 놈치곤 낯짝이 매우 두꺼웠다. 하지만 용찬은 딩크에게 시선조차 주지 않고 그레고리에게 물었다.

"능력은 어떻지?"

"광전사 계열의 직업으로서 근접 전투에 매우 특화되어 있습니다. 자세히 확인해 보니 스킬과 특성만 해도 무려 10가지가 넘더군요. 등급도 벌써 C급에 달한 상태입니다."

"그래도 처음으로 쓸 만한 놈이 나왔군."

"으음. 마왕님. 지금 소환 운에 대해 감탄하고 계실 때가 아닌 듯합니다만."

그레고리는 자신의 주인에게 망발을 던진 딩크를 용서하지 못하는 듯했지만 용찬에게 있어 그런 것은 중요하지 않았다. 오히려 지금은 처음으로 소환 게이트에서 쓸 만한 병사가 나왔다는 사실에 기뻐하고 있을 뿐.

어찌 보면 여태껏 소환된 병사들이 그 정도로 쓸모없었단 뜻이기도 했다.

[놀 전사 딩크]
[충성심 : 0]
[호감도 : 0]
[상태 : 적의, 분노, 불만.]

'예상한 대로 충성심과 호감도는 찾아볼 수가 없군. 광전사라. 나비 계곡 때 얻은 고대 언약의 검이 아직 인벤토리에 남아 있긴 한데.'

예전 바쿤에서 탈주한 용병이라면 오히려 회유가 더 쉬웠다.

하지만 그것도 잠시.

"키에에엑!"

"키엑!"

"키에에엑!"

건너편에 수감되어 있던 블랙 야크 고블린들이 고래고래 괴음을 내질렀다.

"그리고 보니 저놈들이 남아 있었군."

"마왕님께서 판단하시는 것이 가장 적절하다고 생각해 일단 지하 감옥에 수감해 두고 있었습니다."

"블랙 야크 고블린이면 칸과 켄과 동족인가?"

"그렇습니다."

방화와 약탈이 특징이던 남부의 골칫덩이들. 배신자이던 마델에게 회유되어 바쿤을 습격한 사례가 있었지만 안타깝게도 지금은 감옥에 수감된 몬스터에 불과했다.

소문에 의하면 놈들은 누구에게 함부로 머리를 조아리지 않는 성격의 고블린들이라고 하지만 동족이 자신들을 이끈다면 얘기는 달라질 것이다.

그렇게 생각한 용찬은 고민을 마치자마자 그레고리에게 지시했다.

"저놈들은 칸과 켄이 맡게 해. 이유는 말 안 해도 알겠지?"

"물론입니다."

숙련된 집사는 한순간에 탄생하는 것이 아니었다. 오직 몇십 년 동안 갈고 닦은 기술과 경험을 바탕으로 만들어지는 것. 특히나 용찬의 서포터가 되면서 더욱 눈치가 빨라진 그레고리는 군소리 없이 포박한 블랙 야크 고블린들을 칸과 켄에게 데려갔다.

이제 남은 것은 포박된 탈주범뿐.

아직까지 태도가 불순하기 그지없는 놈에게 당장 필요한 것은 참교육(?)밖에 없을 것이다.

"마침 잘됐어. 슬슬 큰 사건에 뛰어들 참이었는데."

"하. 내가 순순히 네놈을 따를 것 같아?"

"몇 번 얻어맞다 보면 그럴 생각이 들겠지."

"망나니인 네놈의 주먹이 아프기나 할까. 됐고 얼른 이거나 풀어. 그땐 좀 강해 보이는 놈이 직접 날 고용해서 흥미가 생겼었지만 지금은 아니라고. 나 잘못 건드렸다간 너 뼈도 못 추려. 알기나 해?"

"호오. 조력자라도 있는 건가?"

"마침 고향으로 돌아가고 있던 도중이었지. 이런 수법까진 쓰고 싶지 않았지만 내가 갈 길이 좀 급해서 말야. 너 같은 망나니 마족은 손 하나 까딱하지 않고 쓰러트릴 수 있는 괴물이 내 뒤에 있다고. 그러니까 얼른 이거 풀어."

아직까지도 용찬을 최하급 마족이라고 취급하는 것일까. 딩크로선 자기 나름대로 위협을 준 듯했지만 안타깝게도 역효과에 불과했다.

"그럼 불러봐."

"아놔! 지금 수인이라고 무시하나 본데. 그 양반은 마족이고 뭐고 전혀 신경 쓰지 않는다고. 너 같은 겁쟁이 새끼가 비빌 만한 수준이 아니라니까?"

"누가 언제 뭐라고 했나. 그런 조력자가 있으면 얼른 부르지 그래? 아니면……."

진정한 악마가 싱긋 입꼬리를 말아 올린다.

"내게 겁이라도 먹은 거냐?"

빠득!

가벼운 도발이 먹혀든 것일까. 한창 기세등등하던 딩크가 애써 미소를 자아내며 한 글자씩 또박또박 말했다.

"그으래? 해보자 이거지? 좋아. 난 이제 어떻게 되어도 몰라. 전부 다 네놈이 자초한 일이니까!"

마침내 딩크의 분노가 한계치에 달한 것인지 뒤늦게 목에 차여진 목걸이에 기력을 불어넣었다.

그리곤.

"후우우우."

약간의 심호흡을 한 번 하더니 이내 아티팩트로 보이던 목걸이를 발동시켰다.

아마 본인 나름대로 조력자에게 도움을 요청하는 게 꽤나 자존심이 상하는 일이었을 터.

하지만 도발에 걸려든 놈은 멈추지 않고 목걸이를 향해 외쳤다.

"아버지! 어떤 미친 마왕 놈이 절 포박해서 강제로 용병으로 만들려고 해요!"

-뭣이!

설마설마했지만 딩크는 홍염의 패자와 프로이스 가문에 대해서도 자세히 알지 못하는 듯했다.

결국 펠드릭을 그저 강한 마족으로만 인식하고 바쿤까지 따라왔다는 뜻.

얼마나 마계 소식에 둔감한 것인지 도저히 감조차 잡히지 않았다.

그때 노기 어린 목소리가 감옥 전체에 울려 퍼졌다.

-아티팩트에 등록된 좌표로 순간 이동할 테니 기다려라! 내가 아주 그 마왕 놈을 아작 내줄 테니까!

'음? 약간 익숙한 목소리인데.'

얼핏 기억이 날듯 말 듯했지만 당장 떠오르는 것은 없었다.

용찬은 익숙한 목소리에 권능을 취소한 뒤 잠시 놈이 말한 조력자를 기다렸다. 그리고 얼마 되지 않아 커다란 놀이 감옥 내로 모습을 드러냈다.

"대체 어떤 마족 놈이냐. 감히 이 코핀 님의 아들을 건드려? 절대 용서치 않겠다!"

"아버지. 저놈입니다!"

"그래. 저놈이 너를……!"

허공에서 마주치는 두 시선.

한참 손톱을 날카롭게 세우고 있던 코핀은 딩크가 가리킨 마족을 보자마자 그 자리에서 몸이 굳고 말았다.

"아들을 아주 잘 키웠더군."

"……."

"그래. 날 아작 낸다고 했었나?"

어느새 팔짱을 낀 채 여유롭게 서 있는 용찬이었다.

[놀 전사 딩크]

[등급 : C]

[상태 : 혼란, 충격.]

"이 녀석이 네 아들이라 이거군. 이놈은 그동안 바쿤이 프로이스 가문의 마왕성인 줄도 모르고 있던 것 같은데. 어떻게 된 거지?"

아무리 문외한이라고 해도 펠드릭에 대해 모르는 것은 말이 되지 않았다.

하지만 늘 그렇듯이 상태창은 거짓말을 한 적이 없었고, 어버버버 거리는 코핀의 반응도 연기는 아닌 듯했다.

"헤, 헨드릭 프로이스 님. 아니, 이건······."

"뭐, 소식에 무지한 놈이면 그럴 수도 있어. 홍염의 패자를 모를 수도 있는 거겠지. 하지만 놈이 바쿤에서 탈주한 용병이란 사실은 달라지지 않아."

"끄응."

마왕성의 용병 계약은 겉보기엔 허술해 보여도 실상은 그렇지 않았다. 가문과 마계 위원회의 보증하에 일정 기간 동안 용병으로 활동할 수 있는 자격을 부여하는 일종의 숭고한 의식.

물론 바쿤 초창기 시절 용병들을 탈주하게 만든 것은 헨드릭의 부족함 때문이었지만, 그런 명예가 담긴 계약을 맺고도 탈주했단 사실은 결코 쉽게 넘길 수 없는 사안이었다.

특히나 코르덴의 수인왕까지 관계된 일이라면 더더욱 대외적으로 문제가 될 수 있는 사건일 터.

'위르겐 때는 가볍게 임시 계약으로 다시 회유했지만 이번 건은 좀 다르지.'

그렇게 가장 먼저 용찬이 계약을 승낙한 사실에 대해 못을 박자 코핀의 입이 꾹 다물어졌다.

코핀과 딩크 사이에 다급한 눈빛이 오갔다.

'너 이 미친 새끼야. 2년 동안 대체 무슨 짓거리를 하고 다닌 거야!'

'아니, 아버지. 왜 저런 망나니 놈 앞에서 아무런 말도 하지 못하는 겁니까?'

'하아. 내가 언제고 이럴 줄 알았다. 그러게 내가 마계 가문에 대해 공부 좀 해두라고 했잖아!'

'가문이고 뭐고 무슨 상관입니까. 전 단지 망나니 밑에서 일하는 게 못마땅해서 나간 것뿐이라구요!'

2년 전 망나니었던 이가 얼마나 많은 반전을 이뤄냈는지 모르던 딩크는 그저 당당하기만 했다. 아버지의 속이 얼마나 타들어 가는 지도 모른 채 말이다.

할 수 없이 코핀은 바닥에 털썩 무릎을 꿇으며 사죄를 해야만 했다.

"죄송합니다. 제가 아들놈을 잘못 키운 탓입니다. 부디 용서해 주십시오."

"이제 와서 탈주한 사실을 넘어가 달라 이건가?"

"제가 코르덴으로 데려가 충분히 교육시켜 놓겠습니다. 이번만큼은 자비를 베풀어주십시오. 헨드릭 프로이스 님."

"왜 네놈이 직접 교육시킨다는 거지? 다시 바쿤의 용병으로 활동하면서 기간을 채우면 그만일 텐데?"

"아, 아니. 그건 좀……. 아무리 이런 모자란 놈이라도 일단은 카어스의 후계자라서 말입니다."

즉, 본격적인 후계자 육성을 위해 아들을 데려간다는 뜻이었다. 바쿤의 사정이 있듯이 나름 카어스 지역만의 사정도 있다는 것일 터.

하지만 용찬은 어림도 없단 듯이 고개를 좌우로 저었다.

"내가 대신 후계자로서 교육을 시켜주도록 하지. 겸사겸사 탈주했던 때의 남은 용병 기간도 채우고 말야. 그럼 아무런 문제가 없는 일이지 않겠어?"

"예?"

악랄한 미소 속에서 전혀 뜻밖에 제안을 건네고 있었다.

[마왕성 : 바쿤]

[등급 : C]

[동맹 : 무]

[용병 : 루시엔,위르겐,록시, 유한성, 이진협, 딩크.]

[위치 : 절망의 대지 최남단.]

[재정 : 8,341,955 골드.]

[수입원 : 라딕 던전, 요르스 철광산, 더 페이서 상단, 마력석 동굴, 레필스 약초밭]

[병력 : B]

[방어력 : C]

마델 사형 집행 이후 병사들은 각종 수행 과제와 서열전을 거치며 대부분 B급 수준에 도달했다. 그로 인해 마왕성의 병력 등급도 B급으로 상승한 상태.

이제 남은 것은 방어력뿐이었다.

[77. 바쿤의 영역에 함정과 방어 수단을 설치하십시오.]

[보상 : 특수 상점 1회 이용권, 방어력 등급 상승.]

마침 수행 과제도 적절히 방어력 등급에 관련된 목표가 갱신되어 있었는데, 바쿤의 영역이 4단계에 돌입한 것이 영향을 준 것인지 이번에는 좀 다른 목표가 주어져 있었다.

"마왕성 이전에 영역도 신경 쓰란 말이군."

"아마 지금부턴 마왕성 내부뿐만 아니라 주변 영역들도 중요해질 겁니다. 미리 경계를 철저히 해두는 것도 나쁘지 않겠죠."

"이제 마왕성이라고 보기에도 애매한데 말이지. 이건 마치……."

기존에 준비하고 있던 성벽들의 개설이 완료되면서 한 단계 발전된 바쿤. 완전히 하나의 도시가 되어버린 마왕성이었다.

비록 규모만 따지면 아직까지 소도시에 불과한 넓이였지만 용찬은 감탄을 금치 못했고, 덩달아 곁에 있던 그레고리의 양쪽 어깨가 으쓱 올라가 있었다.

[바쿤의 성벽 개설이 완료됐습니다.]

[더 페이서 상단 본부 건물의 개설이 완료됐습니다.]

[레필스 약초밭 게이트의 개설이 완료됐습니다.]

[식량고 개설이 완료됐습니다.]

[자재고 개설이 완료됐습니다.]

"이로써 기본적인 건물들은 개설이 완료됐습니다. 이제 재정이 조금 더 안정권에 접어들면 가장 먼저 잭 펠터 님의 대장간과 월트릿 님의 작업실의 규모를 더욱 늘릴 계획입니다."

몇십 년 동안 집사로서 활동해 온 경험이 기반이 되고 있는 것일까.

그레고리는 영역 발전에 관해서도 철저히 계획을 세우며 차근차근 단계를 밟아가고 있었다. 특히나 의외의 결과를 만들어낸 아이리스의 정원까지 본격적으로 설비를 세우고 있지 않던가.

"와아아아! 직접 물을 주지 않아도 되다니. 대단해!"

-지하의 수로와 연결시켜 자동으로 물을 뿌리게 만드는 시설이라니. 이제 좀 한시름을 덜 수 있겠군.

"필립 아저씨. 거기서 멍하니 서서 뭐 해요. 이제부터가 정원 관리 시작이라구요!"

-아니, 여기서 씨앗을 더 심겠다고!

덕분에 신이 난 아이리스는 더욱 정원을 넓게 만들려 노력하고 있었고, 망령으로 소환된 푸른 갈퀴 용병들은 매번 울상을 짓고 있었다.

그리고.

"크루루루?"

블랙 야크 고블린들의 습격 당시 가장 큰 활약을 했던 네펜데스는 생긴 것과 어울리지 않게 꽃줄기에 붉은 리본을 달게됐다. 아마 순수한 마음에서 건넨 아이리스만의 선물일 터.

그렇게 영역의 현황을 모두 파악한 용찬은 잠시 잊고 있던 진협의 상태에 대해 물었다.

"처음에만 해도 마왕님의 근황을 물으시며 몹시 불안해하셨지만 지금은 약간 괜찮아지신 것 같습니다."

"로드멜이 함께 동행하고 있다고 했던가."

"예. 로드멜 님께서 맡은 임무를 잘 수행해 주신 덕분에 상태가 좀 완화된 듯합니다. 하지만 그래도 아직까진 다른 마족들과 병사들을 두려워하는 눈치더군요."

"조금 시간을 두고 만나봐야겠군."

마계에서 활동해왔던 한성과 달리 진협은 마족들을 몹시 두려워했다. 이미 용병 계약은 성사가 됐다곤 하지만 먼저 그가 마계에 적응하는 게 우선일 것이다.

때문에 용찬은 조급히 생각하지 않고 오히려 그를 로드멜에게 맡겨두기로 결정했다.

'그러면 일단 수행 과제부터 클리어해 볼까.'

B급의 함정과 방어 수단들은 이전 등급의 것들과 달리 범위가 뛰어났고 효과도 매우 다양했다.

앞에 뜬 구매 리스트만 봐도 얼마나 가지각색의 함정, 방어 수단들이 있는지 알 수 있는 상황.

이 정도면 마왕성 내부뿐만 아니라 영역에도 충분히 도움이 될 만한 수준이었다.

[1. 마력 감지탑]

[2. 마력 게이트]

[3. 하급 공성 캐터펄트]

[4. 수호 방벽]

[5. 위치 초기화 발판]

'후보로 잡는다면 이 정도이려나. 일단 성벽이 세워진 만큼 시야 확보도 더욱 중요해지겠지.'

최소한 마델의 습격 때처럼 넋 놓고 당하는 일만큼은 방지해야 했다. 때문에 용찬은 영역 바깥으로 최대 200미터까지 시야를 확보할 수 있는 마력 감지탑을 가장 먼저 구매했다. 그리고 뒤따라 상대 위치를 왔던 길로 되돌릴 수 있는 위치 초기화 발판을 마저 구매하며 함정과 방어 수단 선택을 마쳤다.

[방어력 등급이 B급으로 상승합니다.]

[마왕성 바쿤의 등급이 B급으로 상승합니다.]

[수행 과제를 클리어했습니다.]

[보상이 지급됩니다.]

마침내 B급 마왕성으로 재탄생한 최남단의 바쿤.

보상으로 지급된 특수 상점 이용권은 물론 바쿤만의 추가적인 특성, 그리고 대폭 늘어난 병사들까지 생각한다면 이번 등급 상승으로 얻은 이득은 매우 컸다.

'그리고 보조 기술을 가진 병사 한 명의 능력을 강화시킬 수 있다고 했었나?'

바쿤의 영역이 4단계에 도달하면서 추가로 얻었던 보상. 굳이 선택한다면 아마 대장장이인 잭 펠터의 능력일 것이다.

용찬은 깊게 고민할 필요도 없이 즉시 잭의 대장장이 능력을 강화시켰다.

[잭 펠터의 강화 대상 아이템이 추가됩니다.]
[1. 암살왕의 머플러]
[2. 푸른 갈퀴 용병단의 반지]
[3. 비탄의 반지]

'이 장비들은 강화석이 통하지 않는 것들이었는데. 설마 효과를 증폭시킬 수 있는 건가?'

전혀 예상치 못한 보상이었다. 특히 C급 이후로 거의 사용하지 않았던 암살왕의 머플러였지 않던가.

만약 투명화의 효과를 증폭시킬 수만 있다면 B급이 된 지금도 충분히 활용이 가능했다.

때문에 용찬은 금방 바쿤의 지하로 내려가 잭을 찾았고, 품

속에서 암살왕의 머플러를 건네며 물었다.

"이것을 강화시킬 수 있겠나?"

"으음. 전에는 불가능했지만 지금은 가능할 것 같은 기분이로군요."

"그러면 이것들은?"

"오오. 이것들도 가능할 것 같습니다! 하지만 한꺼번에 하기엔 너무 애매한 장비들이라……."

"좋아. 그러면 이것부터 부탁하지."

"감사합니다. 마왕님의 기대에 부족하지 않을 정도로 강화시켜 보겠습니다!"

한창 병사들의 장비 제작으로 인해 바쁠 텐데도 잭은 오히려 기뻐하며 장비 강화를 맡았다. 물론 가문 소속 대장장이들은 한껏 울상을 짓고 있었지만 이번에도 마찬가지로 잭은 가볍게 무시할 뿐이었다.

그렇게 대충 마왕성 정리를 끝내자 남은 것은 특수 상점 이용권뿐이었다. 하지만 용찬은 차후의 전력 증가 때를 위해 우선 이용권을 남겨두기로 했다.

'이건 나중에 소환권, 부여권, 구매권의 제한이 초기화될 때 한꺼번에 처리하기로 하고…….'

뒤늦게 눈에 밟히는 것은 복도를 서성거리고 있는 유한성.

아티팩트 제작 및 마법진 관련으로 그에게도 새로운 업무를 맡길 시기였지만 그에 앞서 검은 운석 조각과 딩크가 걸려왔다.

"유한성. 전에 네가 말했던 검은 운석 조각의 발견 지역은 정확한 거겠지?"

"아, 물론입니다. 하지만 지금도 있을지는 잘 모르겠군요. 저도 그 미션을 진행하던 도중 우연히 얻어낸 거라서."

"그 정도면 충분해. 멍청한 개 한 마리 교육시킬 장소로는 딱 안성맞춤이겠어."

"서, 설마 바로 출발하시려는 건 아니……."

말이 채 끝나기도 전에 용찬의 신형이 사라진다. 간만에 휴식을 즐기고 있던 한성은 오만상을 찌푸리다 이내 한숨을 내쉬었다.

"에휴. 내 신세가 그러면 그렇지."

얼마 되지 않아 소환당하고 마는 한성이었다.

◀ 62장 ▶
작센 광물 가공소

　하멜의 최대 자원 채광지라고 알려진 작센 광물 가공소.

　주변 일대가 전부 광산 혹은 동굴로 이루어져 수많은 플레이어들을 오가게 만들었던 중립 지역 미션이다.

　중심에 자리 잡은 광물 가공소는 NPC 혹은 플레이어들이 채광해 오는 광석들을 비싼 값에 매입해왔고, 가끔씩은 채광에 관련된 퀘스트를 건네 후한 보상을 챙겨주기도 했다.

　때문에 몇 년이 지난 지금도 보조 직업을 가진 자들에게 인기가 많은 미션 중 하나였는데, 그런 지역에 뜻밖에 플레이어 두 명이 모습을 드러냈다.

　"이야. 여기도 엄청 오랜만에 오는 것 같은데. 그때나 지금이나 변한 게 없네."

"한가롭게 회상할 때가 아닐 텐데?"

"아, 당연하죠. 저희에겐 검은 운석 조각이란 목적이 있지 않습니까. 아직도 정확히 기억하고 있으니까 저만 따라오십시오."

뒤늦게 소환된 한성이 정신을 차리며 황급히 발걸음을 옮겼다. 그리고 무언가 혼잣말을 중얼거리는 듯했지만 아쉽게도 정확히 들리진 않았다.

'그때 부숴먹은 속삭임의 귀걸이가 그리워지는데.'

아마 멀리서 자신의 뒷담을 하고 있으리라. 그렇게 판단하며 용찬도 그를 따라 작센 광물 가공소 내부로 진입했다.

가장 먼저 보이는 것은 현장 관리장을 담당하고 있는 짜리몽땅한 키의 녹색 수염 드워프.

다른 동족들에게 업무를 지시하고 있던 그는 한성과 눈을 마주치자마자 호통을 치며 냅다 달려왔다.

"야, 이 개자식아! 그때 훔쳐간 광석들 내놔!"

"헉!"

"내가 잊어먹을 줄 알았냐. 감히 내 뒤통수를 쳐? 오늘 아주 끝장을 보자. 이 흑마법사 새끼야!"

예전 작센 광물 가공소 방문 당시 무슨 사고라도 쳤던 것일까. 메드란 이름의 드워프가 손에 쥔 니퍼를 던지며 열불을 토해냈다.

그런 광경에 퀘스트를 건네받고 있던 플레이어들의 시선이 단숨에 모였고, 한성은 때아닌 관리자와의 추격전을 벌이며 열심히 블링크로 도망을 다녔다.

"와, 간도 크다. 어떻게 여기서 광석을 훔쳐 달아날 생각을 하지?"

"모든 진영이 작센 광물 가공소랑 계약을 맺은 상태인데 저러면 도시엔 얼씬도 못 하지. 무슨 배짱으로 다시 돌아온 거래?"

"몰라. 우린 그냥 구경이나 하면서 팝콘이나 뜯자."

하멜 전 지역으로 가공된 광석들을 수출하는 작센 광물 가공소였다.

일부 대형 길드까지 직접 나서며 관리가 더욱 삼엄해진 채광지였기 때문에, 진영에 속한 플레이어라면 누구든 자신이 벌인 죗값을 치르게 되어 있었다.

하지만 마계에서 활동하던 한성은 더 이상 진영과 인연이 없었고, 그 덕분에 광석을 훔쳐 달아난 이후로도 대형 길드의 처벌을 받지 않았었다.

"아니, 그때가 언제 적 일인데 아직까지도 기억하고 있는 거여!"

"네놈의 그 엿 같은 얼굴은 몇 년이 지나도 잊히지 않을 거다. 거기 서!"

"미친. 살려주십시오. 용찬 님!"

다만, 안타깝게도 메드의 기억력은 상상을 초월했다.

'……'

무작정 한성의 증언만 믿고 가공소로 이동한 용찬은 어이가 없었다. 어찌 중립 지역 미션에서 범죄를 저지른 놈이 이리도 뻔뻔하게 드워프들 앞에 다시 얼굴을 내밀 수 있단 말인가.

서서히 공장 내부로 몰려드는 드워프들 속에서 뒤늦게 마왕이 깊은 한숨을 내쉬었다.

'미치겠군.'

[당신은 범죄자의 공범으로 낙인이 찍혔습니다.]
[강제 퀘스트가 부여됩니다.]
[작센 광물 가공소 지역의 일꾼이 됐습니다.]
[오늘의 필요 광석량 0/500]

하루아침에 공범으로 낙인이 찍힌 마왕은 강제로 일꾼이 되었다.

광석을 훔쳐 달아났던 흑마법사도 예외는 아니었고, 용찬과 한성은 강제 퀘스트가 부여된 채로 제피스 광산으로 끌려오게 됐다.

"저 자식들이 누구길래 감시하라고 하는 거야?"

"몰라. 광석을 훔쳐 달아났던 놈들이라고 하던데. 다른 것은 몰라도 B급 플레이어들인가 봐. 그러니까 우리 길드한테 지원 요청을 보냈던 거겠지."

"아니, 등급도 고만고만한 양반들이 광석은 왜 훔친 거야."

"낸들 아냐. 그래도 우리로선 잘된 일이지. 론다인이 독점하고 있는 제피스 광산에 일꾼이 추가된 거니까. 자연스럽게 광석 채굴량도 늘어날 거야."

작센 지역의 자원 채광지들은 각 진영의 대형 길드들이 하나 둘씩 독점하고 있는 현황이었는데, 특히 제피스 광산은 론다인 길드가 맡고 있는 독점 채광지 중 하나였다.

때문에 일꾼이 된 용찬과 한성의 감시역으로 론다인의 간부 두 명이 광산 내부까지 따라나선 상태였고, 필요 광석량을 채우기 전까진 함께 동행할 예정인 듯했다.

-쿵. 죄송합니다. 마왕님. 거의 1년 전 일이라서 지금쯤은 잊었을 거라 생각했었는데.

'그런 일을 벌여놓고 잘도 내게 보고를 했군그래.'

-…….

그저 검은 운석 조각을 모을 예정으로 찾아온 것이건만. 시작부터 일이 무척 꼬여 버린 상태였다.

본인의 잘못을 알고는 있는 것인지 한성이 시무룩한 표정으로 곡괭이를 집어 들었지만 쉽게 용서되진 않았다.

그나마 다행이라면 가공소의 드워프들이 자신들의 장비를

압수하지 않았다는 것.

아마 작센 지역에 널려 있는 대형 길드 때문에 쉽게 반항하지 못할 거라고 생각한 듯했다.

'그나저나 여기서 론다인 길드를 만날 줄이야. 루시엔이 여기 있었더라면 참지 못하고 검부터 뽑아 들었겠어.'

예상대로 이 시기의 론다인 길드는 다인 진영 내에서도 상당한 영향력을 가진 대형 길드로 꼽히고 있었다.

지금 눈앞에 있는 간부들만 해도 B급 상위 랭커에 속하는 만큼 절대 쉬운 상대는 아니었다.

게다가 노예 시장을 운영하는 것을 증명하듯 광산 내부에 족쇄가 차여진 드워프, 다크 엘프들까지 다수 보이고 있었다.

일부 인간들은 약점이 잡힌 용병 NPC들인 것인지 열심히 광석을 나르고 있는 상황.

잠시 그렇게 광산 내부 현황을 확인하던 용찬은 뒤늦게 론다인 간부들의 시선이 느껴지자 할 수 없이 곡괭이를 들었다.

'일이 꼬이긴 했지만 차라리 잘 된 것일 수도 있겠어.'

비록 범죄자 낙인이 찍혀 귀환은 불가능해졌지만 희소식이 하나 있었다.

"아, 맞다. 그러고 보니 최근에 우리가 사들인 광산에서 운석 조각이 나온다며?"

"서쪽 보로스테 광산이었던가. 처음으로 운석 조각이란 아이템들이 나왔다고는 하는데 아직까지 정확한 용도는 파악해 내지 못한 모양이야."

"크으. 잘하면 떼부자 되는 각 아니냐."

"떼부자는 무슨. 어떤 용도로 쓰이는지도 아직 모르는데. 김칫국을 아주 트럭째로 마시네."

우연히 듣게 된 간부들의 대화 소리에 용찬이 가볍게 한성에게 눈짓을 보냈다. 그러자 얼마 되지 않아 고개를 끄덕이는 한성.

아무래도 그가 검은 운석 조각을 발견한 곳이 놈들의 소유지인 보로스테 광산인 듯했다.

"나중에 저 자식들도 보로스테 광산으로 보내 버리자고. 일손도 거들 겸 말이지."

"그거 좋은 생각인데?"

의외로 일이 잘 풀리고 있었다. 가공소로 파견된 디텍터들도 간단히 등급과 진영만 확인한 상태였기 때문에 정체를 들킬 일도 거의 없을 터.

운 좋게 론다인 길드의 일꾼으로 들어온 용찬과 한성은 그날부터 군말 없이 광석을 채굴하기 시작했다.

[숙련된 채굴 스킬을 습득했습니다.]

[채굴 스킬의 숙련도가 상승합니다.]

[중급 청동 원석을 획득했습니다.]

채광은 그다지 어려울 게 없었다.

광산 관리자들이 지정해 준 자리에서 바위 혹은 땅 밑을 파내어 원석을 얻어내면 될 뿐. 곡괭이도 매번 내구도가 한계에 달할 때마다 새것으로 바꿔주었기 때문에 어려운 것은 없었다.

하지만.

"크헉. 자, 잠시만 쉬게 해주게. 부탁이네!"

"어림도 없는 소리. 네놈들한테 투자한 골드가 얼만데. 재워주고 먹여주고 다 해줬으면 제대로 일을 해야 될 거 아냐?"

"커헉. 크허헉!"

노예로 끌려온 NPC들은 사정이 달랐다.

제대로 직업을 갖춘 NPC들과 달리 그들은 그저 보조 직업만을 가지고 있었고, 능력치도 그렇게 높지 못해 금세 체력에 한계를 보인 것이다.

퍼억! 퍼억!

하지만 그런 사실을 알면서도 론다인 간부들은 그들에게 자비를 베풀지 않았다. 오히려 무자비한 폭행을 선사하며 노예로서의 입장을 되새겨 줄 뿐.

결국 5일 차에 접어든 날, 켈슨이란 중년 사내는 극한의 노동을 버티지 못하고 사망하고 말았다.

"아이 씨. 귀찮게 시체 하나 더 치우게 생겼네."

"얼른 태워 버리고 이만 돌아가자고."

"그래야지."

플레이어들에게 있어 NPC는 그저 이용 수단에 불과했다.

물론 일부 선한 성향을 지닌 자들은 그들에게 나름의 감정을 품기도 했지만 론다인 길드는 아니었고, 이번에도 마찬가지로 시체를 불태우며 노예 한 명을 신속히 처리해 버렸다.

"저 개만도 못한 자식들. 언제고 내가 복수해 버린다."

"겔슨 아저씨가 폭행당할 때 지켜만 보던 사람이 이제 와서?"

"외면하던 것은 너도 마찬가지 아니었나?"

간신히 살아남은 드워프, 인간, 다크 엘프 노예들은 분노에 이를 갈면서도 섣불리 나서지 못했다. 발에 차여진 족쇄도 족쇄였지만 복수를 하기엔 여러모로 힘이 부족했던 것이다.

때문에 그들은 억울한 삶을 살면서도 그저 복수를 마음에 담아만 두고 있었다.

"한심한 놈들이군."

"뭐, 노예가 된 NPC들은 다 저렇죠. 유독 론다인 길드 놈들이 심하게 굴리는 경향도 없지 않아 있지만 말이죠."

"그나저나 네놈 손에 들린 것은 뭐냐?"

"아, 이번에 채굴 스킬이 3레벨에 도달하면서 상급 원석을 얻었습니다. 어떻습니까. 이쁘지 않습니까?"

"……."

벌써 일꾼의 삶에 적응해 버린 한성이었다.

"오늘부터 너희들은 보로스테 광산으로 간다. 어차피 챙길 짐도 없으니까 후딱 준비해서 입구로 튀어나오도록."

어느 정도 제피스 광산에 적응되었을 7일 차에 돌입한 순간, 간부 한 명이 예정했던 보로스테 광산에 대해 발표를 했다.

노예들은 일터를 옮긴다는 사실에 구시렁거리면서 불만을 표하고 있었지만, 용찬과 한성은 아니었다.

작센 지역 서쪽에 위치한 보로스테 광산. 대형 길드 소속이 아니면 게이트 이용이 불가능한 미션 속에서 거기까지 이동하기란 쉽지 않았다.

'게이트 이용이 불가능한 만큼 최단 거리를 잡아서 간다 쳐도 한 이 주일 정도는 걸릴 겁니다.'

한성의 말마따나 가공소에서 보로스테 광산까지의 거리는 제법 됐다. 하지만 론다인 소속의 일꾼으로서 게이트를 이용한다면 단숨에 도달할 수 있는 거리.

오직 이 순간만을 위해 일꾼으로서 기다려 왔던 용찬은 흡족한 미소를 지으며 그들을 뒤따라갔다.

-도착하신 다음 어쩌실 계획이십니까. 마왕님?

'틈을 봐서 광산 내부를 아예 뒤엎던가. 혹은 검은 운석 조각을 빼돌리는 두 가지 선택지가 있겠지.'

-역시 후자겠죠?

'내가 어쩔 것 같지?'

-……괜한 질문이었군요.

품에 숨긴 통신 수정구로 대화를 이어가던 한성이 고개를 좌우로 저었다. 그동안 봐왔던 용찬의 성격상 잠자코 가만히 있진 않을 터.

대형 길드도 두려워하지 않는 바쿤의 마왕이 전자를 택한다는 것은 쉽게 상상조차 할 수 없었다.

'단순히 검은 운석 조각만을 얻기 위해 온 것은 아니지.'

용찬 또한 최우선적인 목적이 검은 운석 조각이었기 때문에 얌전히 일꾼으로서 활동했던 것뿐. 아직 들개 한 마리도 제대로 교육시키지 못한 가운데 목적만 달성한 채 미션을 빠져나간다는 것은 영 자신과 맞지 않는 방법이었다.

[론다인 소속 이동 게이트가 발동합니다.]
[보로스테 광산 입구로 이동됩니다.]

마침 제피스 광산 근처에 세워져 있던 푸른 게이트가 환한 빛을 내뿜었다.

감긴 눈을 뜨자마자 보이는 것은 오색빛깔 별무리들이 쏟아지고 있는 높은 봉우리 근처 광산. 아예 내부 천장이 뻥 뚫려 있는 보로스테 광산은 형형색색의 빛줄기들 속에서 아름다운 광경을 자아내고 있었다.

"장관이긴 장관이네. 다른 길드원들이 그렇게 언급하던 이유가 있었네."

"1년 전쯤에 여기로 유성우가 떨어졌다고 하던데. 정말 사실이었나 봐."

"그러게. 우선 노예들 데리고 여기 관리자들한테 보고하러 가자고."

"자. 다들 넋 놓고 있지 말고 따라와. 열외되는 새끼는 바로 지져 버릴 테니까 조심하라고."

아무리 장관인 경치라고 해도 결국 노예들에게 있어선 새로운 일터일 뿐. 족쇄가 차여진 일꾼들은 두 명의 간부를 따라 내부로 진입하기 시작했고, 낙인의 효과로 인해 스킬 및 특성 사용이 불가능하던 용찬과 한성도 묵묵히 그들을 뒤따라 들어갔다.

'일단 저놈들이 가지고 있는 낙인의 인장을 회수하거나 파괴해야 할 텐데.'

낙인의 인장. 범죄자를 담당하게 된 플레이어에게 일시적으로 주어지는 관리 권한이다. 다행히 노예들처럼 함부로 명령을 내리진 못하지만 하루 할당량을 채우지 못할 시 일시적으로 정신적 충격을 가할 수 있는 아이템이었다.

저것이 사라지지 않는 한 용찬과 한성에게 적용되어 있는 귀환 및 기술과 관련된 패널티는 풀리지 않을 터.

하지만 아직 병사 소환 시스템이 남아 있었기 때문에 용찬은 조급히 생각하지 않았다.

"허허. 반갑습니다. 론다인 길드분들. 전 보로스테 광산의 관리자인 구망입니다. 추가로 일꾼들을 데려오셨다고 하던데?"

임시 거처로 보이던 건물 안에서 작센 가공소 소속인 구망이 뒤뚱뒤뚱 걸어왔다. 예상보다 뚱뚱한 체격을 가진 구망의 모습에 일순 간부 중 하나가 눈살을 찌푸렸지만 다행히 그는 알아채지 못한 듯했다.

"아, 반갑습니다. 여기 다크 엘프, 드워프, 인간까지 총 39명의 새로운 일꾼들입니다."

"오호호호. 제법 반반한 다크 엘프들도 함께 있군요."

"……뭐, 그렇습니다만."

"어라? 저 플레이어들은 누구입니까?"

탐욕어린 눈빛으로 다크 엘프들을 훑어보던 찰나, 뒤에 있던 용찬과 한성이 눈에 거슬렸다.

"범죄자들입니다. 일단 저희 론다인 길드가 맡고 있는 상태죠. 다행히 아무런 저항 없이 하루 할당량을 꾸준히 채우고 있으니까 굳이 건드리지 않으셔도 될 겁니다."

"아하. 그럼 다행이군요."

"물론 저희 길드의 노예들도……."

"자자, 그런 것은 제가 다 알아서 할 테니 플레이어 분들은 일단 안으로 들어가시죠. 제가 식사라도 한 끼 대접해 드리겠습니다."

말이 끝나기가 무섭게 구망의 부하로 보이는 NPC들이 간부들을 거처 안으로 안내했다. 아마 노예들을 편히 관리하기 위해 일찌감치 그들에게 환심을 사는 것일 터.

아무리 독점권을 쥐고 있는 대형 길드라고 해도 지역 전체를 소유하고 있는 작센 가공소를 무시할 순 없었기에 간부들도 마지못해 거처 안으로 따라 들어갔다.

'광산을 빌려주고 책정된 비율대로 광석들의 값어치를 정산해 주는 관리자들이니 저럴 수밖에 없겠지.'

즉, 갑과 을로 따진다면 순전히 갑은 작센 가공소란 것이다. 그렇게 간부들이 사라지고 노예들만 오롯이 남겨지자 구망이 갑자기 본색을 드러내기 시작했다.

"오홍오홍. 너희들의 의무는 너희들이 가장 잘 알고 있을 거다."

"……."

"아, 물론 범죄자 분들은 예외. 어차피 신경 쓰지도 않을 테니까 알아서 작업을 하시길."

잠깐 용찬과 한성에게로 시선이 쏠렸지만 구망의 말은 계속 이어졌다.

"어쨌든 거기 드워프들과 인간 놈들은 내 부하를 따라서 작업장으로 가도록 해."

"그, 그러면 저희들은?"

"잠시 확인해 볼 게 있으니까 너희 다크 엘프들은 나를 따라 거처 안으로 들어오도록."

음흉하기 그지없는 미소에 다크 엘프들의 안색이 창백히 물들었다.

여기서 놈의 의도를 모를 자는 아무도 없을 것이다. 특히나 여성으로만 구성되어 있던 다크 엘프들이었기 때문에 그녀들이 어떤 운명을 맞이할지는 뻔했다.

다만.

"……."

아무도 섣불리 나서지 않았다. 그저 외면한 채 구망의 부하를 따라 작업장으로 향할 뿐. 혹여 관리자의 심기를 거스를까 싶어 드워프와 인간 NPC들은 시선조차 주지 않고 있었다.

-마왕님. 우선 저희도 작업장으로 가도록 하죠?

'…….'

-마왕님?

한성이 통신으로 되물었지만 용찬은 대답하지 않았다. 아니, 대답할 겨를이 없었다.

띠링!

'……이건?'

눈앞에 뜬 새로운 퀘스트 창에 두 눈이 휘둥그레지고 있었으니까.

작센 지역의 모든 광산과 채굴지는 가공소가 소유하고 있다. 계약을 맺어 독점권을 얻어내는 대형 길드들은 그저 일정 기간 동안 가공소에게 소유지를 빌리는 것일 뿐. 광산과 채굴지의 관리 권한은 가공소 관리자들에게 있었다.

"정산 비율도 50%나 떼어가는 놈들이 이젠 하다 하다 못해 길드 소유의 노예까지 건드려?"

"놈들이 갑인데 어쩌겠어. 우리가 참아야지. 길드 마스터도 한동안 사고 치지 말라고 했으니까 그냥 넘어가자고."

"젠장. 그 돼지 새끼 얼굴 보니까 밥맛도 싹 달아나네."

이미 수천, 수억의 골드를 들여 독점권을 얻어낸 론다인 길드. 정산 비율만 놓고 보자면 손해라고 생각할 수도 있겠지만 아쉽게도 그것은 아니었다.

어느 정도 인력만 갖춰지면 투자한 비용을 훌쩍 뛰어넘을 수 있는 엄청난 채광량. 오직 작센 지역의 수입원들만이 가지고 있는 커다란 메리트가 있었기 때문에 이렇게 여러 대형 길드들이 가공소와 계약을 맺으려고 하는 것이었다.

물론.

"하, 나중에 부길마님한테 요청해서 대체 길드원 하나 뽑아 달라고 해야겠어. 저런 돼지 새끼 얼굴 보면서 일하려니까 벌써부터 헛구역질이 밀려온다. 야."

노예들을 관리하는 간부들 입장에선 죽을 맛이었지만 말이다.

그렇게 불쾌한 식사를 대충 끝낸 둘은 길드에 간단히 보고를 올리며 다시 노예들의 상태를 점검하러 갔다.

"응? 뭐야. 다크 엘프들 다 어디 갔어?"

"구, 구망 님께서 전부 거처 안으로 데리고 들어가셨습니다."

"아이고. 미치겠다. 진짜."

간부들은 이마를 탁 쓸어 만지고 노예들은 애써 시선을 돌린다. 첫날부터 엉망진창인 보로스테 광산의 작업 현황이었다.

하지만 그것도 잠시.

"엥? 그러고 보니 범죄자 두 명은 또 어디 간 거여?"

가장 먼저 위화감을 눈치챈 간부 한 명이 눈동자를 이리저리 굴렸다. 보이지 않는다. 아까 전까지만 해도 노예들과 함께 있던 용찬과 한성이 보이지 않고 있었다. 다행히 낙인의 인장이 적용되고 있었기 때문에 귀환은 불가능한 상태였지만 괜

시리 불안해지기 시작했다.

그리고.

콰아아앙!

불안이 현실로 다가왔다.

[작센 지역을 토벌하라(1)]

[등급 : B]

[설명 : 천연 자원지로 널리 알려져 있던 작센 지역에 가공소가 들어선 지 3년이 지났다. 현재 가공소는 대형 길드를 이용해 노예들을 광산으로 투입하며 노동 착취를 하고 있다. 가장 먼저 보로스테 광산을 점령해 마왕의 등장을 알려라!]

[목표 : 보로스테 광산 점령 0/1]

[보상 : ?]

어떤 예고도 없이 갱신된 마왕성 퀘스트. 보상조차 제대로 공개되지 않은 가운데 무작정 보로스테 광산을 점령하란 목표가 주어져 있었다.

'정말 타이밍 하난 인정해 줘야겠군. 그나저나 첫 번째 퀘스트 목표면 두 번째 목표도 존재하는 건가.'

의심할 것도 없는 연계 퀘스트다. 보로스테 광산을 점령할 시 새로운 목표가 추가로 주어질 터.

마침 론다인 길드와 관리자를 뒤엎을 차에 갱신된 퀘스트였기 때문에 그다지 거부감은 없었다. 아니, 오히려 더욱 이득을 챙길 수도 있는 상황.

원활한 퀘스트 수행을 위해선 가장 먼저 낙인의 인장을 제거할 필요가 있었다.

[바쿤의 용병 루시엔을 소환했습니다.]
[바쿤의 병사 쿨단을 소환했습니다.]
[바쿤의 병사 헥토르를 소환했습니다.]

간만에 바쿤의 초기 멤버들이 마왕의 부름을 받아 광산 내부에 모습을 드러냈다.

[?ㅅ?]

"여긴……. 광산?"

"우와. 저기 막 별무리가 반짝거리고 있어요!"

낯선 광산 내부 풍경에 가지각색의 반응을 보이는 병사들. 하지만 용찬이 지시를 내리자 단숨에 눈빛이 달라졌다.

"너희들은 저 건물로 침투해 안에 있는 놈들을 모조리 제거해라."

"옙! 맡겨만 주십시오!"

"특히 루시엔. 너는 최대한 이성을 잃지 않게 주의해라. 광폭 스킬도 너무 남발하지 말고."

"이성을요?"

"들어가 보면 알게 될 거다."

귀를 쫑긋 세우며 고개를 갸웃거리는 루시엔이었지만 임시 거처로 들이닥치자마자 그 이유를 깨닫게 됐다.

"이 개같은 자식들아아아아아아-!"

분노 어린 목소리가 광산 내부 전체로 울려 퍼졌다.

마침 구망이 데려간 동족들을 발견한 것일까. 병사들이 침투한 지 얼마 되지 않아 NPC들의 격한 비명 소리가 들려오고 있었다.

"저거 그대로 이성을 잃을 판인데 괜찮으시겠습니까?"

"분노는 좋은 원동력이지. 그리고 지금의 루시엔이라면 최소한 이성의 끈은 붙잡을 수 있을 거다."

"뭐, 그렇다면 다행이지만. 아, 그나저나 그 간부들은 어쩌시려고 그러십니까. 이러면 놈들을 상대할 병사들이 없지 않습니까."

"처리가 끝날 때까지 똥개 훈련을 시킬 셈이다."

"똥개라면……."

얼빠진 얼굴로 기억을 더듬던 한성이 뒤늦게 딩크를 기억해 낸 것인지 손바닥을 내려쳤다.

그와 동시에 네 번째로 소환되는 바쿤의 신규 용병.

정작 본인은 예상치 못한 소환에 무척이나 당황하고 있었지만 금방 용찬의 목소리에 정신을 차렸다.

"뭐 하고 있지? 정면을 봐라."

"아, 아니. 저건 플레이어들이잖아?"

"수인왕의 후계자라고 했었던가. 내 실력을 바라기 전에 우선 너 자신부터 입증해 봐라. 만약 여기서 놈들을 이기면 코판과의 거래는 없었던 일로 해주지."

황급히 달려오는 론다인 간부들과 자신을 시험하려고 드는 마왕. 퇴로조차 보이지 않는 가운데 딩크가 고를 수 있는 선택지 따윈 애초에 존재하지 않았다.

'아무리 그래도 카어스의 후계자인데 다시 바쿤의 용병이 되라니. 너무 무리한 요구이십니다.'

'그러면 네 아들 대신 네놈이 책임을 져야 할 텐데? 설마 코르덴 왕국과 프로이스 가문의 일로 사건을 발전시키고 싶은 건 아니겠지?'

'끄응. 그럼 차라리 기간이라도 좀…….'

'아니, 네놈이 지난 2년 동안 하지 못했던 후계자 수행을 내가 대신해 주도록 하지. 2년, 정확히 2년 동안 딩크를 바쿤의 용병으

로 맡겨라.'

아직도 코핀이 식은땀을 흘리며 안절부절못하던 그때가 잊혀지지 않았다. 만약 자신이 바쿤에 붙잡히지 않았더라면 수인왕도 그렇게까지 난처해하지 않았을 것이다.

때문에 딩크는 오만상을 찌푸리면서도 철퇴를 들어 올렸다.

"그 말. 뒤에 가서 바꾸지 마."

"물론."

"크르르르. 그래. 망나니. 네놈이 원했던 대로 내 본 실력을 보여주마."

처음으로 딩크가 책임감을 느끼는 순간이었다.

'놀, 전사인가. 무슨 목적인지는 몰라도 이유가 있어서 절망의 대지를 돌아다니는 것 같은데. 혹시 마왕성의 용병이 될 생각은 없나?'

처음 펠드릭 프로이스의 첫 인상은 강한 마족이었다.

겉으로 풍기는 기세부터가 남달랐던 중년 사내. 그때만 해도 그가 마계 최상위 가문의 가주인 줄은 꿈에도 모르고 있던 딩크였다.

제의를 승낙한 이유는 단지 펠드릭과 마왕성에 대한 호기심 때문이었고, 얼마 되지 않아 원하던 대로 바쿤의 용병으로 들어가게 됐다.

하지만.

'술! 술 좀 더 갖다줘어어어어-!'

바쿤은 기대했던 것과 달리 실망만 가득했다. 망나니가 되어버린 비운의 마왕, 파산하기 일보 직전인 아슬아슬한 재정, 계약 취소를 심히 고민하고 있던 다른 병사들과 용병들까지.

전부 다 수준 이하였던 것이다.

'차라리 절망의 대지 깊숙한 곳에 박혀 수련하는 게 낫겠어.'

때문에 딩크는 마왕성을 탈주해 홀로 수련을 자처한 것이었다. 한데, 이제 와서 다시 바쿤의 용병이 되라니. 아무리 헨드릭이 달라졌다고 하지만 한 번 머릿속에 박힌 인식이 그리 쉽게 바뀔 리 없었다.

"뭐야. 여긴 몬스터 비출현 구역이잖아. 어떻게 놀이 들어와 있는 거야?"

"몰라. 일단 처리부터 해!"

'그렇게도 날 무시한다면 직접 보여주지!'

상대는 마법사와 전사로 이루어진 플레이어 두 명. 나름 실력에 자신이 있던 것인지 다소 여유를 부리며 스킬을 준비하는 감이 없지 않아 있었다.

2대1 구도인 만큼 마법사를 먼저 처치하지 않으면 자신이 곤란해질 터. 하지만 딩크는 그런 것 따위 신경 쓰지 않았다.

[야성의 본능이 발동됩니다.]
[일정 시간 동안 민첩 능력치가 소폭 증가합니다.]
[광기의 칼날이 발동됩니다.]
[일정 시간 동안 방어력이 하락하는 대신 스킬 위력이 대폭 증가합니다.]

등급이든 숫자든 그저 앞에 보이는 것을 모조리 부숴버릴 뿐. 그렇게 가벼운 버프가 몸에 깃드는 순간 딩크의 신형이 빠르게 정면으로 쏘아졌다.

가장 먼저 쇄도해 오는 것은 전사 플레이어의 커다란 대검. 따로 특성 효과가 적용되어 있는 것인지 육중한 대검을 마치 나뭇가지처럼 한 손으로 휘두르고 있었지만 피할 생각은 없었다.

푸샤아악!

오히려 대놓고 살을 내주며 기력이 실린 철퇴를 휘둘렀다.

[플레이어 백진호가 매직 실린더를 시전했습니다.]
[지정된 대상의 공격을 역으로 되돌려 줍니다.]

퍼억!

후방에 있던 마법사를 그대로 방치하고 있던 탓일까. 마침 캐스팅이 끝난 놈의 마법에 철퇴가 거꾸로 휘둘러졌다. 결국 딩크는 자신의 무기에 자신이 당하는 불상사를 겪고 말았지만 슥 올라간 입꼬리는 결코 내려가지 않았다.

[광전사의 혈기가 발동됩니다.]
[출혈량에 따라 힘 능력치가 대폭 상승합니다.]

"크흐흐흐흐. 그래. 이 맛이지. 이 정도는 되어야 전투 아니 겠어!"

단순무식한 방법이지만 이로써 마법사는 다음 마법을 캐스 팅하기 전까지 전투 지원을 할 수 없었다.

"저 놀 새끼. 미친놈 아냐?"

"저렇게 피가 철철 흐르는데도 웃을 수 있다니. 완전 상 또 라이 몬스터잖아!"

"크하하하. 개자식들아. 그래. 나 미친놈. 아니, 미친 놀이다!"

내려친다.

까앙!

또다시 내려친다.

까아앙!

상대의 무릎이 먼저 바닥에 닿을 때까지. 상대의 무기가 먼저 박살 날 때까지 내려치고 또 내려친다.

딩크의 전투 방식은 단지 그것뿐이었다.

"크윽. 이 자식. 철퇴 위력이 장난이 아니야. 얼른 마법을……."

"어딜 내뺄려고!"

"젠장. 왜 안 죽는 건데!"

분명 공격 속도로는 전사 직업이던 간부가 우위에 서 있었다. 때문에 무작정 달려드는 딩크에게 수많은 검상을 안겨주고 있었지만 놈은 절대 쓰러지지 않았다.

정확히 치명상만을 피해내며 만신창이가 된 몸으로 끝까지 철퇴를 휘두르는 놈 전사.

'이, 이놈은 단순한 C급 놈이 아냐. 달라, 다르다고!'

그제야 플레이어들에게 공포란 감정이 각인되고야 말았다.

"어딜 가. 넌 끝까지 나랑 놀아야지. 안 그래?"

"아아아아……!"

겨우 C급 놈 전사에게 두려움을 느끼기 시작한 것이다. 전사 직업이던 간부는 파르르 두 눈을 떨면서도 죽지 않기 위해 반격을 가했고, 얼마 되지 않아 유일한 희망이던 진호의 화염 마법이 발현했다.

"뒤져. 이 새끼야!"

"아, 더워 죽겠는데 지금 장난치냐?"

"헉? 내 마법을 제자리에서 버틴다고!"

딩크가 있던 자리 위로 솟구치는 화염 기둥. 하지만 붉은 가죽들이 활활 타오르는 와중에도 그는 손에 쥔 철퇴를 놓지 않았다.

[적응력 특성이 발동되고 있습니다.]
[물리적 고통에 적응해 물리 방어력이 상승하고 있습니다.]
[화염의 기운에 적응해 해당 속성의 저항력이 상승하고 있습니다.]

그 어떤 치명적인 고통도 적응만 하면 다음 공격은 덜 아픈 법이다. 물론 예외도 있게 마련이지만 적응력이 있는 한 딩크는 쉽게 쓰러지지 않는 불사나 다름없었다.

그리고.

덥석!

"오늘 미친 놀이 어떤 놀인지 보여줄게."

"끄아아아아!"

활활 타오르는 불길 속에서 광견이 사나운 이를 드러내고 있었다.

[놀 전사 딩크가 플레이어 한정석을 제압했습니다.]

[플레이어 한정석이 기절했습니다.]

등급으로만 놓고 보면 론다인 간부들의 승리가 기정사실화 되어 있었다. 하지만 C급인 딩크는 B급 랭커인 정석을 매우 압도적으로 제압해 버렸다.

그것도 온갖 마법을 맨몸으로 버텨내면서 말이다.

'적응력 특성을 가지고 있었던 건가?'

방패병들에게 있어 치명적인 독과도 같은 적응력 특성.

분명 공격을 받을 때마다 피해에 적응하며 방어력을 상승시키는 뛰어난 효과를 가지고 있었지만, 차후에 밀려오는 부작용은 이루 말할 수 없을 정도였다.

때문에 적응력을 특성의 탱커들도 대부분 신체의 한계와 정신적인 부작용을 생각해 최대한 자제하는 경향이 있었는데, 딩크에겐 그런 것 따위 존재하지 않았다.

당한 만큼 갚아줘야 직성이 풀리는 성격.

"크흐흐흐. 이제 너 하나밖에 안 남았네?"

가히 광견이나 다름없는 것이다.

살벌하기 그지없는 딩크의 눈빛에 오한이 들린 것인지 진호는 사시나무 떨듯 몸을 떨었고, 결국 얼마 되지 않아 전의까지 상실하고 말았다.

참으로 만족스럽다 못해 절로 박수가 나오는 광경.

한참 지켜보고 있던 용찬은 살며시 입가를 말아 올렸다.

'역시 쓸 만한 놈이었어.'

후한 평가 속에서 피로 흠뻑 젖어 있던 철퇴가 다시금 휘둘러졌다.

퍼억!

가장 먼저 지팡이를 쥐고 있던 손목이 아작 났다.

픽!

급히 도망을 치려 해봤지만 이내 다리까지 뭉개지고 말았다. 그렇게 처참한 상태가 된 직후 진호가 내린 결론은 목숨 구걸. 손목과 다리에서 느껴지는 격렬한 고통에 피눈물을 삼키던 그가 마침내 몬스터 앞에 굴복한 것이다.

하지만.

"살려……."

"그냥 뒈져."

광견에게 결코 자비란 없었다.

털썩!

론다인 길드의 간부이던 그들의 결말은 너무도 허무했다. 제대로 실력조차 발휘하지 못한 채 놀에게 압도되어 비명횡사한 꼴이란. 참으로 한심하기 그지없는 광경이었다.

[적응력 특성 효과가 한계치에 도달했습니다.]
[적응력 특성의 부작용이 밀려옵니다.]

"끄으으으!"

전투를 마치자마자 부작용이 밀려온 것일까.

거친 숨을 내뱉고 있던 딩크가 갑자기 털을 쭈뼛 세우며 오만상을 찌푸렸다.

그동안 당한 피해가 한꺼번에 몸으로 파고드는 것일 터.

하지만 얼마나 강한 정신력을 가지고 있던 것인지 딩크는 결코 고통 앞에 굴복하지 않았다. 오히려 당당히 통증을 버텨내며 용찬을 노려볼 뿐이었다.

"어때. 이 정도면 충분하지?"

"만족스럽군."

"좋아. 그러면 이제 네놈이 약속을 지킬 시간이야. 얼른 마왕성으로 돌아가 아버지와 했던 거래를 취소해."

"물론 그렇게 할 생각이다. 하지만 이제 나와 거래를 해줘야하겠지?"

"뭐, 무슨 개뼈다귀 같은 소리야!"

그동안 용찬을 거쳐 갔던 바쿤의 병사 및 용병들. 그중에서 놀 전사 딩크는 가장 높은 평가를 줄 수 있는 뛰어난 인재였다.

진협과 마찬가지로 탐이 나기 시작했다.

용찬은 놈의 앞으로 포션을 던져놓고 천천히 장비를 무장했다.

"코핀과의 거래는 종결. 하지만 지금부턴 나와의 거래다. 나를 한 번이라도 무릎 꿇게 만든다면 즉시 너를 자유의 몸으로 만들어주마."

"개같은 망나니 새끼가! 날 여태까지 속였다 이거냐?"

"그럴 리가. 단지 새로운 거래를 추가할 뿐이야. 설마 내게 당할까 봐 걱정이라도 되는 건가?"

"으드득. 그래. 해보자 이거지?"

어찌 이리도 도발에 쉽게 넘어오는 상대가 있을까. 딩크는 눈앞에 놓인 포션을 걷어차 버리며 철퇴에 묻은 피를 말끔히 털어냈다.

그리고 시작된 마왕과의 대결.

"크하하하. 간지럽지도 않아!"

"그런가?"

"이따위 공격. 간지럽지도 않다……."

파지지직!

"깨게게겡!"

물론 결과는 불 보듯 뻔했다. 바쿤의 병사라면 누구나 공감할 만한 처참한 참교육의 현장. 이미 한 번 겪어본 기억이 있던 한성으로선 절레절레 고개를 저을 뿐이었다.

"왜 이리 죽고 싶어 안달 난 놈들이 많은 건지. 쯔쯧."

[낙인의 인장이 소멸됐습니다.]
[적용되고 있던 패널티 효과가 사라집니다.]

딩크가 론다인 간부를 처리한 순간 낙인의 효과는 이미 사라져 있었다.

이로써 범죄자였던 용찬과 한성은 자유의 몸이 된 상태. 따로 임시 거처로 들이닥쳤던 세 명의 병사들도 지시한 대로 일을 처리한 것인지 첫 번째 퀘스트가 완료되어 있었다.

"어라. 쟤는 얼굴이 왜 저래요?"

다크 엘프들을 이끌고 바깥으로 나온 루시엔이 가장 먼저 멍투성이인 딩크의 얼굴을 보며 물었다.

"몰라도 된다. 안에 있던 놈들은 전부 처리했나?"

"당연하죠. 하나도 남김없이 모조리 죽여 버렸어요. 특히 그 구망이란 자식은 흉측한 물건을 다시는 휘두르지 못하게 하체부터 섬세히 손을 봐……."

"잘 처리했나 보군. 너희들은 이만 돌아가 봐라."

"아니, 잠깐만요. 저 다크 엘프들은 어쩌시려구요?"

보로스테 광산의 관리자와 길드 간부를 처리하면서 노예들은 자연스럽게 자유의 몸이 되어 있었다. 비록 발목에 차여진 족쇄는 그대로였지만 노예들을 관리하던 자들이 죽게 되었으니 더 이상 강제 노동은 하지 않아도 될 터.

하지만 정작 본인들은 그렇게 생각하지 않았다.

"지금 저놈들에게 무엇을 바라는 거지?"

용찬의 물음에 루시엔이 고개를 돌렸다.

지시를 내릴 관리자들이 전부 사라지자 혼란스러워하는 다크 엘프들. 그리고 그것은 다른 노예들도 마찬가지였다.

"보로스테의 관리자 놈들이 모조리 죽었어!"

"우, 우린 자유의 몸이 된 거야."

"하지만…… 이제 우린 어디로 가면 되는 거지?"

한동안 노예의 삶에 적응되어 버린 탓일까. 돌아갈 곳도 잃은 노예들은 갑자기 주어진 자유를 쉽게 받아들이지 못했다.

뒤늦게 루시엔이 은둔자의 숲을 언급하며 설득을 시도해 봤지만 그저 경계심만 깊어질 뿐이었다.

생명의 은인, 아니, 지금 그들에게 있어선 새로운 주인만이 진정한 은인일 것이다.

'자유를 잊어버린 놈들에게 자유를 되찾아준들 그저 헛수고에 불과하지.'

설득에 실패한 것인지 루시엔이 지친 발걸음으로 돌아왔다.

"……혹시 가능하다면 동족들만큼은 은둔자의 숲으로 보내주세요."

"생각해 보도록 하지."

오직 노예가 된 동족만을 바라보고 복수를 갈고 닦아왔던 다크 엘프. 이제서야 마침내 동족들을 되찾는가 싶었지만 그들의 반응은 예상과 정반대였다.

아마 이번 일을 통해 루시엔도 무언가 깨달은 게 있을 터. 그렇게 세 명의 병사가 먼저 바쿤으로 돌아가자 용찬의 눈앞으로 메시지 창이 떠올랐다.

[보상이 지급됩니다.]
[마왕성 퀘스트가 갱신됩니다.]

'능력치의 돌? 마왕성 퀘스트치곤 보상이 좀 약한데.'

인벤토리로 지급된 것은 힘의 돌과 민첩성의 돌. 물론 가장 중요한 목적은 검은 운석 조각이었지만 보로스테 광산을 토벌한 것치곤 무척 싱거운 보상이었다.

할 수 없이 용찬은 두 개의 능력치 스톤을 사용한 뒤 마저 연계 퀘스트를 확인했다.

[작센 지역을 토벌하라(2)]

[등급 : B]

[설명 : 보로스테 광산을 점령했다. 강제 노동을 하고 있던 노예들은 자유가 됐고, 얼마 되지 않아 가공소는 토벌된 광산의 소식을 듣게 될 것이다. 그전까지 노예들의 새로운 주인이 되어 재료로 필요한 광석들을 캐내라!]

[목표 : 중급 이상 철광석 0/300, 중급 이상 청동 원석 0/300, 중급 이상 벨리오룸 광석 0/150]

[보상 : ?]

[제한 패널티 : 귀환 금지.]

예상대로 작센 지역 퀘스트는 여기서 끝이 아니었다. 이젠 오히려 노예들을 이용해 광석까지 캐야 하는 상황. 도저히 의도를 알 수 없는 퀘스트 목표에 용찬의 인상이 굳어졌다.

'설마 취소 불능 퀘스트는 아니겠지?'

기대만큼 보상이 뛰어난 것도 아니고 애초에 목표도 검은 운석 조각이었다. 하지만 안타깝게도 악몽의 탑 때와 동일하게 퀘스트 취소가 불가능했다.

"마왕님. 운석 조각을 발견한 곳까지 안내해 드릴까요?"

"……굳이 우리가 캐낼 필요는 없겠지."

"예?"

더 이상 노예들에게 관심은 없었지만 강제 퀘스트만큼 선택권 또한 없었다. 용찬은 되묻는 한성의 말을 무시한 채 노예들에게로 고개를 돌렸다.

"내가 너희들의 새로운 주인이다."

마왕이 주인을 자처하는 순간이었다.

"플레이어가 새로운 주인이라니. 말도 안 돼."

"쉿. 말 조심해. 들어보니까 마왕이래!"

"마, 마왕?"

처음에만 해도 불만이 가득하던 NPC들이었지만, 새로운 주인은 이전 주인보다 더욱 무서운 존재였다.

그걸 깨달은 이후로 그들은 군소리 없이 광석들을 캐기 시작했고, 퀘스트 조건대로 재료들을 착착 모아가고 있었다.

도중 얻게 되는 검은 운석 조각은 부가품.

"냐아아앙. 맛있는 냄새가 난다!"

"냄새 하난 기가 막히게 맡는군."

"잘 먹겠다. 주인!"

당연히 체셔를 위한 간식거리가 됐다.

그렇게 차근차근 어둠의 속성력을 상승시키는 동안 보로스테 광산으로 꽤나 많은 불청객이 찾아오기도 했는데, 대부분 통신이 끊긴 것을 수상하게 여겨 찾아온 론다인 길드원들이었다.

"망나니한테 패배한 놈이 설마 한 입으로 두말하진 않겠지?"

"젠장. 다시 한 판 붙어!"

"우선 저놈들부터 처리하고 오면 다시 상대해 주지."

"좋아. 나중에 가서 딴소리하지 말라고!"

미리 로드멜을 불러왔던 용찬은 다루기 쉬운 딩크를 이용해 론다인 길드원을 처리했고, 깊은 부상을 입을 때마다 치료를 해주며 가볍게 놈을 상대로 몸을 풀었다.

그리고 일부 노예들을 불러 임시 거처에서 식사를 만들게 했는데, 다행히 관리자들이 모아온 식량들 덕분에 광산 내에서 굶어 죽을 일은 없었다.

"단순히 광석들만 캐내던 일상이었는데 이렇게 음식을 만들 날이 올 줄이야."

"게다가 무겁던 족쇄도 풀어줬잖아. 전에 있던 주인 놈에 비하면 이번 주인님은 확실히 착하신 분이셔."

"마왕이 우리에게 이렇게 잘해줄 줄이야. 우리가 도망칠 수도 있단 생각은 하지 않는 건가?"

얼마나 심하게 학대받으며 살아왔던 것인지 노예들은 새로운 주인을 매우 만족스러워했다. 강제 노동을 한다는 것은 변함이 없었는데도 말이다.

'그러고 보면 퀘스트도 이상하단 말이지. 첫 퀘스트 때만 해

도 노동 착취를 당하고 있는 노예들을 언급하며 광산 점령을 지시하더니. 결국은 또다시 강제 노동인가.'

물론 용찬으로선 노예들이 어떻게 되든 상관이 없었다. 그저 퀘스트의 의도를 이해하지 못하고 있을 뿐.

우선 퀘스트 목표대로 광석들을 모으곤 있었지만 연계 퀘스트가 길면 길어질수록 시간상 손해가 매우 컸다.

[노예 파빌로가 상급 청동 원석을 획득했습니다.]
[노예 라린이 최상급 철광석을 획득했습니다.]
[노예 바리스티가 중급 벨리오룸 광석을 획득했습니다.]

그것을 아는지 모르는지 노예들은 그저 성실히 광석을 캘 뿐이었다.

"마왕님. 여기 계속 남아 있으실 예정이십니까?"

"퀘스트 때문에 약간 시간이 걸릴 것 같군."

"으음. 대체 무슨 퀘스트인지는 모르겠지만 가공소 놈들이 이 상황을 알기라도 하면 금방 그 자식들이 몰려올 겁니다."

대형 길드들이 작센 가공소를 건드리지 못하는 단 한 가지 이유.

그건 한참 마계에서 활동했던 한성조차 알고 있을 정도로 널리 알려진 이유였고, 그것은 회귀자인 용찬도 다르지 않았다.

관리대장!

가장 처음 작센 지역에 도착해 가공소를 창설한 다섯 명의 괴물들이다. 지금은 본부에 군림하여 드워프들에게 대부분의 일을 맡기고 있었지만, 놈들 한 명 한 명이 B급 히어로 수준에 달하는 무기술의 달인이었고 특히 그들 밑으로도 강력한 수만의 부대가 있었다.

'결국 5년차에 타이탄 길드에게 60%의 정산 비율을 요구했다가 아둔에게 전부 죽어버렸지만 지금은 아니지.'

물론 그들과 직접 붙는다면 지금도 충분히 상대할 순 있었지만 놈들 밑에 있는 수만의 부대가 걸려왔다. 게다가 당장 강제 퀘스트 때문에 돌아가지도 못 하고 있지 않은가.

한성이 우려하는 것을 모를 리가 없는 용찬이었지만 돌아가기 위해선 최대한 빠르게 퀘스트를 클리어해야 했다.

"주인…… 아니, 마왕님! 지시하신 대로 광석들을 전부 모아 왔습니다!"

"음. 그래도 그렇게 오래 걸리진 않았군."

보로스테 광산 점령 이후 5일 차에 접어들었을까. 마침내 퀘스트 목표이던 광석 수량이 모두 채워졌다.

노예들 중에서도 가장 넉살이 좋던 파빌로는 환한 미소를 지으며 잽싸게 나머지 광석들을 가져왔고, 용찬은 건네받은 광석들을 확인하며 다음 연계 퀘스트를 기다렸다.

하지만 어찌된 것이 눈앞으로 떠오르지 않는 메시지.

쿠구구구궁!

오히려 보로스테 광산 전체가 큰 충격에 흔들리며 이변이 일어났다.

"저, 저건 뭐지?"

"성? 성 같은데?"

"도망쳐! 이쪽으로 떨어진다!"

뻥 뚫려져 있던 구멍 속으로 떨어지는 10층 규모의 커다란 성. 노예들은 난데없이 떨어지는 건물에 당황하며 도망쳤지만 용찬과 한성은 그러지 못했다.

"마왕님. 이거 실화입니까?"

"……"

익숙하기 그지없는 흑색 성이 광산 내부로 착지한다. 순간 눈을 의심케 만드는 광경이었지만 안에서부터 뛰쳐나오는 병사들은 결코 환상이 아니었다.

바쿤. 절망의 대지에 있어야 할 마왕성이 작센 지역으로 이동된 것이다.

"아니, 무슨 마왕성이 커맨드 센터도 아니고……"

절로 공감되는 한성의 혼잣말이었다.

◄ 63장 ►
노예들의 반란

"구망과 통신이 끊겼다고?"

보고서를 들고 있던 사내가 굳은 안색으로 얼굴을 들어올렸다. 그러자 테이블에 둘러앉아 있던 네 명이 의미심장한 눈빛으로 고개를 돌렸다.

가공소를 처음으로 창설했던 다섯 명의 관리대장.

그들의 시선을 한 몸에 받고 있던 메드는 몸을 오들오들 떨면서 고개를 끄덕였다.

"예. 론다인 길드가 독점하고 있던 보로스테 광산의 관리자로부터 연락이 끊긴 지 벌써 5일이 지났습니다."

"론다인 길드 놈들은 뭐라고 답변하고 있지?"

"직접 확인 차 보로스테 광산으로 길드원들을 보내고 있다고는 하는데……아직까지 별다른 보고는 올리지 않고 있습니다."

"쯧. 보나 마나 뻔하겠군."

5일이 지난 와중에도 보고를 올리지 않는다는 것은 아직까지 길드 내에서 해결이 되지 않고 있단 뜻이나 다름없었다.

그것을 가장 먼저 알아차린 관리대장 제트는 두 가지 경우의 수를 떠올려 냈다.

가장 먼저 보로스테 광산에 침입자가 발생했단 것. 그게 아니라면 론다인 길드가 수작을 부리고 있단 의미일 것이다.

'하지만 감히 우리를 상대로 수작을 부릴 정도로 멍청한 놈들은 아니지. 그렇다면 전자 쪽에 가까우려나.'

물론 당장 판단을 내리기엔 너무 일렀다. 우선 길드 내에서 해결이 되지 않는 상황인 만큼 가공소에서 직접 병력을 차출해 보로스테 광산의 상황을 확인해야 할 터.

때문에 리더로 인정받고 있던 제트는 우측에 앉아 있던 둘을 가리키며 지시를 내렸다.

"롬. 카인. 쓸 만한 디텍터들을 데리고 보로스테 광산으로 가봐."

"하아. 어떤 미친놈들이 보로스테 광산을 건드린 거래."

"아직 정확히 밝혀진 것은 없어. 너무 이른 판단은 내리지 마."

"뭐, 직접 가서 확인해 보면 되겠지."

관리대장들은 자신이 넘쳤다.

오만? 아니, 이미 입증된 실력이 있었기 때문에 사건의 범인이 누구든 아무런 상관이 없었다. 그저 한동안 지루했던 일상을 풀어줄 만큼 상대가 강하길 바랄 뿐.

물론 아직까지 밝혀진 사실은 아무것도 없었지만 지시를 받은 만큼 최선을 다할 생각이었다.

"흐흐흐흐. 간만에 몸 좀 풀겠구만."

"적들이 있는지 없는지도 모르는데 너무 성급히 생각하는 거 아니야?"

"정 안 되면 보로스테 광산으로 트집을 잡아서 론다인 길드를 쳐부수면 되겠지. 뭐."

"무식하긴. 아무튼 갔다 올게."

피식 웃던 호리호리한 신형의 카인이 거대한 덩치의 롬을 이끌고 먼저 방을 나섰다. 그제야 하나둘씩 방을 빠져나가는 관리대장들.

뒤늦게 리더로 인정받던 제트까지 어딘가로 사라지자 바짝 긴장하고 있던 메드가 이내 안도의 한숨을 내쉬었다.

"보고하러 올 때마다 10년은 더 늙는 것 같네. 하아, 왜 하필 보로스테 광산에서 사건이 터져서."

최근 운석 조각으로 이슈가 되고 있는 보로스테 광산. 비교적 다른 수입원들보다 채굴량도 상당해 가공소 내에서 주요 수입원으로 꼽고 있는 광산 중 하나였다.

이렇게 계속 채굴을 하지 못하게 되면 길드는 물론 가공소까지 수입 면에서 피해가 클 터. 하지만 관리대장인 롬과 카인 정도면 충분히 빠른 시일 내로 문제를 해결할 수 있었다.

'그래. 관리대장 두 명이 파견됐는데 해결하지 못할 리가. 으음. 근데 왜 이리 불안하지?'

문득 얼마 전 사로잡은 범죄자 두 명이 떠올랐다. 딱히 대형 길드의 소속도 아니었기 때문에 늘 하던 대로 노동형을 선고했던 무투가와 흑마법사.

론다인 간부 두 명이 직접 인수해 일꾼으로서 데려갔지만 지금 놈들이 어디에 있는지는 알지 못했다.

'왠지 시기가 겹치는 것 같은데…… 설마 그놈들은 아니겠지?'

괜스레 불안해지는 메드였다.

그 시각, 문제의 보로스테 광산은 예상치 못한 마왕성의 출현으로 인해 혼란스러운 분위기였다.

"오오, 맙소사. 마왕님. 대체 여기는 어디인 것입니까?"

"이건 재앙이야. 갑자기 이런 곳에…… 허어? 저건 생전 처음 보는 광석들인데!"

"키에에엑. 다들 조용히 해라!"

난리도 어찌 이런 난리가 있을까. 재봉사이던 월트릿은 난

데없는 광산 풍경에 경악을 금치 못하고 있었고, 대장장이인 잭 펠터는 그와 함께 혼란스러워하다가 이내 쌓여 있는 광석들을 향해 달려가고 있었다.

불한당의 대장인 칸과 켄이 뒤늦게 수습을 시도해 봤지만 전혀 나아지는 게 없는 상황.

"다들 입 다물어라."

결국 용찬이 직접 카리스마까지 발동하며 경고를 내리자 그제야 잠잠해지는 분위기였다.

[작센 지역을 토벌하라(3)]

[등급 : B]

[설명 : 이제 장비를 만들 재료는 충분해졌다. 그동안 모아온 광석들을 이용해 노예들의 장비를 제작해라. 그리고 바쿤을 거점삼아 주변 광산들의 노예들을 탈출시켜라!]

[목표 : 주변 일대 광산 토벌 0/3, 노예 탈출 0/500]

[보상 : ?]

[제한 패널티 : 귀환 금지, 장비 제작 시 다른 광석 이용 불가능, 오직 노예들을 이용해 광산 토벌.]

'어째서 광석들을 모으게 한 건지 이해가 되지 않았었는데 이런 이유였나. 결국은 노예들을 이용해 다른 노예들까지 구

해내라 이거군.'

노예들의 주인으로 군림해 작센 지역 모든 노예들에게 자유를 선사하는 것. 그리고 노예들을 억압했던 가공소를 처단하는 것까지.

상당히 귀찮아진 연계 퀘스트에 용찬이 인상을 찌푸렸다.

"그레고리."

"예? 예. 마왕님."

"정신 차려라. 우선 잭에게 저 광석들을 맡겨 저들의 장비를 제작시켜라. 그리고 넌 따로 테오스에 통신을 취해보도록."

"아, 알겠습니다."

지금 가장 중요한 것은 본래 절망의 대지에 있던 마왕성의 존재 유무였다.

만약 서열전 때처럼 인공적인 마왕성이 아니라면 여러모로 용찬의 입장이 곤란해질 수밖에 없었다.

그렇게 그레고리가 뒤늦게 정신을 차리며 차례대로 일을 주도해가자 점점 복잡하던 상황이 정리되기 시작했다.

[전속 대장장이 잭 펠터가 장비 제작을 시작했습니다.]
[전속 재봉사 윌트릿이 장비 제작을 시작했습니다.]

미리 염료 및 재봉 재료들을 구매해둔 윌트릿이 보조 업무를 맡자 금방 노예들의 장비가 제작되어 갔다. 비록 퀘스트에 언급됐던 대로 다른 광석은 이용이 불가능했지만 둘이라면 충분히 질 좋은 장비를 만들어낼 수 있었다.

그리고 얼마 되지 않아 찾아온 정보 단체 테오스의 통신.

-바쿤 말씀이십니까? 부하들에게 온 보고에 의하면 바쿤은 아무런 문제없이 그대로 최남단에 있다고 합니다.

"내부는 살펴봤나?"

-아, 잠시만 기다려 주십시오. 잉? 왜 마왕성 내부에 아무도 없는 것입니까?

다행히 작센 지역에 소환된 바쿤은 임시로 만들어진 마왕성에 불과했다. 하지만 반대로 내부에 있던 병사 및 인원들은 모조리 이곳으로 소환된 상황. 혹여 병사들이 자리를 비운 사이 몬스터들이 습격이라도 한다면 큰일이었다.

물론.

"아저씨. 여기도 꽃들을 심을 수 있지 않을까요?"

-……글쎄.

"그럼 한 번 심어봐요!"

-…….

아직까지 바쿤의 영역에 아이리스의 정원이 남아 있었지만 말이다. 네펜데스와 온갖 저주들린 꽃들을 생각해 봤을 때 그나마 그녀의 정원이 바쿤 최후의 보루일 것이다.

"마왕성이야!"

"정말 마왕님이셨어. 우리의 새로운 주인님이 드디어 작센 지역을 점령하기로 마음 먹은 거야!"

"마왕님 만세! 만만세!"

그런 사정을 아는지 모르는지 노예들은 그저 기뻐할 뿐이었다. 이젠 사악한 마왕에게 충성심까지 느끼고 있는 상황. 그저 자신들을 이끌어준다는 것에 매우 큰 감격을 느끼고 있는 듯했다.

'예전 주인보다 처우가 나아졌으니 그럴 만도 하겠지. 일단 다른 병사들도 전부 귀환이 불가능해진 만큼 빠르게 퀘스트를 클리어해야겠어.'

이렇게까지 일이 커진 이상 가공소와의 정면 대결도 진지하게 고민 해봐야 했다.

때문에 용찬은 장비가 제작되는 동안 노예들을 훈련시키기로 마음먹었다.

그렇게 해서 선별된 것이 네 명의 병사. 기사 루시엔, 마탄의 궁수 헥토르, 수호자 쿨단, 마법사 록시.

"각자 노예들을 맡아 그들에게 기본기를 가르쳐라."

"숫자도 얼마 안 되는 저자들을 훈련시킨다구요?"

"자신들의 손으로 직접 자유를 되찾는 방법을 깨우치게 만들어줘야겠지."

"마, 마왕님. 어디 아픈 건 아니시죠?"

"입 다물고 훈련이나 시작해라."

"네!"

평소의 용찬과 다르다. 그것을 가장 먼저 깨달은 루시엔이었지만 한편으론 기쁘기도 했다.

물론.

'검은 운석 조각만 얻고 빠질 속셈이었는데, 퀘스트 때문에 괜히 시간만 잡아먹게 생겼군.'

강제 퀘스트 때문에 작센 지역에 잔류해 있는 용찬으로선 답답하기만 했지만 말이다. 그나마 기대를 걸어본다면 연계 퀘스트의 최종 보상 정도일 것이다.

[어둠의 정령 체셔가 어둠의 기운을 흡수했습니다.]
[어둠의 정령 체셔가 어둠의 기운을 흡수했습니다.]
[어둠의 정령 체셔가 매우 기뻐하고 있습니다.]

"냐아아앙. 행복하다!"

반면 체셔는 얼마나 검은 운석 조각을 먹어치운 것인지 배가 볼록 튀어나와 있었는데, 다행히 보로스테 광산까지 온 것이 허사는 아니었던 것인지 새로운 스킬을 습득한 상태였다.

[어둠화(D급)]

[설명 : 마력을 소모해 일정 시간 동안 신체 부위를 어둠의 속성력으로 변환시킨다. 변환 시 스킬의 위력이 대폭 증가하고 일정 확률로 다른 대상의 스킬 및 특성을 어둠의 속성력으로 변환시켜 흡수한다.]

'그래도 검은 운석 조각을 얻으러 온 보람은 있었어. 이제 남은 것은 노예들을 이용해 주변 일대 광산을 토벌하는 것뿐.'

마침 노예들이 본격적으로 훈련을 받기 시작했다. 처음엔 낯선 지시에 어리둥절해하던 그들이었지만 네 명의 병사들이 차례대로 기술들을 전수하기 시작하자, 서서히 훈련에 몰입해 가는 분위기였다.

그렇게 노예들의 훈련이 진행되는 사이 용찬은 딩크를 맡아 참교육(?)을 실천하고 있었는데…….

"제, 제가 졌습니다. 패배를 인정하겠습니다!"

"누가 멋대로 항복하라고 했지?"

"예에?"

"아직 태도가 마음에 안 든다. 더 맞아라."

"께에에엥!"

예상보다 딩크의 수난 시대가 더욱 길어지는 분위기였다.

하지만 계속 교육을 진행할수록 적응력 특성의 숙련도가 높아져 갔고, 용찬이 얼마나 강한 것인지 직접 몸소 깨닫고 있었으니 그렇게 나쁜 것만도 아니었다.

그렇게 훈련과 동시에 교육을 한창 진행하고 있었을까.

"폐폐펭! 마왕님. 광산 게이트에서부터 수백 명의 무리가 나타났습니다!"

"플레이어들인가?"

"폐엥. 플레이어들은 아닌 것 같습니다."

"그러면 가공소 놈들이겠군."

마침내 가공소가 본격적으로 보로스테 광산으로 병사들을 파견했다. 위르겐은 금방 시야 공유를 통해 게이트에 있던 병사들을 용찬에게 확인시켜 주었고, 얼마 되지 않아 용찬의 눈에 익숙한 안면이 두 명 보이기 시작했다.

'기억이 맞다면 저 둘은 관리대장인 롬과 카인일 텐데?'

병사들의 수도 몇 백이 넘어가는 것을 봐선 그만큼 놈들에게 보로스테 광산이 중요하다는 것일 터.

하지만 안타깝게도 보로스테 광산은 이미 바쿤이 점령한지 오래였다.

'타르타로스에서 얻은 기술과 어둠화를 시험해 볼 상대가 필요했는데 마침 잘됐군.'

서서히 마왕의 양손에 시꺼먼 불길이 피어오르고 있었다.

"정말 문제 있는 거 맞아? 게이트도 정상 작동하고 입구도 그대로인데?"

"성급히 좀 굴지 마. 내부를 확인해 봐야 뭘 알 것 아냐."

다행히 광산 입구의 이동 게이트는 멀쩡했다. 병사들을 이끌고 찾아온 관리대장 롬은 별다른 습격 없이 조용하기만 한 입구 부근을 보며 고개를 갸웃거렸지만 카인은 아니었다.

그동안 론다인 길드가 토벌당한 데는 다 이유가 있을 터.

카인은 그렇게 판단하며 디텍터들을 불러 내부를 확인시키게 했다.

"내부로 50여 명의 인원 발견. 정확히 인상착의는 보이지 않지만 등급으로 봤을 때 기존에 여기로 찾아왔던 노예들인 것 같습니다."

"뭐야. 노예들이 반란이라도 일으킨 거야?"

"게네한테 무슨 능력이 있다고. 일단 디텍터들은 계속 시야를 확인하고 방패병들부터 입구로 접근해 봐."

한동안 일꾼으로서 길들여진 노예들에게 그렇다 할 전투 능력이 있을 리 없었다. 게다가 족쇄가 차여진 놈들에게 당장 주어진 무기 혹은 방어구도 없지 않은가.

만약 조력자가 있다고 해도 오히려 노예들은 미끼에 불과할 터.

그리고 예상대로 입구로 접근한 방패병들이 오들오들 떨고 있는 이종족들을 발견해 냈다.

"사, 살려주세요."

"롬 님. 카인 님. 어떻게 할까요?"

선두에 있던 방패병의 물음에 카인이 턱을 매만지며 고민했다.

'여기까진 예상대로인데. 내부가 어떻게 되어 있는지 모르니 약간 애매하네. 우선 롬을 보내볼까?'

혹여 안에서 적들에게 둘러싸인다고 해도 롬이라면 충분히 돌파가 가능했다.

마침 그도 몸이 간질거렸는지 시커먼 흑요석 방패를 꺼내 들며 가볍게 몸을 풀기 시작했다.

"넌 너무 신중해서 탈이야. 그냥 내가 직접 들어갔다 올 테니 기다려."

"방패술의 달인이신데 어련하겠어. 한번 갔다 와봐."

"좋아. 좋아."

무기술의 달인이라 불리는 관리대장들 중 유일하게 방패술을 다루는 롬. 이미 숙련도가 상급에 달해 있는 것은 물론 방패병으로서 경험도 뛰어나 확실히 믿음이 가는 동료였다.

하지만 그 순간, 시야를 확인하고 있던 디텍터 한 명이 소스라치게 놀라며 외쳤다.

"카인 님! 후방에서 수백 명의 존재가 포착됐습니다!"

"갑자기 어디서 나타난 거야?"

"조, 조심해. 위에서도 온다!"

상공에서 빠르게 낙하하는 검은 인영. 얼마나 높이 올라가 있던 것인지 시야에도 포착되지 않던 적이 발로 대지를 내리찍자 순식간에 지형이 붕괴되기 시작했다.

쩌저저적!

사방의 땅들이 갈라지고 주변 일대가 흔들려온다. 힘 및 내구 능력치가 낮던 디텍터들은 제대로 균형도 잡지 못해 혼란스러워했지만 두 명의 관리대장들은 아니었다.

그리고 가장 먼저 적을 포착한 카인이 검을 빼들고 놈의 상체를 베었다.

까앙!

하지만 다소 정확도가 부족했던 것일까. 살갗을 파고들었어야 할 검신이 어느새 푸른 건틀릿에 막혀 있었다.

"오호라. 네놈이 이번 사건의 범인인가. 저 뒤에 놈들은 전부 네놈의 부하들인가 보지?"

"관리대장 카인. 귀검술의 달인이자 관리대장들 중 가장 신중하기로 유명한 검사였던가."

"그래도 얼추 들은 것은 있나 본데. 나에 대해 알면서도 이런 일을 벌인……."

화르르륵!

검면을 타고 강렬한 열기가 전해져 왔다. 위기를 직감한 카인은 서둘러 거리를 벌렸지만 검날에 달라붙은 흑염은 쉽게 꺼지지 않았다.

그리고.

"네놈이 첫 번째 희생양이다."

마왕이 입가를 쭉 찢으며 사형 선고를 내렸다.

[귀검술의 달인 카인]

[등급 : B(히어로)]

[상태 : 불안, 하급 내구 강화, 상급 위력 강화.]

가공소를 창설한 다섯 명의 관리대장들. 무기술의 달인으로 유명한 놈들이 어디서 온 것인지는 알려진 것이 없었다. 그저 갑자기 작센 지역에 나타나 병사들과 함께 가공소를 운영하기 시작했다는 사실뿐.

회귀 이전에도 그들의 정체를 정확히 파악하지 못했었지만 단 한 가지는 알 수 있었다.

"크윽!"

지금 카인은 자신보다 한 수 아래란 것을.

때문에 용찬은 주저없이 반격을 날리며 단숨에 놈을 몰아치기 시작했다.

[화염의 속성력이 부족합니다.]
[인페르날의 효과가 사라집니다.]

'쯧. 역시 아직은 부족한 건가.'

미궁 타르타로스에서 얻었던 히든 스킬 '인페르날'. 시전자
의 화염 속성력을 소모해 지속 시간 동안 꺼지지 않는 불꽃을
만들어내는 강화계 효과였다.

하지만 안타깝게도 이전 생과 달리 속성력을 보조해 줄 장
비가 부족했던 탓인지 검게 물든 불꽃은 얼마 되지 않아 사그
라지고 말았다.

'그래도 헨드릭의 재능을 이용한다면 언제고 화염의 속성력
도 충분히 끌어올릴 수 있겠지. 일단은 시험해 본 것에 만족할
수밖에.'

마침 록시의 모래 터널을 통해 후방으로 이동한 바쿤의 병
사들도 가공소의 병사들과 충돌하기 시작했다.

"이 벌레만도 못한 놈들이 대체 어디서 기어 나온 거야?"

"키에에엑. 저놈은 우리가 맡는다!"

"하. 이젠 고블린 새끼들까지. 아주 가지가지 하는구만!"

불한당 부대가 단순히 몬스터 무리로 보였던 것일까. 롬이

선두에 있던 칸과 켄을 얕잡아보며 방패를 휘둘렀지만 기체술을 발동한 둘의 공격을 직접 실감하자 오만상이 구겨지기 시작했다.

"무슨 위력이!"

"키에엑. 한심한 놈!"

"좋아. 우리는 실버 부대와 함께 마법사들을 사격한다. 다들 시위에 화살 걸어!"

본격적으로 방패병들과 불한당이 접전을 벌이자 헥토르와 록시가 그들을 지원하며 후방의 적들을 집중적으로 노렸다.

"안 돼. 내 마력이 고갈되고 있어!"

"취이익. 록시 님께서 마법사들의 마력을 불태우고 계신다. 이 틈에 마법을 캐스팅하자!"

"멍청한 것들. 좀 더 빨리 마력을 끌어모아라."

"취이이익. 록시 님께서 재촉하신다. 최대한 빠르게 마력을 모으자!"

이제 더 이상 예전의 무식한 오크는 존재하지 않았다. 지금은 철저히 록시의 지시 속에서 갖가지 마법을 구사하는 오크 샤먼들만 있을 뿐.

그렇게 한조 부대와 실버 부대가 꾸준히 화력을 뽑아내자 라이언 부대도 치료술사들의 지원 아래 마음껏 활약을 벌이기 시작했다.

"페페펭. 좌측에서 전사들이 달려온다. 얼른 저리로 가!"

-듣지 않는다. 명령!

"이 뼈다귀 자식아. 가라면 가. 페펭!"

[-ㅅ-]

간간히 위르겐과 쿨단이 의견 충돌을 벌이기도 했지만 바쿤의 최전선은 결코 뚫리지 않았다. 그만큼 라이언 부대의 방패술 또한 가공소 병사들 못지않을 만큼 매우 성장했다는 의미일 것이다.

게다가 채널링을 통한 로드멜 특유의 그룹 힐까지 유지되고 있지 않은가. 수호자 쿨단의 흡수력 특성까지 발동되고 있는 가운데 적들은 감히 라이언 부대를 뚫고 갈 생각조차 하지 못하고 있었다.

그리고.

[바쿤의 용병 루시엔이 섬무를 시전했습니다.]

[관리대장 롬이 트로이 장벽을 시전했습니다.]

바쿤의 기사인 루시엔이 섬광 같은 찌르기를 선보이자 한창 칸과 켄에게 시달리고 있던 롬이 더욱 당황하기 시작했다.

"이젠 노예 년까지?"

"누가 노예래!"

"젠장. 무슨 속도가 이렇게 빠른 거야!"

나름 관리대장답게 적절히 대응은 하고 있었지만 바쿤 내에서 가장 민첩이 높은 루시엔의 속도를 따라가긴 꽤 힘들 것이다.

더군다나 칸과 켄이 환상의 호흡을 보이면서 보조까지 하고 있지 않은가.

그런 압도적인 전투 장면에 가만히 구경만 하고 있던 노예들도 하나둘씩 희망을 품고 있었다.

"대단해. 가공소의 병사들을 완벽히 찍어 누르고 있어!"

"우리도 저렇게 할 수 있을까?"

"저분들에게 계속 훈련을 받으면 가능할지도 몰라."

노예 생활에 적응해 버린 그들에게 가장 필요한 것은 스스로 발을 내디딜 수 있는 의지를 심어주는 것.

이번 전투를 계기로 삼아 자신들도 할 수 있다는 희망을 엿보고 있을 터다. 이제 남은 것은 그들을 두려움에 떨게 만들었던 근원을 확실히 처리하는 것뿐.

[관리대장 카인이 귀검 2식 낙천검을 시전했습니다.]

잠시 한눈을 팔고 있던 사이 세 갈래의 검기가 마치 춤을 추듯 갈라지며 땅으로 내려친다.

위력으로만 따지면 아둔의 리빌 던과 맞먹는 수준의 낙천검이다. 마력도 기력도 아닌 순수한 검기였기 때문에 백호신권도 통하지 않는 기술이었지만 어둠화가 있는 지금이라면 충분히 막을 수 있었다.

[어둠화가 발동됩니다.]
[신체의 일부가 어둠의 속성력으로 변환됩니다.]
[낙천검의 위력을 어둠의 속성력으로 변환시켜 흡수합니다.]

-냐아아앙. 꿀맛이다!

얼마나 신선한 어둠의 속성력이 공급된 것인지 인챈트 되어 있던 체셔가 감탄사까지 토해냈다.

"내 낙천검이 통하지 않는다고!"

"네놈도 오만하군."

"이 자식이!"

"오만한 놈들은 하나같이 다 똑같은 결말을 맞이하지."

시꺼멓게 물든 오른팔로 푸른 뇌전이 감돈다. 정령의 존재를 모르던 카인은 자신의 주기술이 통하지 않자 그저 당황하고만 있었지만 아직 끝이 아니었다.

[어둠화의 효과로 형태를 변환합니다.]

마치 갈퀴처럼 길게 솟아나는 오른손. 그와 동시에 저항할 수 없는 악마의 손길이 오만한 검사를 뒤덮었다.

"처절히 죽는다. 그게 바로 네가 맞이할 엔딩이다."

"어, 언제 이렇…… 컥!"

데스 그랩에 끌려온 싱싱한 먹잇감이 그대로 발에 걸어차여 공중으로 붕 떠오른다. 그 찰나의 순간 검면을 통해 위력을 최소화시킨 것 같지만 어림도 없었다.

펄럭!

악마의 상징인 날개가 펄럭거리고 신형은 뇌전으로 물들어 공간을 뛰어넘는다.

그것도 놈보다 더욱 높은 하늘 위로.

[관리대장 카인이 검사의 비호를 발동했습니다.]
[절반의 기력을 소모해 물리 방어력을 세 배 증폭시킵니다.]

뒤늦게 버프를 시전하는 모습이 보였지만 그저 쓸데없는 발버둥에 불과했다.

덥석!

"얼마나 버티는지 지켜봐 주마."

목을 움켜쥔 손속에 자비란 없었다. 강렬한 한기 속에서 카인의 상체는 빠르게 얼어붙기 시작했고, 마침 손에 맺혀진 기력과 마력이 동시에 안면으로 터져 나갔다.

타앙! 한 번.

타아앙! 두 번.

타아아앙! 세 번째 일점 격발까지.

"끄으으으."

얼마나 견디기 힘든 것인지 곱상하던 얼굴이 페트병처럼 구겨졌지만 카인은 버텨내고 있었다. 그리고 얼마 되지 않아 신형이 땅으로 처박히며 마침내 자유가 찾아왔다.

"헉. 허억. 네놈. 대체 누구야. 설마 작정하고 우리 목숨을 노리러 온 거냐?"

"그렇게 궁금한가?"

"하. 그래. 역시 그러면 그렇지. 어떤 길드야. 감히 어떤 놈들이 네놈에게 사주한 거야?"

"소속이라…… 그래. 굳이 소속이라고 한다면 마왕성 바쿤이겠지."

"……뭐?"

차르르륵!

길다란 어둠의 쇠사슬이 용찬의 손에 휘감긴다.

"설마 마왕을 처음 보나?"

"이, 이 개자식이 나를 갖고 놀아?"

농락당했다고 생각한 것일까. 격분한 카인이 상당한 쾌검술을 보이며 상단부를 찔러왔다.

하나하나 급소만을 노리고 파고드는 세밀한 공격.

하지만 이런 지루한 공방쯤은 수십, 수백 번도 겪어왔던 용찬이었다.

[관리대장 카인이 귀검 3식 귀영섬을 시전했습니다.]

가히 검술의 달인이라고 할 정도로 깔끔한 궤적이 신형을 가른다. 누구도 결코 피해가지 못했던 카인의 절명기 귀영섬이었다.

'이겼다!'

구겨졌던 인상이 환히 펴지는 듯했다. 하지만 그것도 잠시

용찬의 신형이 마치 돌처럼 굳더니 이내 운명을 피해가고 있었다.

그리고 뒤이어 검게 물드는 어깨 보호구 벡터.

"말도 안……."

촤라라락!

마지막으로 손에 감겨 있던 검은 쇠사슬이 놈의 몸을 휘감자 준비는 모두 끝나 있었다. 뇌전, 어둠, 물이 한데 어우러져

강렬한 빛을 발하는 어깨.

죽음을 직감한 카인이 포박을 풀고 급히 갖가지 기술을 구사해 봤지만 이미 다간의 정밀한 흉갑과 벡터가 동시에 충격을 흡수하고 있었다.

[벡터의 효과로 인해 신체 기술의 위력이 두 배로 증폭됩니다.]
[필리모터 효과가 발동됩니다.]
[파이오니아의 효과로 인해 치명타 확률이 소폭 상승합니다.]

증폭, 그리고 또다시 증폭.

장착되어 있던 장비들과 특성들의 효과까지 발동되고 동시에 기력, 마력들까지 몰려왔다.

"저승에서 오만했던 너 자신을 반성해라."

진정한 광기의 향연이 마침내 절정을 맞이한다. 미처 피할 틈도 없이 옆구리로 직격하는 숄더 어택.

그렇게.

콰아아아앙!

작센 지역의 관리대장이던 검호는 흔적도 없이 소멸당하고 말았다.

절대 약자는 아니었다. 카인이 보인 검술들만 해도 수준급의 기술들이었지 않은가. 한데, 망나니라고 불렸던 마왕이 놈을 이겨 버렸다. 그것도 아주 압도적으로 말이다.

'내, 내 눈이 잘못된 건가? 나보다 강하다는 것은 알고 있었지만 저 정도였다니?'

이젠 인정 안 할래야 안 할 수가 없었다.

"마무리에 들어간다."

헨드릭 프로이스. 그는 이미 진정한 마왕의 반열에 올라 서 있던 것이다.

딩크는 전과 다른 시선으로 잔당을 처리하는 바쿤의 병사들을 쳐다봤고, 얼마 되지 않아 루시엔의 요상한 검에 커다란 덩치의 방패병까지 쓰러지고 말았다.

'이게 마왕성 바쿤!'

갑자기 심장이 두근거린다.

두 명의 관리대장이 쓰러진 이후 전투는 일사천리였고, 뒤늦게 켄이 나팔을 불자 병사들의 환호성이 전장을 가득 메웠다.

"진짜 이겼어. 마왕님이 우리를 지켜주셨어!"

"자, 잘하면 우리도 할 수 있을지 몰라. 바쿤의 병사로서!"

"바쿤 만세! 마왕님 만세!"

희망에 가득 찬 노예들의 눈빛 속에서 끓어오르는 전장의 열기. 그리고 모두의 시선을 한 몸에 받으며 강렬한 카리스마를 내뿜고 있는 마왕까지.

망하기 직전이던 그때의 바쿤은 더 이상 이 자리에 없었다.

지금은 오직 전장의 승자들만이 남아 환호성을 내지르고 있을 뿐이었다.

그제야 딩크는 깨달을 수 있었다.

'헨드릭의 밑에 있으면 저런 싸움을 할 수 있어.'

그날, 바쿤은 노예들뿐만 아니라 한 명의 용병에게도 변화를 위한 새로운 계기를 선사해 주고 있었다.

"마왕님. 드랍된 아이템들을 전부 정리했습니다."

"음. 벌써 전부 정리한 건가?"

"마왕성이 가까이 있다 보니 빠르게 처리할 수 있더군요. 우선 여기 관리대장이란 놈들에게서 나온 장비들입니다."

이미 보로스테 광산은 바쿤의 거점이나 다름없었다.

비록 임시 마왕성에 불과하긴 했지만 평소에 내부를 관리하던 가신들까지 함께 이동되어 후속 처리는 매우 빨라져 있었다.

"이거 거의 스타 크래프트 수준인데. 마왕성은 커맨드 센터고 노예들은 SCV고 우리들은……."

"아, 시끄러워 죽겠네. 아까 전부터 자꾸 뭐라고 구시렁거리는 거야?"

물론 한성은 이 상황을 게임에 비유하며 우습게 여기기도 했지만 다른 자들만큼은 무척 진지했다.

특히 작센 지역의 노예들이었던 이종족들. 그들은 관리대장들과의 전투 이후 매우 열성적인 태도를 보이며 훈련에 임하고 있었다.

'게임의 일꾼이 저렇게 훈련을 할 수 있을 리 없지.'

강제 퀘스트이긴 했지만 나름 훈련의 성과가 기대되고 있었다.

용찬은 루시엔에게 걷어차이는 한성을 보다 그레고리가 건넨 장비들을 확인했다.

[흑요석 거대 방패(유니크)]

[검사의 비호(유니크)]

'둘 다 유니크였군. 하나는 롬이 들고 있던 방패. 나머지 하나는 카인이 착용하고 있던 손목 방어구인가.'

흑요석 거대 방패는 기본적으로 내구 능력치 및 체력 능력치 5 증가. 그리고 지정된 위치에 마력이 담긴 장벽을 소환하는 트로이의 장벽이란 스킬이 붙어 있었다.

아마 루시엔의 섬무를 막아낸 장벽도 흑요석의 방패를 이용해 소환했던 것일 터. 이런 방패의 경우엔 딱히 고민할 필요도 없이 이미 주인이 정해져 있었다.

"쿨단. 네 새로운 방패다."

-압도적 감사!

"……고글을 박살 내버리던가 해야겠군."

검은 마스크와 LED 고글은 아주 환상적인 조합을 자랑하며 용찬의 속을 벅벅 긁어대고 있었다.

그렇게 잠시 쿨단이 건네받은 흑요석 방패를 다른 스켈레톤 병사들에게 자랑하고 있었을까.

뒤늦게 손에 들린 남은 장비가 눈에 들어왔다.

[검사의 비호]

[등급 : 유니크]

[옵션 : 민첩 능력치 5 상승, 하루에 한 번 절반의 기력을 소모해 물리 방어력을 세 배로 증폭 시키는 '검사의 비호' 스킬 사용 가능, 피해를 입을 시 일정 확률로 이동 속도가 소폭 증가.]

[설명 : 공략자 유다가 가지고 있던 벨트다. 숙련된 검사의 혼이 깃든 벨트는 위기의 상황 시 주인을 지켜주도록 제작되어 있으며 어떤 하체 장비든 함께 장착할 수 있도록 디자인되어 있다.]

'그때 발동한 버프가 이 벨트의 스킬이었나 보군.'

검사의 비호 또한 이미 주인이 정해진 장비일 것이다. 마침 루시엔이 방패를 든 채 자랑하고 다니는 쿨단을 시기 어린 눈빛으로 쏘아보고 있었다.

"루시엔."

"네, 네에!"

"자, 새로운 장비다. 위기의 상황에 도움이 될 거다."

"……새로운 장비. 감사합니다, 마왕님!"

따로 옵션이 궁금하지도 않은 것인지 넙죽 벨트를 건네받은 루시엔이 잽싸게 쿨단 곁으로 달려갔다. 그리고 시작되는 두 병사간의 치열한 신경전.

가장 먼저 루시엔이 벨트를 앞으로 내밀며 코웃음을 치자 쿨단이 붉은 안광을 내뿜으며 방패로 땅을 파헤치기 시작했다.

"흥. 그게 삽이지. 방패야?"

[-ㅁ-;;]

헥토르조차 고개를 절레절레 저을 정도의 유치한 신경전이었다.

그사이 잭과 윌트릿은 마침내 노예들의 장비를 완성한 것인지 갖가지 무기와 방어구들을 정리하고 있었는데, 특별한 재료를 쓰지 않았음에도 불구하고 상당한 등급의 장비가 제작된 듯했다.

"마왕님. 전부 매직 등급 이상의 장비들입니다. 윌트릿이 재봉 과정에서 많은 도움을 줘서 빠르게 완성할 수 있었습니다."

"아닙니다. 쟉의 월등한 제작 실력 덕분입니다."

"아니지. 자네의 그 천부적인……."

"허어. 이 마족이……."

언제 이렇게 친해진 것일까. 둘은 서로를 칭찬하다 못 해 아예 상대를 띄워주고 싶어 안달이 난 분위기였다.

"아, 더럽게 말 못 알아듣네. 다 자네 덕분이라니까!"

"아니, 무슨 마족이 이렇게 무식한가. 자네의 제작 실력이 뛰어나서 그런 것이라니까 그러네!"

결국 쟉과 윌트릿은 격양된 감정을 참지 못하고 서로 멱살까지 잡는 광경을 보였다.

물론 용찬은 그들을 가볍게 무시한 채 장비들을 확인하고 있었지만 마치 구경거리라도 생긴 듯 서서히 바쿤 병사들이 모여들기 시작했다.

"아무나 이겨라!"

"쟉 님의 근력 정도면 윌트릿 님은 한 방이지!"

"페페펭. 자자, 누가 이길지 판돈을 걸어보십시오!"

벌써부터 한 쪽을 응원하기 시작하는 병사들. 그리고 틈을 타서 판돈을 걷기 시작하는 위르겐까지. 점점 더 시끌벅적 해지는 분위기에 한참 훈련을 받고 있던 노예들까지 밀려오고 있었다.

"정말 가지가지 하는군."

심지어 다른 마족에겐 관심도 없던 록시까지 은근슬쩍 구경을 하고 있는 상황.

결국 장비를 구경하고 있던 용찬이 인상을 굳히며 고개를 돌리자 그제야 무리를 해산하는 병사들이었다.

[바쿤 병사 호감도]

[루시엔 : 75%]

[쿨단 : 91%]

[헥토르 : 99%]

[위르겐 : 75%]

[록시 : 72%]

[잭 펠터 : 83%]

[윌트릿 : 62%]

'한동안 잊고 있다 했더니 언제 이렇게 오른 거지?'

작센 지역의 퀘스트는 한동안 신경 쓰고 있지 않았던 마왕성 시스템까지 되돌아보게 만들었다. 그중 하나가 바로 호감도 시스템이었고, 아까 전 상황도 지나친 호감도와 충성심이 원인이 된 듯했다.

이젠 충성심보다 더욱 높아진 호감도에 약간 걱정이 들기도 했지만 딱히 자신의 태도에 문제가 있는 것도 아니었다. 그렇게 잠시 동안 낭패 어린 표정을 짓고 있었을까.

어느새 딩크가 진지한 얼굴로 다가와 털썩 무릎을 꿇었다.

"……인정합니다. 마왕님이 달라지신 것도. 저보다 강자란 것도. 전부 다 인정하겠습니다."

"음?"

"그러니까 제발 싸우게 해주십시오. 바쿤의 용병으로서 선봉에 서게 만들어주십시오. 부탁입니다."

끝까지 굴복을 택하지 않던 놀 전사가 마침내 자신의 운명을 받아들인 것이다. 아마 관리대장들과의 전투를 목격한 것이 큰 영향을 주었을 터. 용찬은 손에 쥔 노예들의 장비들을 바라보다 이내 고개를 저었다.

"아니, 광산을 토벌하는 것은 오직 노예들끼리 진행한다."

"그, 그러면?"

"너에겐 따로 무대가 준비되어 있지."

이번 전투에서 활용하지 않았던 새로운 신규 병사들. 천천히 딩크의 뒤로 몰려오는 블랙 야크 고블린들 사이로 칸과 켄이 시퍼런 이를 보이며 웃고 있었다.

[궁병 : 17]

[방패병 : 16]

[검사 : 22]

도합 55명의 보로스테 광산 노예들. 무려 며칠간의 훈련 끝에 새로운 직업을 터득한 그들은 지체할 것도 없이 주변 지역 광산으로 출발했다.

"폐폐펭. 가장 먼저 샐리듐이 나오는 광산을 노릴 예정입니다. 이미 한조 부대와 함께 주변 지형들을 전부 정찰하고 왔고, 지도까지 대충 완성된 상태이니 경로엔 딱히 지장이 없을 것입니다."

지휘관으로 선택된 위르겐은 고성능 레이더와 시야 스킬들을 통해 미리 경로를 파악해 두고 있었고, 노예들은 그런 지휘관의 지시 속에서 샐리듐 광산을 토벌하게 됐다.

"크, 큰일 났습니다. 무장한 이종족들이 침입했습니다!"

"뭣? 노예들이 쳐들어왔다고? 그러면 얼른 광산을 관리하는 길드 놈들에게 연락해. 당장 이리로 지원을 오라고!"

"……그게 지원이 불가능하다고 합니다."

"갑자기 왜?"

"다른 광산으로 침입한 고블린들 때문에 곤경을 치루고 있다고 합니다."

이제 갓 직업을 갖게 된 노예들을 길드원들과 충돌시키는 것은 거의 그들을 사지로 보내는 것이나 다름없었다.

때문에 바쿤은 한성을 통해 주변 광산을 독점하고 있는 길드를 가장 먼저 파악했고, 정확히 노예들이 광산을 습격할 시기에 길드원들의 시선을 돌리며 무대를 마련해 주었다.

그리고.

"이제 더 이상 우리들은 노예가 아냐. 직접 우리들의 손으로 권리를 되찾겠어!"

의지를 불태우던 노예, 아니, 새로 태어난 바쿤의 임시 병사들은 기대했던 만큼 큰 성과를 보이며 하나둘씩 주변 광산을 토벌하기 시작했다.

[보로스테 광산의 노예들이 샐리듐 광산을 토벌했습니다.]
[128명의 새로운 노예를 임시 병사로 영입하시겠습니까?]

도중 그들에게 구출되는 노예들은 덤이었고, 매번 임시 용병들이 추가될 때마다 광석 채굴량과 장비 제작량을 늘려야 했다.

하지만 그만큼 임시 병사들은 만족스러운 결과를 가져와 주었고, 두 번째 광산까지 토벌이 완료됐을 땐 이미 임시 병사들의 숫자는 오백 명까지 불어나 있었다.

"마왕님. 만세, 만만세!"

"우리들의 구원자!"

"바쿤의 주인이신 헨드릭 프로이스 님을 따르라!"

이젠 거의 종교나 다름없는 광적인 충성심!

그들을 훈련시키는 부대장들도 전부 바쿤의 병사들이었기 때문에 점차 마왕군에 적응하는 것은 어찌 보면 당연했다.

"아니라니까! 적들이 접근해 오면 활대로 후려치는 것뿐만 아니라 들고 있는 화살촉까지 냅다 휘둘러 버려!"

"오오오. 그런 방법이!"

"만약 화살이 없다 싶으면 그냥 화살통으로 상대방의 머리통을……."

물론 가끔씩 잘못된 훈련 방법으로 인해 골치를 썩이는 궁병들이 튀어나오기도 했지만 대체적으로 노예 육성은 매우 안정적으로 진행되고 있었다.

그리고 마지막 목표인 광산을 토벌하던 날.

"키에에엑. 약탈과 방화! 마음껏 즐겨도 된다!"

"키에에엑!"

"약탈이든 방화든 뭐든 상관없어. 난 그저 강한 새끼들만 두들겨 패면 돼."

블랙 야크 고블린들을 이끌고 갔던 칸, 켄, 딩크 또한 가공소의 중요 수입원을 눈앞에 두고 있었다.

작센 가공소가 관리하고 있는 수입원들만 해도 무려 42곳. 그중에서도 특별히 길드에게 독점권을 내주지 않고 독립적으로 관리하는 광산이 있었는데, 그 광산이 바로 눈앞에 있는 아인카스 대광산이었다.

'결국 가공소 놈들과 충돌하게 될 거면 아예 우리가 먼저 놈들의 둥지 하나를 끊어놓는 게 좋겠지.'

이미 관리대장 두 명은 바쿤에 의해 소멸되고 말았다. 슬슬 보로스테 광산을 차지하고 있는 자들의 정체가 범상치 않다는 것을 상대방도 알아차리기 시작했을 터.

원활하게 노예들을 육성하기 위해선 우선적으로 가공소의 전력을 상쇄시킬 필요가 있었다. 그래서 부른 것이 블랙 야크 고블린들이었고, 칸과 켄의 지휘 속에서 차츰 산맥을 넘어오기 시작했다.

"적진으로 쳐들어가는 것은 마음에 들지만 굳이 저 고블린들까지 끌고 가야 하는 겁니까?"

"불만인가?"

"아니, 불만이라기보단……. 크응. 아무것도 아닙니다."

블랙 야크 고블린들의 소문을 듣지 못했던 것일까.

딩크가 불만 가득한 눈빛으로 개떼같이 밀려오는 놈들을 쳐다보고 있었다. 실제로 놈들의 전투 방식을 본 적이 없기 때문에 방해만 된다고 생각하고 있을 터.

하지만 안타깝게도 이런 습격전에선 오히려 딩크보다 블랙 야크 고블린들이 더욱 효과적이었다.

[시한 폭탄(C급)]

[자연 발화(D급)]

[방화의 짜릿함(D급)]

[감염 발화(C급)]

[불 구덩이(D급)]

놈들이 배운 기술들만 해도 전부 방화에 관련된 효과들이지 않던가. 따로 은신 관련 기술까지 배우고 있는 블랙 야크 고블린들에게 있어 아인카스 대광산은 매우 탐스러운 먹잇감이나 다름없었다.

물론.

"저런 놈들을 데리고 어떻게 광산을 토벌하라는 건지."

그런 사실을 모르던 딩크로선 불만만 가득했지만 말이다.

"네가 직접 확인해라. 저놈들이 어떻게 광산을 토벌하는지."

"……."

"그리고 네 먹잇감은 바로 저놈이다. 잘 기억해 두고 있어라."

용찬이 직접 목표를 가리키자 궁시렁거리고 있던 딩크가 흥미로운 눈길로 광산 입구를 쳐다봤다.

유독 눈에 걸리는 커다란 망치. 얼마나 근력이 높은 것인지 망치를 한 손으로 든 채 노예들에게 지시를 내리고 있었다.

[관리대장 요렉스]

[등급 : B(히어로)]

[상태 : 불만, 따분함.]

'C급인 딩크에겐 좀 힘들지도 모르겠지만……'

정작 본인은 벌써부터 몸이 근질거리는 것인지 등에 멘 철퇴를 붙잡고 있었다. 상대가 누구든 결코 두려워하지 않는 놀 전사의 전투 본능.

서서히 딩크의 눈동자가 붉게 충혈되는 가운데 습격의 시작을 알리는 불길이 광산 외각을 타고 빠르게 번져가고 있었다.

과콰콰쾅!

남부의 말썽쟁이들. 그런 호칭이 붙은 것은 유명한 가문의 저택을 불태우면서 붙은 악명이었다.

"키에에엑."

"키에엑. 저기도 불을 붙여라!"

"키에엑!"

모처럼 방화를 저지를 수 있어서 신이 난 것일까. 블랙 야크 고블린들은 칸과 켄의 지시를 철저히 수행하면서 이곳저곳에 불을 지피고 다녔다. 특히 놈들이 가지고 있던 자연 발화란 기술 덕분에 직접 불을 지필 필요 없이 인공적으로 불길을 만들 수 있었는데, 얼마나 효과가 좋던 것인지 건물이란 건물은 싸그리 불타오르고 있었다.

"불이야. 불!"

뒤늦게 불길을 발견한 노예 한 명이 허겁지겁 소리 쳤지만 한 번 시작된 방화를 막을 순 없었다.

[블랙 야크 고블린들이 감염 발화를 시전하고 있습니다.]
[불길의 범위가 확장되고 있습니다.]

광산 일대로 퍼져가는 자욱한 연기. 아무리 물을 뿌려 진화해 보려 해도 꺼지긴커녕 더욱 거세져 가는 불길들이었다.

할 수 없이 관리자들은 가공소에서 마법사들을 파견해 물과 관련된 마법으로 소동을 해결해 보려 했지만…….

"키에에엑!"

"고, 고블린 떼가 들이닥쳤다!"

블랙 야크 고블린들이 그것을 가만히 놔둘 리 없었다.

마침내 모습을 드러낸 블랙 야크 고블린들은 화염 저항력을 바탕으로 자유자재로 불길 속을 거닐며 본격적으로 약탈을 시작했다.

"갑자기 어디서 몬스터들이 튀어나온 거야!"

"막아. 어떻게든 막으라고!"

"노예 자식들. 튈 생각 하지 말고 광석들부터 챙겨!"

아인카스 대광산의 관리자들은 이런 상황에서도 어떻게든 광석들을 챙기기 위해 노예들을 부려먹고 있었다. 하지만 그것도 잠시. 내부 깊숙이 침투해 있던 칸이 사자후를 발동하자 노예들의 시선이 단숨에 모여들었다.

"키에에엑! 너희들은 더 이상 노예가 아니다!"

"우, 우리가 노예가 아니라고?"

"저딴 놈의 명령 따위 들을 필요 없다. 키엑. 무기를 들어라!"

언제 장비들을 빼돌린 것일까.

카리스마 특성을 발동하고 있던 켄이 비장한 표정으로 검, 창, 방패 등을 건네자 멀뚱멀뚱 서 있던 노예들의 눈빛이 변하기 시작했다.

"키에엑. 자유는 너희들 손으로 직접 쟁취해 내는 것이다."

"……자유?"

"우리가 너희들에게 기회를 주겠다. 일어서라, 노예들이여. 키에에엑!"

이미 노예 생활에 적응한 이종족들을 이끌어내기란 좀처럼 쉽지 않은 일이었다.

"정말 괜찮을까?"

"괜히 얘네들 때문에 우리들 작업량만 더 늘어나는 거 아니야?"

"관리자들에게 벌만 받을 것 같아. 그냥 노예로 사는게 나을 지도……."

그 증거로 지금도 관리자들과 칸과 켄을 번갈아 보며 머뭇거리고 있지 않은가.

그만큼 관리자들에게 억압받았던 기억들에 두려운 것일 터다.

하지만 그것도 잠시.

"헛소리! 너희들은 절대 자유를 얻지 못해. 천박한 노예 자식들 같……."

"키에엑. 시끄럽다!"

"커억!"

칸이 직접 관리자들의 목을 베어내자 희망이란 두 글자가 뇌리를 스쳐 지나가고 있었다.

할 수 있다. 자신들도 할 수 있었다.

"....그래. 몬스터들도 저러는데 우리라고 못 할 것 없어!"

"와아아아. 우리들의 손으로 직접 자유를 되찾자!"

"무기 들어. 저 관리자 새끼들 다 죽여 버려!"

혁명! 이 광경이 혁명이 아니라면 대체 무엇일까.

아까까지만 해도 벌벌 떨기만 하던 노예들이 직접 무기를 빼 들기 시작하자 이젠 반대로 관리자들이 창백해진 안색으로 급히 달아나고 있지 않은가.

순식간에 역전된 상황에 노예들은 자신감을 얻었고 칸과 켄을 뒤따라 내부 NPC들을 몰아내기 시작했다.

"아니, 이것들이 감히 반란을 일으켜?"

"헉. 관리대장 요렉스야!"

"한 명도 빠짐없이 모조리 죽여주마."

기세 좋게 관리자들을 처리하던 노예들이 움츠러든다.

항상 그들에게 공포의 상징이 되었던 관리대장들. 그들 중 한 명이 마침내 반란을 제압하기 위해 망치를 꺼내 든 것이다.

다만, 안타깝게도 그의 상대는 노예들도, 칸과 켄도 아니었다.

"크흐흐흐. 네놈이 작센 지역의 관리대장이라 이거지?"

"하. 이젠 놀까지?"

"넌 오늘 내 손에 뒤진다. 알겠냐."

붉은 가죽의 놀 전사가 위풍당당히 철퇴를 꺼내 들었다. 돌연 앞을 막아 선 딩크의 모습에 요렉스는 어이가 없었지만, 노예들과 함께 있던 칸과 켄은 미동조차 하지 않고 가만히 구경만 하고 있었다.

'저 자식이 날 이길 수 있다고 믿는 건가? 얼마나 나를 얕봤으면!'

작센 지역에서 망치의 달인이라 불리는 자신이다. 한데, 이제 와서 이런 몬스터들에게 얕잡아 보이는 것은 수치나 다름없었다.

요렉스는 단숨에 딩크에게로 망치를 휘둘렀다.

퍼억!

'먹혀들었다!'

격하게 뒤틀리는 옆구리. 얼마나 고통이 심했던 것인지 딩크의 눈동자엔 흰자만 가득했지만 얼마 되지 않아 믿기지 않을 일이 벌어졌다.

"끄허어억. 뒤지게 아프네."

"뭐, 뭐야. 살아 있다고?"

"크흐흐흐. 근데 약간 미지근한데 말이지. 설마 이게 전부는 아니겠지?"

절명했을 거라 판단했던 놈이 날카로운 이를 드러내며 웃기 시작한 것이다.

그것도 검붉은 피를 입안에 가득 담고서 말이다.

그제야 딩크가 범상치 않은 놈이란 것을 파악한 요렉스는 급히 거리를 벌려 자세를 가다듬었다.

'내 일격이 담긴 망치를 맞고도 살아남아 있단 것은 적어도 B급 이상이라는 것.'

어쩐지 이상했다. 무작정 몬스터들이 가공소의 광산을 습격하는 것은 거의 자살 행위나 다름없었다. 적어도 놈들은 자신의 정보를 알고 있고, 그에 대항할 만한 힘을 가지고 있단 뜻일 터.

뒤늦게 보로스테 광산으로 파견 나간 롬과 카인이 떠올랐지만 우선 눈앞의 딩크를 처리해야만 했다.

[관리대장 요렉스가 파탄의 망치를 시전했습니다.]
[일정 시간 동안 근접 기술의 위력이 두 배로 증폭됩니다.]
[놀 전사 딩크가 광전사의 혈기가 발동됩니다.]
[출혈량에 따라 힘 능력치가 대폭 상승합니다.]

어느새 대치한 채 서로 신경전을 벌이고 있는 두 명. 하지만 성미가 급하던 딩크는 피를 철철 흘리며 가장 먼저 요렉스에게로 돌진하고 있었다.

"크흐흐흐흐. 더 때려봐. 개자식아!"

-큰일날 뻔했습니다. 단 일격에 생명력이 거의 소진되더군요. 만약 급히 힐을 시전하지 않았으면 그대로 사망해 버렸을 겁니다.

통신 수정구를 통해 안도의 한숨을 내쉬는 것이 들려왔다. 그의 정체는 다름 아닌 광산 바깥에서 채널링을 시전한 채 대기하고 있던 로드멜이었다.

미리 지시한 대로 적들 몰래 딩크를 지원하고 있었지만 요렉스의 일격에 몹시 당황한 듯했다.

'그래도 로드멜의 힐이 있으면 관리대장이라도 상대할 만 하겠지.'

아마 요렉스는 전투가 끝날 때까지 로드멜의 존재를 알아차리지 못할 것이다.

그렇게 로드멜의 보고를 받아낸 용찬은 다음으로 위르겐에게 통신을 걸었다.

-페페펭. 저기 광석들과 골드도 빼앗아 버려!

-위르겐 님! 더 이상 가져가지 못할 것 같습니다!

-페펭. 그러면 옷 안에 집어넣어!

마침 퀘스트의 마지막 목표이던 광산을 토벌한 것인지 노예들을 부려먹는 위르겐의 목소리가 들려오고 있었다. 어찌 보면 가공소의 관리자나 다름없는 태도였지만 다행히 임시 병사들의 맹목적인 충성심으로 인해 불상사는 벌어지지 않았다.

그리고.

[보로스테 광산의 노예들이 오니악 광산을 토벌했습니다.]
[152명의 새로운 노예를 임시 병사로 영입하시겠습니까?]
[세 번째 연계 퀘스트를 클리어했습니다.]
[보상이 지급됩니다.]

드디어 세 번째 연계 퀘스트가 막을 내렸다.

이로써 바쿤의 임시 병사들의 숫자는 1천 명에 달하는 상황. 특히나 보로스테 주변 광산 세 곳도 함께 점령한 상태였기에 광석들의 채굴량까지 상당히 증가했다.

물론.

[작센 가공소가 점령당한 나머지 세 곳의 광산을 파악하고 있습니다.]

[작센 가공소는 아직까지 마왕성 바쿤의 정체를 모르고 있습니다. 하지만 관리대장 롬과 카인의 사망 소식이 전해진 상태입니다. 곧 그들이 광산을 되찾기 위해 병사들을 파견할 것입니다.]

작센 가공소는 되려 광산을 되찾기 위해 발을 동동 굴리고 있었지만 그것 또한 예상하고 있던 반응 중 하나였다.

아마 얼마 되지 않아 바쿤의 정체가 밝혀지고 놈들이 본격적으로 전쟁을 선포할 터. 하지만 이미 관리대장 다섯 중 세 명은 없는 것이나 다름없었다.

-크하하하. 겨우 그게 전부야? 좀 더 세게 쳐보라고!
-왜, 왜 안 쓰러지는 거야. 미친 놀 새끼야!

-딩크라니까. 이 미친 놈이!

그 증거로 망치의 달인 요렉스 또한 딩크에게 고전하고 있지 않은가.

용찬은 흡족한 미소를 지으며 인벤토리로 지급된 수수께끼의 상자를 확인했다.

'이건 랜덤 박스인가. 확률적으로 높은 등급의 장비가 나오는 것 같은데. 따로 로드멜에게 맡기든지 해야겠어.'

세 번째 연계 퀘스트의 보상치곤 소소했지만 운 능력치가 높은 로드멜이라면 충분히 만족스러운 결과물을 뽑아낼 것이다.

그렇게 보상 확인을 마친 용찬은 뒤늦게 떠오른 세 번째 연계 퀘스트를 확인했다.

[작센 지역을 토벌하라(4)]

[등급 : B]

[설명 : 서서히 작센 지역의 노예들이 바쿤의 임시 병사로 재탄생하고 있다. 이 기세를 몰아 작센 지역의 노예들을 더욱 구출해 내라. 그리고 본격적으로 마왕성의 정체를 드러내 가공소에게 전쟁을 선포하라!]

[목표 : 가공소 관리대장 2/4, 바쿤의 임시 용병 982/2,000, 가공소 전용 수입원 토벌 1/3]

[보상 : ?]

[제한 패널티 : 귀환 금지.]

'역시나 연계 퀘스트는 가공소와 이어지게 만들어져 있던거군.'

가장 먼저 아인카스 대광산을 습격한 것은 옳은 선택이었다. 물론 다른 대형 길드들이 가공소와 엮여 있단게 나름 불안 요소이긴 했지만 이대로 전용 수입원들만 건드린다면 그다지 큰 충돌은 없을 것이다.

이제 남은 것은 한 명의 관리대장과 전용 수입원 두 개뿐.

[임시 병사 관리 시스템이 오픈됩니다.]

[임시 병사들의 등급이 상승합니다.]

[임시 병사들을 위한 스킬 및 특성 상점이 오픈됩니다.]

서서히 임시 병사들을 위한 기능들까지 추가되는 가운데 칸과 켄이 가지고 있던 통신 수정구 속에서 요렉스의 비명이 들려왔다.

[놀 전사 딩크의 등급이 상승했습니다.]

[놀 전사 딩크가 새로운 스킬을 습득했습니다.]

'관리대장과 직접 붙여두길 잘했군. 이렇게 전투 경험이 쌓이면 쌓일수록 적응력 특성 또한 숙련도가 계속 늘어나겠지.'

물론 상대가 상대인 만큼 전투도 길어지고 있었지만 언젠가는 마무리가 될 듯싶었다.

그렇게 용찬은 블랙 야크 고블린들이 저지른 불길을 레비의 스킬을 통해 진화하며 아인카스 대광산의 노예들까지 성공적으로 탈출시켰고, 관리자들이 모아둔 광석들과 골드를 끌어모아 부수익을 챙겼다.

"이제 보로스테 광산으로 돌아가면 되겠……."

-마왕님. 드워프 노예 한 명이 프로이스 가문을 알고 있다고 합니다. 어떻게 하시겠습니까?

"뭐?"

불현듯 걸려온 그레고리의 통신에 두 눈이 휘둥그레지고 있었다.

◀ 64장 ▶
책 가공소

[어둠화가 발동됩니다.]

관리 대장 카인을 실험 대상으로 처음 발동했었던 체셔의 새로운 기술인 어둠화. 신체의 일부를 어둠의 속성력으로 변환시키는 것은 물론 형태를 바꿀 수도 있어 상당히 활용도가 높은 효과였다.

'숙련도가 높아지면 더욱 쓸 만해지겠어.'

습관처럼 평상시에도 계속 연습할 필요가 있었다. 그렇게 갈퀴처럼 솟아난 어둠의 손을 보며 스킬들의 숙련도를 확인하고 있었을까.

어느새 용찬의 앞으로 피떡이 된 딩크가 다가와 입가를 말아 올렸다.

"지시하신 대로 요렉스란 놈을 조져 버렸습니다."

"약간 오래 걸렸군. 시체는 완벽히 확인했겠지?"

"물론입니다. 관리 대장치곤 살짝 싱겁더군요. 크흐흐흐."

우쭐대는 것과 달리 몸 상태는 최악이나 다름없었다. 만약
로드멜이 몰래 뒤에서 지원을 해주지 않았더라면 역으로 딩크
가 싸늘한 시체가 되었을 것이다.

하지만 그만큼 적응력 숙련도가 급상승했을 테니 나름 만
족스러운 결과이기도 했다.

[끊임없는 재생력(특성)]

[등급 : C]

[설명 : 생명력이 50% 이하로 떨어질 시 기력을 소모해 자연
치유력을 대폭 상승시킨다.]

'이런 특성도 새로 터득했고, 등급도 B급으로 상승했으니 앞
으로도 쭉 기대해 볼 만하겠어.'

딩크뿐만이 아니었다. 칸과 켄의 통솔하에 처음으로 큰 활
약상을 보였던 블랙 야크 고블린들. 특히 아인카스 대광산을
순식간에 불바다로 만들어버린 놈들의 기술들은 완전히 방화
에 특화되어 있었다.

덕분에 도합 1,400명의 노예들과 네 개의 광산을 차지해 광석 채굴량을 독점하고 있는 상황.

이제 남은 것은 네 번째 연계 퀘스트를 클리어하는 것뿐이었지만 그에 앞서 처리할 게 하나 있었다.

"마왕님. 드워프 불칸입니다."

"드디어 왔군. 그래. 마계 드워프 출신이라고?"

덥수룩한 푸른 수염, 짜리몽땅한 키. 그리고 불룩 튀어나온 뱃살까지. 누가 봐도 드워프라고 부를 만한 생김새의 불칸이 그레고리를 따라 뒤뚱뒤뚱 걸어왔다.

"캬악 퉤!"

"무, 무슨?"

"……."

자신을 마계 드워프 출신이라고 소개하며 대면을 요청했던 불칸이었다. 한데, 초면부터 이 얼마나 배짱 두둑한 태도란 말인가.

마왕을 눈앞에 두고도 땅에 침을 뱉는 무례한 행동에 그레고리의 안색은 삽시간에 굳어지고 말았다.

하지만 그것도 잠시.

"홍. 누가 우리들을 해방시켜 줬나 했더니만 헨드릭 프로이스. 네놈이었구만."

"나를 아는 건가?"

"물론이지. 프로이스 가문의 저택을 지어준 것도 우리들이 었으니까. 모를 리가 있나!"

불현듯 언급된 프로이스 가문에 그레고리가 두 눈을 깜빡이고 있었다.

"현 가주들의 서열전 당시 펠드릭은 우리에게 정중히 부탁해 왔었지. 힘을 빌려달라고 말이지. 처음만 해도 우리들은 거부했었지만 얼마 되지 않아 놈이 쓸 만한 수입원들을 가져오더군. 그래서 결국 우린 부탁을 승낙했고 나중에 가선 프로이스 가문을 위한 대저택까지 지어주게 되었었지."

무려 3백 명의 마계 드워프들. 그들은 펠드릭에게 만족스러운 대가를 약속받으며 서열전 내내 바쿤을 위한 장비를 제작해 왔었다. 그리고 프로이스 가문의 대저택을 마지막으로 행방이 불명 되었다고 들었었는데, 어찌된 것인지 지금은 작센지역의 노예로 활동하고 있었다.

'설마 작센 지역의 퀘스트가 이놈들 때문에 발생한 건가?'

여태껏 갱신된 마왕성 퀘스트를 떠올려 봤을 때 충분히 가능성이 있는 일이었다.

"헤임달을 떠난 이후 우리들은 한동안 절망의 대지를 떠돌아 다녔지. 목적은 쓸 만한 광산을 찾기 위해서였어. 하지만 갈수록 여정만 길어지고 도통 만족스러운 광산은 나오지 않더군. 결국 끝에 가서 발견한 것이 한 던전이었어."

"던전?"

"그래. 고대 던전! 남부 끝자락에서 발견한 고대 던전은 금방 우리들의 호기심을 유발시켰지. 하지만 그곳에 들어간 것이 실수였어. 우리들은 탐사에 미쳐 이동 마법진이 발동되는 줄도 모르고 이리저리 내부를 둘러만 보고 있었고 얼마 되지 않아 요상한 지역으로 이동되고 말았지."

"그 지역이 작센이었군."

그 이후로도 불칸은 계속 자초지종을 설명했고, 끝에 가선 가공소의 현장 관리직이던 메드도 언급됐다.

"푸른 모루 부족의 대장장이이던 메드. 작센 가공소의 관리 대장들은 그의 재능을 탐내서 억지로 현장 관리직에 앉혔어. 그리고 나머지 마계 드워프들은 노예로 부려먹고 말이지."

"그때 그 드워프도 마계 출신이었던 건가. 그래서 여태껏 너희들은 노예로 활동하며 가공소를 위해서 일하고 있었다?"

"그래. 그러다 네놈이 노예들을 해방시키며 나까지 탈출하게 된 것이지."

그제야 모든 전후 과정들이 이해가 되고 있었다. 작센 가공소에게 억지로 붙잡혀 노예로 일하고 있었던 것이면 불칸이 이 자리에 서 있는 것도 앞뒤가 딱 들어맞았다.

하지만.

"자, 헨드릭 프로이스. 이제 사정을 모두 이해했을 테니 네가 할 일을 잘 알고 있겠지?"

"무슨 할 일 말이냐?"

"뭐야. 설마 아직도 이해 못 한 거냐. 에잉. 펠드릭 놈과 달리 이놈은 멍청하구만!"

그렇다고 해서 놈들을 도울 의무 따위 없었다. 용찬은 다시 한번 땅에 침을 뱉으며 배짱을 부리는 불칸의 모습에 피식 웃었다.

"지금 무언가 착각하는 것 같은데. 그때 도움을 받은 것은 프로이스 가주일 뿐이지 내가 아냐. 설마 전대 서열전에서 입은 은혜를 나에게 갚으라는 멍청한 소리를 하는 것은 아니겠지?"

"뭐, 뭣?"

"게다가 지금 너희들은 노예 신분이지 않았나? 정중히 부탁을 해와도 모자랄 판에 무작정 동족들을 구해달라니. 어이가 없군."

파지지직!

살벌한 기세에 불칸이 온몸을 부르르 떤다. 아무리 예전 바쿤을 위해 일해 준 마계 드워프들이라고 하더라도 지금은 단순히 노예들에 불과했다. 게다가 당장 그들을 구해준 것도 바쿤이지 않던가.

대가를 바쳐도 모자랄 마당에 무작정 지시를 내리는 태도는 당연히 마왕의 심기를 자극할 수밖에 없었다.

퍽!

"동족들을 구하고 싶으면 그에 합당한 대가를 바쳐라. 그레고리."

발에 걸어차여 볼썽사납게 바닥을 구르던 불칸을 그레고리가 붙잡아 끌고 간다. 아마 한동안 광석들을 캐며 자신의 처지를 되돌아보는 시간을 가질 터.

그때까진 마계 드워프에 관련된 일들은 전부 보류였다.

'정말 마왕성 퀘스트가 놈들과 관련된 것이라면 빠르게 해결해 버릴 필요가 있겠어.'

애당초 작센 지역에서 너무 많은 시간을 잡아먹고 있었다.

용찬은 인상을 구기며 이번에 추가된 새로운 임시 병사 기능들을 살폈다.

[검병 능력 강화 : 2P]

[궁병 능력 강화 : 2P]

[방패병 능력 강화 : 2P]

[마법사 능력 강화 : 2P]

[잔여 포인트 : 4P]

'오호. 포인트로 임시 병사들의 능력을 강화시킬 수 있나 본데.'

능력 강화 외에도 포인트를 통해 스킬 및 특성을 구매할 수 있는 상점 또한 존재했다.

그리고 호기심에 검병들의 능력 강화를 구매하려던 찰나.

[Tip. 임시 용병들을 위한 포인트는 퀘스트 조건을 수행할 때마다 지급됩니다.]

퀘스트에 도움을 주는 메시지가 불현듯 눈에 걸려왔다.

'그러고 보니 제한 패널티가 거의 사라졌던가?'

유독 포인트 창을 바라보는 용찬의 눈빛이 묘하게 이채를 발하고 있었다.

"롬, 카인! 거기다가 요렉스까지. 대체 어떤 놈들이야? 아직도 놈들의 정체를 파악하지 못한 거냐?"

벌써 세 명의 관리 대장이 정체불명의 적들에게 소멸당하고 말았다. 게다가 보로스테 광산은 물론 가공소의 주요 수입원까지 적들에게 빼앗겨 버리지 않았던가.

이 정도만 해도 가공소 입장에선 매우 큰 타격이 아닐 수 없었다. 때문에 제트는 다른 주요 수입원들의 경계도를 한계까지 끌어올리며 병사들을 전부 파견시켜 놓은 상태였지만 가장 중요한 놈들의 동선을 파악하지 못하고 있었다.

"진정해. 제트. 적들의 본거지는 보로스테 광산으로 추정되고 있는 상태야. 한 차례 습격만 막아내면 금방 역습을 가할 수 있을 테니 조금만 더 기다려."

"이렇게 정체 모를 놈들에게 휘둘릴 줄이야. 보로스테 광산을 점령당했을 때 좀 더 신중히 인원을 파견했어야 했는데 너무 상대를 얕잡아 보고 있었어."

"그래도 이번 습격을 통해 한 가지는 알게 됐어. 놈들이 오로지 노예들을 통해 광산을 점령하고 있단 것을."

대거의 달인이라고 불리는 관리 대장 제시가 디텍터의 시야 공유를 통해 나머지 주요 수입원들의 화면을 띄웠다.

철저히 훈련된 정예 병사들로만 이루어진 진형들. 그리고 그 속에 소환 마법을 준비하는 마법사들까지 대거 포진되어 있었다.

"여태까지 보인 패턴들로 미뤄봤을 때 다른 주요 수입원들도 얼마 되지 않아 습격받을 거야. 우린 그때를 노리는 거지."

"곳곳으로 퍼진 병사들을 한 곳으로 끌어모아 단숨에 역습의 발판을 만들겠다 이거군."

"기대해도 좋아. 이번에는 특별히 내가 직접 지원에 나설 테니까."

다소 불안하긴 했지만 제시의 은신술은 믿어볼 만한 수준의 기술이었다.

그리고 그녀의 예상대로 하루도 지나지 않아 노예들이 주요 수입원을 습격해 왔다.

"자유를 되찾으러 왔다. 가공소 자식들아!"

"칫. 역시나 왔군. 얼른 소환 마법을 발동해!"

"불가."

"무, 무슨……. 끄아아악!"

마법사들과 디텍터들을 뒤덮는 뇌운. 푸른 하늘이 순식간에 검은 구름으로 뒤덮이자 쏟아지는 빗속에서 천둥 벼락이 내리치기 시작했다.

콰콰콰쾅!

빗물을 타고 빠르게 퍼져가는 뇌전 속에서 살아남는 자는 단 한 명도 없었고, 일부 가공소의 병사들만이 뛰어난 저항력을 발휘하며 버텨내고 있었지만 그마저도 감전 상태에 허우적거리고 있었다.

"통신 불능! 소환 마법도 불능!"

"젠장. 노예들만 쳐들어올 거라더니. 다른 놈들까지 함께 들이닥쳤잖아!"

"일단 방패병들이 저놈들을 막는 사이 노예들이라도 최대한 숫자를 줄여보자고!"

전멸을 직감한 가공소 병사들은 어떻게든 노예들이라도 처리해 보려 했지만 이미 이종족들은 그들이 알던 예전의 노예들이 아니었다.

[레벨 2 검병 부대.]
[레벨 2 궁병 부대.]
[레벨 2 방패병 부대.]
[레벨 2 마법사 부대.]

마왕성 퀘스트의 포인트를 통해 한 단계 등급이 상승한 총 2천 명의 임시 병사들!

이미 D급까지 등급을 상승시킨 그들은 따로 훈련을 받으며 여러 기술들을 터득한 상태였고, 매직급 이상의 장비들로 무장해 더더욱 뛰어난 화력을 선보이고 있었다.

그리고 뒤이어 바쿤의 부대장들까지 출현하자 가공소 병사들의 사기는 단숨에 가라앉고야 말았다.

"아, 안 돼. 여기까지 놈들에 손에 들어가면 주요 수입원만 벌써 3개를 뺏기는……."

"잠시 지나갈게요. 아저씨!"

지휘관으로 보이던 가공소의 병사 한 명이 축 늘어진다. 어느새 그의 신형을 밟고 올라 서 있는 적안의 뱀파이어 소년. 한조 부대의 대장 헥토르가 뒤늦게 유혈의 팔찌를 발동하자 손에 쥐고 있던 긴 장궁이 검으로 변형됐다.

"돌진해. 돌진해! 싹 다 쓸어버려!"

"와아아아. 한조 부대!"

"화살통이 없으면 그냥 활로 후려쳐 버려!"

블러드 나이츠가 직접 이끌고 돌진하는 궁병 아닌 궁병들!

노예들을 집요하게 노리던 가공소의 병사들은 생전 처음 보는 궁병들의 전투 방식에 선두부터 빠르게 휩쓸려 나가기 시작했고, 연달아 몰아치는 마법사들의 화력에 전멸을 맞이하고야 말았다.

3천여 명의 가공소 병사들이 사망. 그리고 주요 수입원 세 곳까지 이종족들에게 점령당하며 최악의 상황을 맞이하게 됐다.

"론다인 길드와 다른 두 개의 대형 길드가 점령당한 광산의 현황을 요구하고 있습니다."

"벌써 절반의 병사들이 희생됐습니다. 게다가 주요 수입원 세 곳까지 빼앗겨 이번 달의 매출이 벌써 반토막 났습니다!"

"크, 큰일입니다. 이 소식을 듣고 다른 광산의 노예들까지 자유를 외치고 있다고 합니다!"

마치 연쇄 작용처럼 곳곳에서 사건이 터져간다. 나약하기 그지없던 노예들을 병사로 육성시킨 정체불명의 적들. 그 와중에 독점하고 있던 광산을 빼앗긴 대형 길드들까지 불만을 제기하자 제트의 인내심이 한계에 달하고 있었다.

그리고 며칠 지나지 않아 가공소로 보내진 통신 수정구가 화근이 되고 말았다.

　"으드득. 대체 뭐 하는 놈들이냐. 무슨 목적으로…….

　-궁금하다면 보로스테 광산으로 와라. 거기서 직접 상대해 주마.

　마침내 적들이 전면전을 선포한 것이다.

　"페페펭. 아주 득실거릴 정도로 끌고 왔군요. 이 정도의 본대라면 저희 쪽도 약간 위험할 수 있겠습니다."

　"반대로 여기서 본대만 처리하면 작센 가공소는 끝이란 뜻이기도 하지."

　통신 수정구를 통해 선전포고를 한 것이 효과가 컸던 것일까. 작센 가공소는 하루도 채 지나지 않아 본대를 이끌고 보로스테 광산 입구로 모여든 상태였다.

　입에 연초를 물고 있던 위르겐은 록시의 대답에 고개를 끄덕이다가 이내 의문을 제기했다.

　"그나저나 작센 지역을 손에 쥐고 있던 놈들 치곤 무척 대응이 허술하더군요. 이 정도면 다른 대형 길드들이 가만히 있는 게 이상할 정도입니다. 페펭."

단순히 보로스테 광산으로 접근하는 디텍터 및 마법사들을 처리하고, 노예들을 이용해 주변 광산을 점령한 것뿐이었다. 헌데도 놈들은 제대로 된 대응조차 하지 못하고 오히려 바쿤의 습격에 이리저리 휘둘리기만 했었다.

게다가 별다른 저항조차 못 하고 소멸당해 버린 세 명의 관리대장들까지.

물론 롬, 카인의 경우엔 나름 상당한 실력을 선보였지만 요렉스 같은 경우엔 무척 허무하게 당해 버리기도 했었다.

'의문이 들 만도 하겠지. 작센 지역을 평정한 놈들이 우리들에게 이렇게까지 휘둘리고 있으니까. 하지만 관리대장들은 무기술의 달인이란 것을 제외하곤 그리 머리를 굴리지 못하는 놈들이야.'

편안히 노예들을 시켜 가공소를 굴려오던 놈들이 이런 상황을 예상조차 했을까. 아니, 전혀 그렇지 않았다.

회귀 이전엔 괜한 욕심을 부리다가 아둔에게 토벌당한 적도 있지 않던가.

그런데도 불구하고 현재 독점권을 차지하고 있는 대형 길드들이 작센 가공소에게 반기를 들지 않는 이유는 간단했다.

'다섯 명의 관리대장들과 수만 명의 정예 병사들도 이유겠지만 역시 가장 큰 이유는 편하게 돈을 굴릴 수 있단 것 때문이겠지. 그리고……'

유독 병사들을 지휘하는 한 명의 사내가 눈에 걸려온다.

관리대장 제트!

유일하게 관리대장들 중에서 A급에 달하는 괴물 중의 괴물이었다. 사실상 현 대형 길드들도 그를 두려워한 탓에 작센 가공소를 건드리지 않는 것이나 다름없었고, 전생과 달리 이젠 바쿤이 놈을 상대해야만 했다.

[레벨 3 검병 : 523]

[레벨 2 궁병 : 421]

[레벨 3 방패병 : 750]

[레벨 2 마법사 : 306]

네 번째 연계 퀘스트를 통해 노예 중 절반은 이미 C급.

2만 명의 가공소 정예 병사들과 비교해 본다면 수적으로나 등급으로나 부족한 점이 많았지만, 바쿤이 중심을 잡는다면 충분히 승산이 있을 거라 판단하고 있었다.

'퀘스트의 의도와는 정반대가 되었지만 마왕성의 존재를 드러내지 않은 게 오히려 더 좋은 결과를 만들어냈군.'

직접 병사들을 이끌고 광산을 습격하기도 했지만 대부분 이종족들이었기 때문일까. 아직도 가공소 놈들은 바쿤의 정체를 파악해 내지 못하고 있었다.

그 덕분에 다른 대형 길드들은 가공소가 빠르게 문제를 해결해 주기를 기다리고만 있었고, 정작 보로스테 광산으로 찾아온 것은 가공소의 본대뿐이었다.

'그것보단……'

당장 가공소의 본대보다 더욱 신경 쓰이는 것은 다름 아닌 네 번째 연계 퀘스트의 보상이었다. 가장 먼저 용찬이 인상을 구기며 고개를 돌리자 곁에 있던 한성도 어이가 없던 것인지 혀를 내둘렀다.

"저거 마왕성 맞긴 합니까?"

"나한테 묻지 마라. 나도 혼란스러우니까."

플레이어 둘을 황당케 만들 정도로 많은 변화가 생긴 마왕성 바쿤.

그렇게 용찬과 한성이 고개를 절레절레 흔드는 사이 한쪽에 선 은발의 소녀가 새로운 정원을 완성시킨 기쁨에 크게 소리치고 있었다.

"와아아아. 여기도 정원 완성!"

"절대 식물이 자랄 수 없는 환경인데 이게 대체……"

"와아아아아!"

두 번째 정원이 탄생한 순간이었다.

한편 도발에 완벽히 걸려든 제트는 광산 내부에서 적들이 모습을 드러내지 않자 점점 속만 답답해지고 있었다.

"정작 보로스테 광산으로 부른 놈들이 내부에만 처박혀 있는 꼴이라니."

"아예 광산째로 붕괴시키는 건 어때?"

"……안 돼. 다른 광산들은 그렇다 쳐도 최근에 운석 조각으로 매출을 올리고 있는 보로스테 광산이야. 이미 다른 주요 수입원들은 포기한 것 같으니까 여기서 안에 있는 놈들만 싹 쓸어버리면 돼."

놈들의 정확한 목적은 알지 못했다. 하지만 점령당했던 광산들은 전부 내팽개치고 보로스테 광산으로 전력을 집중한 것을 보아 애초에 작센 가공소가 목표였을 지도 모를 터.

때문에 제트는 이번 전면전을 통해 모든 것을 정리할 속셈이었다.

"그러면 내가 먼저 안으로 들어갔다 올게. 어떤 놈들인 지는 모르겠지만 내 은신술을 쉽게 간파하진 못할 거야."

저번 습격 당시 소환이 실패했던 것 때문일까. 관리대장인 제시가 자진해서 정찰을 맡으려 했다.

'세 명의 관리대장을 처치한 놈들이긴 하지만 은신을 간파하는 것은 다른 차원의 문제지. 한 번 맡겨볼까?'

은신 기술의 숙련도만 해도 벌써 A급을 코앞에 두고 있는 그녀였다. 게다가 전장에서 홀로 발을 뺄 수 있을 정도로 민첩성이 뛰어난 도적인 만큼 대처 능력 또한 매우 뛰어날 것이다.

판단을 마친 제트는 고개를 끄덕이며 두 개의 주문서를 건넸다.

"혹시 모르니까 가볍게 상황만 살피고 돌아와."

"알았어."

반투명하게 물든 제시가 광산 내부로 사라졌다. 아마 정찰을 마치자마자 가장 먼저 자신에게로 통신을 할 터. 그렇게 보고가 오길 기다리는 동안 제트는 초조해진 안색으로 병사들을 둘러보고 있었다.

'노예들에게 발이 묶여 여기까지 찾아오게 될 줄이야. 젠장. 정말 마음에 안 드는 상황이로군.'

급해진 것은 오히려 가공소 쪽이었다. 노예들이 본격적으로 자유를 되찾으려고 하자 이 길드 저 길드 가릴 것 없이 불만을 제기하기 시작했고, 보로스테 광산을 차지한 놈들에게 노예들을 뺏겨 노동력까지 부족해진 실정이지 않던가.

더 수익 피해가 커지기 전에 최대한 사건을 빨리 마무리할 필요가 있었다.

-노예들이 모인 곳을 찾았어. 아니, 잠깐! 광산 내부에 무슨 식물들이 이렇게 많이 자라나고 있는 거야?

"광산 안에 식물들이 있다고?"

-생전 처음 보는 꽃들이 가득해. 일단 돌아서 내부로 진입해 볼……. 꺄아아악! 뭐야. 이것들!

"어이. 제시, 제시!"

반짝거리던 통신 수정구의 불이 뚝 꺼진다. 광산 내부로 잠입하고 있던 제시에게 무슨 일이라도 생긴 것일까.

믿기지 않는 상황이었지만 빠르게 판단을 내려야 했다.

"빌어먹을. 안으로 진입한다. 서둘러!"

더 이상 선택권 따윈 없었다. 세 명의 관리대장이 당한 가운데 제시마저 당해 버린다면 전력 손실에 큰 타격을 받을 터. 그렇게 도합 4천여 명의 정예 병사들이 서둘러 보로스테 광산 내부로 진입하기 시작했다.

가장 먼저 보이는 것은 캄캄한 내부를 밝히는 횃불들. 그리고 초입부터 널려 있는 바닥의 괴기한 식물들이었다.

'이게 제시가 말했던 식물들인가. 중간에 간간이 꽃들이 보이긴 하는 것 같은데. 대체 어떻게 광산 내부에서 식물들을 자라게 한 거지?'

마침 선두에 있던 방패병들이 천천히 식물들에게로 접근하려 했다.

"멈춰. 일단 전부 불태우면서 전진한다."

"알겠습니다."

지시를 받은 마법사들이 재빨리 화염 마법을 통해 식물들을 불태워 갔다.

끼에에에에!

화르륵 퍼져가는 불길들 속에서 정체불명의 괴성을 토해내는 식물들. 얼마나 광산 내부에 많이 심어져 있던 것인지 마치 메아리처럼 괴성들이 울려 퍼지고 있었다.

"미친. 무슨 꽃들이 괴성을 내질러."

"섬뜩하구만. 가까이 안 가서 다행이야."

"원래 이런 광산이 아니었는데. 대체 어떤 놈들이 이렇게 만든 건지."

그제야 병사들이 안도의 한숨을 내쉬며 훤히 뚫린 길을 통해 안으로 진입하려 했다.

그 순간, 멀리서부터 한 소녀의 비명 섞인 목소리가 들려왔다.

"안 돼! 내 정원이…… 읍읍!"

혹여 잘못 들은 것은 아닐까. 몇몇 병사들이 고개를 갸웃거렸지만 메아리처럼 울려 퍼진 목소리는 결코 환청 같은 것이 아니었다.

"유, 유령 아냐?"

"비명을 지르는 꽃에다가 갑자기 들려오는 목소리까지. 대체 어떻게 되먹은 광산이야."

"다들 호들갑 떨지 말고 안으로 진입해."

섬뜩한 상황에 자연스럽게 오한이 들렸지만 병사들은 지시

받은 대로 안으로 진입을 시도했다.

그리고 얼마 되지 않아 드러나는 광산 중심부의 광경.

마침내 적들의 본거지에 도달한 것인지 2천 명에 달하는 노예들이 눈에 들어오고 있었다.

"다들 여기 숨어 있었군. 그래서 너희들에게 지시를 내렸던 놈들은 다 어디 있지?"

"나를 말하는 건가?"

"……너는?"

우루루 몰려 있던 노예들 사이로 천천히 걸어 나오는 흑발의 청년.

안면이 없던 새로운 인물의 출현에 제트는 다소 긴장하며 단창과 장창을 동시에 치켜들었다.

"역시 멍청한 것은 그때와 다름없군. 그러니까 아둔에게 당했었겠지."

"무슨 헛소리인지는 모르겠지만…… 일단 제시는 어디 있어?"

"설마 저 여자를 말하는 건가?"

뒤늦게 정체 모를 덩쿨에 매달려 있는 제시가 눈에 들어왔다.

"제시?"

"내 정원 물어내……!"

"……이건 도대체가."

불러도 대답 없는 제시와 그런 그녀를 모종삽으로 콕콕 찌르며 울먹거리는 은발의 소녀.

도통 이해되지 않는 광경에 제트는 멍하니 두 눈만 깜빡거렸다.

"혼자 기어들어 왔다가 저주 들린 꽃에 당했더군. 아, 그러고 보니 제시는 네 연인이었던가. 참으로 안타깝게 됐군."

"개자식이……."

"설마 아직도 모르는 것은 아니겠지?"

"뭐가 말이냐!"

"네놈들이 사지로 직접 기어들어 왔단 것을."

쿠우우웅!

강력한 중력의 힘이 대지를 짓누른다. 단숨에 병사들의 무릎을 꿇게 만드는 어마어마한 범위.

그나마 A급이던 제트는 제자리에서 꿋꿋이 버텨내고 있었지만 병사들은 아니었다.

'저 녀석의 능력인 건가? 이대로 놔두면 병사들이 전멸한다!'

제트의 특기는 다름 아닌 투창!

가히 달인이라고 불릴 정도로 뛰어난 투창 기술을 자랑하던 그가 마침내 기력을 끌어모아 단창을 집어 던졌다.

목표는 정면의 흑발 청년.

하지만 표적을 향해 날아가던 단창은 갑자기 튀어나온 스켈레톤 병사의 방패에 막히게 됐다.

[X□X]

콰앙!

나름 뛰어난 내구력을 자랑하는 듯싶었지만 무려 A급 괴물의 투창을 쉽게 막아낼 리 없었다. 결국 스켈레톤 병사는 방패를 쥔 채로 벽에 처박히게 됐고, 뒤늦게 제트가 익숙한 흑요석의 방패를 확인하며 살기를 흘렸다.

"역시 네놈들이 롬과 카인을 처치한 거였어."

"이제 와서 그런 것을 따질 필요는 없겠지. 자, 네 상대는 나다. 다른 정예 병사 놈들은 바쿤의 병사들이 상대해 줄 테니 걱정 말고 있어라."

"바쿤?"

"아, 미처 설명해 주는 것을 깜빡했군."

삽시간에 공동으로 모습을 드러내는 몬스터들과 함께 천장의 구멍을 통해 밝은 햇살이 스며들어 왔다.

그와 동시에 드러나는 후방의 커다란 흑색 거성.

거의 10층 규모의 성이 마침내 그 자태를 드러내자 가공소의 정예 병사들은 경악을 금치 못했다.

"성? 여기에 왜 성이 있는 거야?"

"저, 저것 좀 봐. 보통 성이 아니야. 이상한 기둥 같은 게 달려 있다고!"

"젠장. 우선 밀려들어 오는 노예들부터 막⋯⋯."

광산 내부에 세워진 성의 존재에 당황해하던 병사들은 돌진해 오는 노예들의 모습에 금방 전투태세를 취했다. 하지만 연이어 지속되는 중력의 힘을 저항하기란 쉽지 않았고, 불현듯 성에 붙어 있던 기둥이 빛을 뿜어내기 시작했다.

[마왕성 바쿤이 마력포를 발동하고 있습니다.]
[마력 충전 62% 완료.]

위이이이잉!

정녕 저것을 단순한 성이라 볼 수나 있을까. 주변으로 모여드는 푸른 마력의 광경에 제트는 입을 떡 벌렸고, 얼마 되지 않아 모여든 마력이 기둥을 통해 발사됐다.

콰아아앙!

점멸하는 시야 속에서 소멸 되는 방패병들.

단숨에 백여 명의 목숨을 앗아간 마력포의 위력에 제트는 식은땀을 뻘뻘 흘렸다.

그리고.

"마왕성 바쿤. 아마 평소 때 생각하던 그런 성과는 좀 다를⋯⋯."

"마왕님. 아무리 그래도 이거 완전 소음 공해이지 않습니까.

가까이서 들으니까 귀가 다 먹겠습니다."

"음. 시끄럽긴 하군. 나중에 그냥 떼어버리던가 해야겠어."

마왕이란 작자가 부하로 보이는 플레이어와 함께 인상을 구기고 있었다.

[작센 지역을 토벌하라(5)]

[등급 : A]

[설명 : 마침내 보로스테 광산으로 가공소의 본대가 도착했다. 여태껏 이종족들을 노예로 만들어 노동력을 착취한 그들에게 심판을 내릴 시간이다. 관리대장과 가공소의 병사들을 전멸시켜 그들의 권리를 되찾아라!]

[목표 : 관리대장 제시 0/1, 관리대장 제트 0/1, 가공소 병사 941/13,241]

[보상 : ?]

[제한 패널티 : 귀환 금지.]

이미 작센 지역의 연계 퀘스트는 종장에 도달해 있었다. 이제 광산 내부로 진입한 본대만 전멸시킨다면 자연스럽게 귀환 금지 패널티도 풀릴 터. 특히 다섯 번째 연계 퀘스트까지 이어져 온 만큼 마지막 보상도 나름 기대되고 있었다.

[바쿤 마력포]

[등급 : B]

[상태 : 마력 충전율(80%)]

'저런 보상만 아니면 좋겠는데 말이지.'

네 번째 연계 퀘스트의 보상으로 받은 요상한 기둥. 그것의 정체는 다름 아닌 공성형 아티팩트인 마력포였다.

발동 시 충전된 마력을 끌어모아 강력한 광범위 마력 포를 발사하는데, 위력 면에선 B급 병사들을 처리하는 데 매우 안성맞춤이었지만 안타깝게도 하루 사용 횟수가 정해져 있었다. 게다가 저 거추장스러운 생김새는 무엇이란 말인가.

'……뭐, 그래도 도움은 되니까.'

마력 충전 때마다 엄청난 양의 마력석을 잡아먹는 것도 상당히 흠이었지만 그나마 위력 자체는 만족스러웠다. 거의 소음 공해급의 포성에 인상을 구기고 있던 용찬은 짓누르는 중력을 버텨내고 있던 제트에게로 다시 고개를 돌렸다.

[바쿤의 특성 '중력'이 발동되고 있습니다.]

[일정 범위의 대상들을 중력의 힘으로 짓누릅니다.]

[일정 시간 동안 대상들의 이동 속도 및 기술 시전 속도가 대폭 하락합니다.]

비록 임시 마왕성에 불과했지만 기존에 바쿤이 가지고 있던 특성을 완벽히 재현해 내고 있었다.

덕분에 임시 병사로 거듭난 노예들은 한결 수월하게 가공소 본대를 몰아치고 있었고, 뒤늦게 바쿤의 병사들까지 가세하자 전장의 흐름이 단숨에 기울고 있었다.

이제 남은 것은 A급의 괴물 제트를 상대하는 것뿐.

하지만 중력의 특성도 놈을 막을 순 없던 것인지 움직임이 둔해져 있던 제트가 서서히 힘에 저항하기 시작했다.

"마왕이라고? 정말 어이가 없군. 마계에 있어야 할 놈들이 왜 여기 있는 거지?"

"그건 네놈이 알 바가 아니지. 잔말 말고 덤벼라."

"……그래. 차라리 잘되었어. 네놈이 마왕이라면 여기서 네 목만 치면 모든 게 끝난다는 소리니까."

"큭. 역시 관리대장들은 머리가 돌인가 보군. 겨우 생각해 낸 해답이 그거라니. 유한성, 로드멜. 지금부터 날 보조해라."

아무리 용찬이라고 해도 홀로 A급을 상대하는 것은 불가능했다.

지시를 받은 한성이 저주 계열 마법을 시전한 것인지 제트의 머리 위로 검은 눈이 맴돌았다.

상대방의 시야 범위를 줄이는 저주 마법 블라인드. 하지만 그리 효과가 뛰어나진 않았던 것인지 제트의 투창은 정확한 명중률을 보이며 용찬에게로 쏘아졌다.

그리고.

-버프가 준비되었습니다. 마왕님.

"좋아. 그러면 A급 사냥을 시작해 볼까."

[관리대장 제트가 스텔라의 투창을 시전했습니다.]
[유도 효과가 부여된 투창이 쏘아집니다.]

'이건 못 피하겠어.'

제트의 주특기는 투창 중에서도 특히 상대방을 집요하게 쫓아가는 유도 투창이었다.

얼마나 투창 숙련도가 높았던 것인지 정면으로 쏘아진 단창은 상대방의 이동 경로를 선점했고, 얼마 되지 않아 용찬의 심장부를 노리고 쇄도했다.

까앙!

'큭. 역시 위력 하나는……'

간신히 카운터를 통해 튕겨내긴 했지만 상당한 충격에 손이 얼얼했다.

"무투가라면 오히려 상대하기가 쉽지."

"이런!"

"이것도 막아봐라."

투창을 막는 그 찰나의 순간을 노렸던 것일까. 미리 자세를 잡고 있던 제트가 폭약이 심어진 수십 개의 장창을 집어 던졌다.

'일찌감치 거리를 벌려놓을 생각이야. 이럴 땐……'

등 뒤로 활짝 펴지는 한 쌍의 검은 날개. 그와 동시에 신형이 뇌전으로 물들었다.

순식간에 뇌안으로 자리를 벗어난 용찬은 폭발하는 장창들을 뒤로 하고 빠르게 제트에게로 날아들었다. 그리고 흑룡포의 레이지 드라이브를 발동시켜 부족한 민첩 능력치를 최대한 끌어올렸다.

[어둠화가 발동됩니다.]

[백호신권이 발동됩니다.]

[데스 그랩을 시전했습니다.]

백호의 형상이 깃든 검은 갈퀴손이 먹잇감을 찾아 뻗어진다. 하지만 그것도 잠시. 목표를 향해 뻗어지던 데스 그랩이 땅에 박힌 장창에 가로막혀 튕겨 나갔다.

"이건!"

"투창만 던진다고 해서 근접 전투 시 대처법이 없는 것은 아니지."

쿠웅!

땅에 박힌 장창이 역으로 용찬의 신형이 빨아들이기 시작했다.

마치 이 순간을 노렸다는 듯이 허공으로 드릴 형태의 장창을 소환해 내는 제트.

페레스의 망토도 저항해내지 못한 포박용 기술에 급히 뇌안을 시전해 보려 했지만, 일시적으로 이동 기술이 차단되어 그 시도는 무산되고 말았다.

[관리대장 제트가 나선의 장창을 시전했습니다.]
[파이오니아의 스킬인 '나이기스'를 시전합니다.]

쩌저적!

할 수 없이 일회용 스킬인 나이기스를 통해 나선의 장창을 막아보려 했지만 굳건하던 얼음 방패마저 서서히 산산조각이 나고 있었다.

"위험……."

"마왕님. 뒤로 몸을 빼십시오!"

콰앙! 쾅!

언제 시체들을 조종한 것일까.

거의 충돌 직전이던 드릴 사이로 수많은 시체들이 터져나가기 시작했다. 그제야 속박에서 신형이 풀려났고, 용찬은 기회를 놓치지 않고 급히 뇌안을 사용해 거리를 벌렸다.

-마왕님. 저런 괴물을 잡는 게 진짜 가능한 겁니까?

'그렇게 불가능한 것도 아니지. 물론 어느 정도 희생은 감수해야겠지만.'

충격의 반동으로 인해 꺾어져 있던 팔이 회복되어 간다.

한성이 통신을 통해 호들갑을 떨 정도로 제트는 괴물 수준의 반열에 올라가 있었지만, 이것은 시작에 불과했다. 게다가 아무리 A급의 창기병이라고 해도 결국 육체는 인간일 뿐, 약점이 없는 것도 아니었다.

'문제는 놈이 틈을 내주지 않는다는 건데.'

어떻게든 쏟아지는 투창들을 뚫고 깊숙이 파고들어야 했다. 하지만 그 이후로도 제트의 공세는 계속되었고, 용찬은 한성과 로드멜의 보조를 받으며 힘겨운 전투를 이어갔다.

그리고 점점 시간이 지나면 지날수록 약화되는 중력의 힘.

[마왕성 바쿤의 특성인 '중력'의 지속 시간이 한계에 도달했습니다.]
[중력의 효과가 취소됩니다.]

결국 가공소 병사들을 짓누르던 중력의 지속 시간이 끝나며 전투의 판도가 바뀌기 시작했다.

"몸이 자유로워졌어!"

"이 하찮은 노예 새끼들이. 그동안 잘도 우리를 농락했겠다!"

"후방의 마법사들과 궁병부터 처리해! 저 자식들 때문에 우리 방패병들이 전진을 못 하고 있는 거야!"

중력에서 풀려난 1만여 명의 병사들은 마치 설욕을 하듯 금방 임시 병사들을 제압해 나갔고, 마침내 바쿤의 본 부대인 라이언과 정면에서 충돌하게 됐다.

"쿨단은 어디 있는 거야?"

"저기 쓰러져 있어요!"

"할 수 없지. 일단은 내가 나서는 수밖에."

제트에게 당한 쿨단은 아직까지 혼절 상태! 급기야 마법사이던 록시가 성질 변환 권능을 발현하며 적들을 막는 사태까지 발생하고 말았다. 이대로 간다면 수적 우세를 버티지 못하고 전세 역전을 당할 터.

[마왕성 바쿤이 마력포를 발동하고 있습니다.]
[마력 충전 100% 완료.]

쾅! 콰앙!

계속해서 바쿤의 마력포가 남은 마력을 짜내 광범위 피해를 안겨주고 있었지만 숫자는 확연히 줄어들지 않고 있었다.

[플레이어 유한성이 본 스피어를 시전했습니다.]

"귀찮은 흑마법사 놈!"

일직선으로 쏘아지는 뼈의 창을 꿰뚫고 후방을 향해 날아가는 수십 개의 투창.

"이런. 미친!"

처음으로 한성을 노리며 쏘아진 투창이었지만 간신히 블링크를 시전해 피해내는 모습이 보였다. 가까이서 볼 땐 매우 아찔한 광경이었지만 그만큼 저주 계열 마법들이 방해가 된다는 뜻이기도 할 것이다.

'역시 A급은 A급이라 이건가. 머리는 돌이라도 실력 하나는 인정할 만하군.'

오히려 보로스테 광산 내부로 끌어들인 게 자멸이 될 수도 있는 상황.

하지만 용찬은 초조해하지 않았다. 그저 거리를 좁힐 기회만을 바라보며 계속 치열한 신경전을 벌이고 있을 뿐이었다.

그리고.

'기회!'

기다리고 있던 기회가 찾아왔다. 목표를 향해 쏟아지는 신형. 단창과 장창을 고루 집어 던지고 있던 놈의 손이 절묘하게 새로 소환된 창을 낚아채는 순간 창날 끝에서 푸른 아지랑이가 스멀스멀 피어올랐다.

[데스 그랩을 시전했습니다.]

"어딜 노리는 거……. 내 마력이!"

상당한 양의 마력을 낚아채자 제트의 손에 쥐어 있던 장창이 역소환되기 시작했다.

"손에 쥔 창을 무한대로 던질 리는 없지. 일정 시간마다 창을 소환시킬 수 있는 보조 기술. 그걸 내가 모를 줄 알았나?"

"그, 그걸 네놈이 어떻게?"

"어떤 놈에게 주워들은 게 있었거든."

하멜의 모든 창기병들은 투창을 위한 소비용 창들을 따로 들고 다닌다.

하지만 관리대장인 제트는 오히려 투창용 창들을 매번 소환을 통해 현계로 가져왔고, 투창용 창들이 전부 소모될 때마다 다시금 수량을 채우곤 했다.

그리고 일시적으로 창에 마력이 깃드는 현상이 바로 필요한 수량만큼 다시 창을 소환시킨다는 증거!

여태껏 이 순간만을 기다리고 있던 용찬은 당황해하는 제트를 향해 가장 먼저 라이트닝 볼텍스를 시전했다.

쾅! 콰앙! 쾅!

"거머리 같은 자식. 겨우 창을 역소환시킨 것을 가지고 날 이길 수 있을 거라 생각했나?"

저항력이 높은 장비를 장착하고 있던 것일까.

몰아치는 천둥 벼락을 뚫고 날카로운 장창이 섬광처럼 심장부를 찔러왔다.

[관리대장 제트가 파마의 홍창을 시전했습니다.]
[유니크급 장비를 소모해 즉사 확률을 대폭 증가시킵니다.]

파마의 홍창. 유일하게 제트가 가지고 있는 근접계 기술이자 상대방을 일격에 처치할 수 있는 회심의 기술이었다.

하지만 전생의 아둔을 통해 파마의 홍창을 알고 있던 용찬은 머뭇거리지 않고 다간의 정밀한 흉갑 효과를 발동했다.

까앙!

"크윽!"

"그 기술도 기다리고 있었지."

돌처럼 굳어버린 신형을 꿰뚫지 못하고 창날이 튕겨 나간다.

악귀처럼 덮쳐져 오는 검은 손길. 그 찰나의 순간 제트의 창대를 잡아챈 용찬이 세 가지 속성을 동시에 이끌어냈다.

[관리대장 제트가 섬멸진을 시전했습니다.]

대지에서 솟구치는 수백 개의 작살. 어떻게든 위기에서 벗어나기 위해 발동시킨 회심의 반격이었지만 그에 앞서 한성의 본 월이 정면으로 샘솟았다.

그와 동시에 번쩍이는 붉은 안광. 여태껏 혼절해 있다고 믿고 있던 쿨단이 흡수력을 발동하자 순식간에 수백 개의 작살이 블랙홀에 끌리듯 한곳으로 빨려 들어가고 있었다.

"혼절해 있던 게 아니었다고?"

"쿨단이 보기보다 좀 단단하거든. 그리고 아직 끝이 아니야."

"무슨…… 컥!"

배후를 급습하는 칼날 속에서 휘광이 비친다.

임시 병사들과 가공소 병사들의 난전 때문에 신경 쓰지 못했던 다크 엘프 루시엔. 그녀가 빈틈을 놓치지 않고 후방으로 파고들어 섬무를 내지른 것이다.

[헥토르가 스나이핑을 시전합니다.]
[록시가 압도를 시전했습니다.]
[칸이 웨폰 브레이크를 시전했습니다.]

[켄이 배쉬를 시전했습니다.]

그리고 뒤따라 다른 네 명의 병사들까지 가세하자 제트의 균형은 순식간에 무너졌다.

-냐아아아아!

-째째쨱!

파지지직!

파이오니아로 모여드는 세 가지 속성들. 마침내 가까이서 제트의 얼굴을 대면한 용찬은 오른팔을 치켜들며 웃었다.

"A급인 네놈을 상대로 병사들을 활용하지 않는 것은 멍청한 짓이지."

"미친놈. 이러면 남아 있는 다른 병사들이 죽어나갈 텐데?"

"언제나 희생은 따르게 마련이지. 그리고 어떤 수단과 방법을 동원하든 최후에 살아남는 자가 진정으로 이기는 거다."

마왕이면 마왕만의 방식으로 승리를 차지할지니. 비록 부대장들이 빈 부대는 처참히 쓸려 나가고 있었지만 다행히 바쿤의 병사들보다 임시 병사들의 희생이 더욱 컸다. 더군다나 상대가 A급이라면 더더욱 희생에 연연하면 안 됐다.

"내가 말했지 않았나? 네놈은 네 발로 직접 사지에 들어온 것이라고."

"내가, 내가 이대로 죽을 것 같……."

파사삭!

손에 쥐어 있던 백색 구가 가루가 되어 흩날린다. 미리 에린 리스엘과의 거래를 통해 얻어낸 C급의 마력 코어. 그 강대한 마력이 속성력과 함께 뭉쳐지자 주위로 마력의 소용돌이가 몰아쳤다.

그리고.

"아마 그럴 거다."

잔혹한 미소 속에서 강렬한 총성이 연달아 울려 퍼지고 있었다.

털썩!

예상대로 A급의 NPC를 처치하는 것은 쉽지 않았다. 일점 타격을 몇 번이나 버텨낸 제트는 얼마 동안 광범위 기술을 시전하며 발버둥을 쳤고, 그 영향으로 인해 수백 명의 임시 병사들이 휩쓸려 나가기도 했다.

하지만 결국 놈은 파이렛 1식에 심장부를 관통당하며 처절히 쓰러지고 말았다.

'검은 운석 조각을 얻으려 왔다가 졸지에 관리대장들까지 전부 처치해 버린 격이군. 아니, 저 녀석이 남아 있으니 아직 전멸시킨 것도 아닌가.'

아이리스가 심어둔 씨앗에서 자라난 식인 식물 카렛. 주로 덩쿨을 통해 동물을 사냥하는 놈이기에 사로잡힌 제시도 얼마 되지 않아 카렛의 양분으로 소화가 될 것이다.

-마, 마왕님. 마력 고갈 직전입니다. 서둘러 병사들을 지원해야 할 것 같습니다!

"음. 그래야 할 것 같군. 전 병력은 임시 병사들과 합류해 나머지 잔당들을 토벌해라."

"키에에엑. 돌진하라!"

유일한 희망이던 제트의 죽음은 가공소 본대 전체의 사기를 단숨에 바닥 치게 만들었고, 나름 희생이 있었던 임시 병사들은 다시금 바쿤 병사들과 합류해 전투를 마무리 짓고 있었다.

그리고.

[다섯 번째 연계 퀘스트를 완료했습니다.]

[보상이 지급됩니다.]

[가공소 운영권이 지급됐습니다.]

마침내 작센 지역의 연계 퀘스트가 종결됐다.

"아이고, 죽겠……. 야. 얼른 화살들부터 회수해!"

"쿨단 저 자식. 스켈레톤 아닐지도 몰라. 혼절한 연기가 장난이 아니었다고."

[ㅇㅅㅇ]

장장 1만여 명의 본대를 상대해야 했던 병사들은 전투가 끝
나자마자 몹시 큰 피로를 느끼며 지쳐 쓰러졌다.

그 와중에 위르겐이 드랍된 아이템들을 회수하는 모습이 간
간이 보이긴 했지만 얼마 되지 않아 그레고리에게 걸려 전부
압수당하고 있었다.

[연계 퀘스트가 종료되어 임시 마왕성이 소멸됩니다.]

덩달아 퀘스트를 위해 만들어졌던 임시 마왕성 또한 사라
지는 상황. 아직까지 바쿤의 일원들이 자리에 남아 있긴 했지
만 귀환 패널티가 풀린 이상 더는 걱정할 필요가 없었다.

'가공소 운영권이라고?'

오히려 용찬은 뜬금없는 보상에 두 눈이 휘둥그레져 있었다.

[가공소 운영권]

[등급 : A]

[설명 : 이 운영권을 가진 자는 작센 지역에 있는 가공소의 마
스터가 될 수 있다. 모든 권리 및 지휘권을 얻게 되며 가공소 소속
인 자들은 마스터의 명령에 감히 대항할 수 없다. 대신 운영권을

소유한 자는 노예였던 이종족들을 모두 풀어주고 그들을 정식 가공소 직원으로 채용해 정당한 대가를 지불해야 한다.]

'단순히 마계의 드워프들과 이어지는 줄 알았더니 이것 때문에 연계 퀘스트가 주어진 거였나. 그나저나 가공소의 마스터라. 당장 내가 권리를 가지게 되면 작센 지역을 운영하느라 눈코 뜰 새 없이 바쁘겠어.'

가공소에 묶이지 않으려면 따로 적임자를 찾아야 했다. 게다가 만약 적임자를 찾는다고 해도 기존에 광산들을 빌리고 있던 대형 길드들을 어떻게 처리할지 감조차 잡히지 않는 상황.

할 수 없이 용찬은 판단을 뒤로 미루고 제트가 드랍한 아이템들부터 살폈다.

[차원 여행자의 일지(1)]
[파마의 단창(유니크)]
[파마의 장창(유니크)]

'겨우 세 개뿐인가. 그나마 유니크급 장비가 두 개 나와주긴 했지만 단창과 장창이면 약간 애매한데 말이지. 그리고 이건 뭐지?'

일기장으로 보이던 일지가 손에 잡힌다.

가볍게 첫 페이지를 넘기자 보이는 익숙한 글귀들. 마치 플레이어가 써놓은 것처럼 보이는 일지엔 한글로 자신의 여정을 적혀 있었다.

'……이건 나중에 시간이 날 때 읽어봐야겠어.'

세 개의 아이템을 회수한 용찬은 마저 광산 내부를 정리하고, 인질로 잡은 가공소 병사들에게로 다가갔다.

"너희들 중 관리자가 있나?"

"제, 제가 파레이스 광산의 관리자입니다. 목숨만 살려주십시오!"

"좋아. 살고 싶다면 게이트를 작동시켜."

천천히 말려 올라가는 입꼬리.

첫 목적지는 이미 정해진 것이나 다름없었다.

작센 지역 중앙에 자리 잡고 있는 가공소 본부. 내부에 있던 현장 관리자들은 평소와 달리 보로스테 광산으로 출발한 본대가 돌아오길 손꼽아 기다리고 있었다.

하지만 시간이 지나면 지날수록 초조해지는 마음. 혹여 일이 잘못되어 자신들까지 피해가 오진 않을까 싶은 생각에 직원들은 두려움에 떨고 있었다.

"대체 왜 안 오는 거야!"

"메드. 아직 통신 수정구는 응답이 없어?"

"왔으면 진작 왔겠지. 소란스러우니까 잠자코 기다려!"

안절부절못하는 직원들에게 버럭 소리친 메드였지만 사실상 그는 약간의 희망을 품고 있었다.

'만약 이대로 돌아오지 않는다면 우리들에게 자유가 찾아오지 않을까? 마치 노예들이 자유의 몸이 된 것처럼……'

가공소에 묶인 직원들은 아직까지 낙인이 찍혀 있었다. 반란을 일으킨 노예들처럼 낙인을 없앨 수만 있다면 굳이 강제로 일을 하지 않아도 될 터.

하지만 그런 실낱같은 희망은 얼마 되지 않아 부서지고 말았다.

콰앙!

마침내 가공소 본부의 정문이 화들짝 열린 것이다.

메드는 질끈 두 눈을 감으며 자리에서 일어났다.

"토벌은 성공하……."

"뭐야. 분위기가 왜 이렇게 다운되어 있어?"

"너, 너는!"

익숙한 안면에 두 눈이 휘둥그레진다. 당당히 정문으로 입장한 자의 정체는 다름 아닌 광석을 훔쳐 달아났던 범죄자. 그런 한성의 모습에 메드는 대놓고 삿대질을 하며 몹시 당황해했다.

하지만 그것도 잠시.

"이제야 마음 편히 가공소로 들어오는군. 저리 비켜라."

"쿵. 뉘예. 뉘예. 알겠습니다."

뒤이어 두 번째 범죄자가 묵묵히 걸어오자 당황은 경악으로 바뀌고 말았다. 어째서 강제 일꾼으로 끌려갔던 두 플레이어가 이곳으로 돌아온다는 말인가.

주변에 있던 다른 직원들마저 영문 모를 상황에 당황해하고 있었지만 그들의 의문은 얼마 되지 않아 풀렸다. 그것도 범죄자 중 한 명인 고용찬을 통해서 말이다.

"관리대장들은 전부 죽었다. 가공소 본대도 마찬가지고 말이지."

"그, 그렇다면?"

"앞으로 너희들이 따를 주인이 바뀌었단 뜻이지."

가공소의 새로운 주인!

용찬의 말에 파급력은 엄청났다.

괴물로 취급받던 관리대장들이 아니던가. 한데, 얼마 전 범죄자로 붙잡혔던 플레이어들이 그들을 제압해 버리고 도리어 가공소의 전력이라고 할 수 있는 본대까지 몰살시켰다고 한다. 당장 받아들이긴 어려운 상황.

하지만 메드와 반대로 용찬은 침착히 가공소 직원들을 분류하기 시작했고, 뒤늦게 노예들이었던 이종족들이 몰려와 내부를 샅샅이 뒤지기 시작했다.

'침착하자. 침착해. 정말 이 둘이 그들을 제압했다면 자유의 몸이 될 기회가 생긴 거니까.'

애써 호흡을 가다듬는 메드.

그 순간, 주변을 둘러보던 용찬이 천천히 그의 앞으로 걸어왔다.

"네놈이 마계 출신의 드워프라고 했었지?"

"그것을 어떻게?"

"다른 놈들과 달리 날 알아보지 못했나 보군. 정식으로 소개하지. 현재 마왕성 바쿤을 이끌고 있는 헨드릭 프로이스다."

"프, 프로이스 가문……. 아니, 잠시만. 그렇다면 네놈이 망나니였던 그 헨드릭!"

"그래. 내가 헨드릭이다. 그리고……."

바깥에서 우물쭈물 거리던 무리가 차례대로 걸어 들어온다. 모두 하나같이 메드와 비슷한 짜리몽땅한 체형의 드워프들이었다.

그제야 그들이 자신의 일족인 것을 알아챈 메드는 눈시울을 글썽거리며 바닥에 주저앉았다.

"아니, 자네들이 여긴 어떻게?"

"크흐흠. 좀 늦었네. 그동안 잘 지냈는가. 메드."

"암. 물론이지. 어떻게든 자네들만큼은 빼돌리고 싶었지만 상황이 그리 좋지 못했어. 정말 미안하네."

이 얼마나 감동적인 재회란 말인가.

자존심이 높기로 유명한 드워프들이 눈물을 글썽거리며 서로 등을 토닥여 주자 그럴듯한 분위기가 조성됐다.

물론.

"벌써부터 그러면 안 되지. 저놈들은 전부 자유를 얻는 대가로 내게 충성을 맹세했으니까. 자, 넌 어쩔 거냐. 메드."

"엥?"

용찬은 용납 못 하는 듯한 태도였지만 말이다.

"아마 관리대장들의 소식만 숨긴다면 충분히 가공소를 정상적으로 운영할 수 있을 거다."

"충성을 맹세한 것은 금세 잊어먹었나 보군."

"……있을 겁니다."

도합 2백여 명의 마계 출신 드워프들은 전부 계약을 통해 바쿤으로 합류했다. 가공소의 현장 관리자이던 메드 또한 그중 한 명이었고, 바쿤 소속이 되자마자 즉시 가공소 내부 사정들을 낱낱이 밝힌 상태였다.

"아무튼 중요한 것은 노예들을 정규직으로 교체하는 것인데 가능할 것 같나?"

"으음. 여태껏 이어져 온 편견 때문에 그리 쉽지는 않을 것 같습니다만."

"쯧. 일단 운영권을 사용해 볼 수밖에 없는 건가."

좀 더 세부적으로 관리자의 권한을 알기 위해선 직접 운영권을 사용해 볼 필요가 있었다. 가공소 내 집무실에 앉아 있던 용찬은 그렇게 판단했고, 뒤늦게 바꾼 지하의 대장간이 그리 넓지 않다는 사실을 떠올려냈다.

"그레고리. 잭을 불러와라."

"알겠습니다."

지시를 내리기가 무섭게 그레고리가 근육질 체형의 마족을 끌고 왔다.

영문도 모른 채 끌려온 잭은 머리를 긁적거리며 물었다.

"무슨 일이십니까. 마왕님?"

"네가 가공소를 맡아라."

"예?"

"이제부터 가공소는 네 소유다."

"……예?"

전혀 이해가 되지 않았다는 표정이었지만 용찬은 망설이지 않고 인벤토리에 있던 가공소 운영권을 사용했다.

멍하니 서 있던 잭 주위로 솟아나는 빛의 기둥.

가공소의 새로운 마스터를 한순간에 결정할 줄은 몰랐던

메드는 입을 떡 벌리며 그 상황을 지켜만 봤다.

[바쿤 전속 대장장이 잭 펠터에게 가공소 마스터 권한이 부여됩니다.]

[마왕성 소속의 NPC가 권한을 얻었습니다.]

[수입원을 관련해 계약을 맺은 플레이어들은 앞으로 가공소를 적대할 수 없습니다.]

[매달 가공소 매출의 5%를 바쿤이 소유할 수 있습니다.]

[지출 비용을 제외한 골드는 전부 가공소 투자비용으로 소모됩니다.]

마침내 새로운 가공소의 주인이 탄생했다.

"이게 무슨……. 내가 작센 가공소의 새로운 주인?"

"쯧. 매출을 전부 가져오는 것은 역시 하멜의 시스템 상 불가능했나 보군. 아무튼 기분은 좀 어떻지?"

"시, 신기하군요. 모든 가공소의 권한들이 제 머릿속으로 들어오고 있습니다."

"그래도 다행이야. 계약을 맺은 플레이어들이 가공소를 적대할 수 없다니. 이걸로 대형 길드에 대한 걱정은 안 해도 되겠어."

비록 균형을 중시하는 하멜의 시스템 때문에 가공소의 모든 매출을 소유할 순 없었지만 5%만 하더라도 크나큰 금액이었다. 특히 중립 미션으로 분류되는 작센 지역이라면 모든 진영의 정보들을 끌어다 모을 수 있을 터.

용찬은 바쿤으로 이어지는 게이트 개설을 추진하며 정보 집단 테오스를 작센 지역에 투입시키기로 결정했다.

"우선 그전에 모든 광산의 노예들을 불러 모을 필요가 있겠지."

"그것은 제가 처리하겠습니다. 아마 전 길드로 통신을 하면 며칠 되지 않아 이곳으로 보내올 것입니다."

"잘됐군. 그러면 나머지는 너희들에게 맡기도록 하지."

정직원의 임금, 앞으로의 운영 방향, 점령당한 광산의 복구 등등 여러 가지로 검토할 것들이 많았다.

하지만 새로운 관리자인 잭과 메드. 그리고 내실 담당이었던 그레고리가 함께 있다면 충분히 적당한 해결 방안을 마련할 수 있을 것이다.

용찬은 그렇게 판단하며 홀로 집무실에 남아 병사들의 전투 성과 등을 확인했다.

'의외로 연계 퀘스트가 길어지긴 했지만 가공소 정도면 보상으론 차고 넘치지. 게다가 그동안의 전투를 통해 병사들의 기술 숙련도도 꽤 상승했으니까 그리 소득이 없는 것도 아냐.'

완전히 충성을 맹세한 딩크와 종신 계약을 맺게 된 마계 출신 드워프들은 덤이었다. 게다가 가공소의 소유권이라면 매출

5%뿐만 아니라 갖가지 광석들도 자연스레 굴러들어 온다는 뜻이 아니던가.

이제 남은 것은 일전에 받았던 랜덤 박스와 차원 여행자의 일지를 확인하는 일뿐이었다.

"로드멜. 집무실로 와라."

-으음. 알겠습니다.

갑작스러운 통신에 불안 섞인 목소리가 들려온다.

하지만 지시를 거부할 수는 없었던 것인지 얼마 되지 않아 집무실 안으로 로드멜이 들어왔다.

"……부르셨습니까?"

"다시 한번 네 행운을 빌려야겠어."

"윽."

역시 눈치가 빠른 탓일까. 네모난 상자가 테이블 위에 올려지자 로드멜의 안색이 순식간에 창백해졌다.

부담감.

마치 예전 그때처럼 저항할 수 없는 부담감이 양쪽 어깨를 짓눌리고 있었다. 하지만 용찬의 집요한 눈빛을 피할 수도 없는 노릇.

할 수 없이 로드멜은 손을 덜덜 떨며 천천히 상자의 입구를 개봉했다.

샤아아아앙!

상자 안쪽에서부터 뿜어져 나오는 황금빛. 얼마나 등급이 높은 장비를 뽑아낸 것인지 집무실 내부가 환한 빛무리에 가득 잠기고 있었다.

그리고.

"……이건?"

마왕의 눈동자가 파르르 떨려오기 시작했다.

◀ 65장 ▶

바하무트

"들었어? 작센 가공소가 노예들을 전부 정규직으로 채용했다고 하던데."

"길드 소유물이기도 하던 노예들까지 회유했나 봐. 정당한 대가를 지불했다고는 하는데 갑자기 왜 저런다냐."

"노예들 덕분에 편하게 돈을 굴릴 수 있었는데 이렇게 되면 채굴량이 줄어들잖아. 욕심만 가득하던 관리 대장들이 드디어 미친 건가?"

광산 점령 사건을 덮는 것은 쉬웠다.

관리 대장들이 직접 파견되어 소란을 일으킨 자들을 토벌. 그리고 빼앗겼던 광산들을 되찾고 다시 정상적으로 가공소를 운영한다는 뻔하디뻔한 시나리오.

물론 갑작스레 노예들을 정규직으로 채용하며 많은 플레이어들의 의심을 사기도 했지만, 정작 대외로 밝혀진 게 없어 꼬투리는 잡지 못하고 있었다.

게다가 새로 추가된 적대 불가 시스템으로 인해 대형 길드들조차 감히 들고 일어나지 못하고 있는 상황.

"에이. 어차피 우리야 광산만 독점하면 그만이지. 괜히 들고 일어났다가 우리만 잘못될 수도 있어. 게다가 적대도 불가능하다고 하잖아. 그냥 넘어가자고."

결국 갑과 을 관계를 떠올린 플레이어들은 더 이상 논란거리를 만들지 않고 쉬쉬하면서 넘어가는 분위기였다.

그런데…… 노예들을 정규직으로 채용하면서 그 누구도 예상치 못한 결과가 나오기 시작했다.

"아니, 왜 이렇게 일들을 잘해? 오히려 채굴량이 전보다 더 상승했잖아?"

가공소 소속이 된 이종족들이 엄청난 업무량을 소화하기 시작한 것이다. 덕분에 광산을 빌린 길드들은 전보다 늘어난 매출에 함박웃음을 짓게 됐고, 가공소 또한 큰 수익을 챙기고 있었다.

물론.

"성과를 내면 낼수록 인센티브를 챙겨준다던데?"

"대단해! 근데 인센티브가 뭐야?"

"나도 몰라. 그냥 열심히 일하면 골드를 더 챙겨준다는 것 같아."

그런 결과엔 가공소의 달라진 운영 방식이 큰 영향을 준 것이었지만 대부분은 모르는 사실이었다.

"정규직으로 채용된 이종족들이 골드를 벌기 시작했으니 그들을 위한 상점가와 도시를 만들어 골드를 소모할 수단들을 마련해야겠군요."

벌써부터 이종족들을 대상으로 경제 체제를 구축하기 시작한 그레고리.

매출 5%를 제외한 나머지는 전부 투자비용으로 취급되고 있었기에 계획은 별문제 없이 진행되었다.

그렇게 마계 드워프들의 기술력을 통해 건설되기 시작한 게이트 및 이종족들을 위한 도시 펠터.

"크하하하하. 드디어 나를 위한 도시가 만들어지는 건가!"

잭의 성을 따서 지어진 펠터란 이름의 도시는 작센 지역의 중심가를 목표로 서서히 기반을 갖춰가고 있었다.

-마왕님께서 설명해 주신 성과제 방식을 도입한 지 며칠도 지나지 않아 매출량이 소폭 상승 했습니다. 이런 기발한 운영

방식을 생각해 내시다니. 대단하십니다!

다섯 번째 바쿤의 수입원이 된 가공소는 큰 장애물 없이 정상적으로 운영이 되고 있었다. 특히 용찬이 제안한 운영 방식 덕분에 가공소의 매출은 큰 상승폭을 보이고 있었고, 정규직으로 채용된 이종족들도 별다른 불편함 없이 열성적으로 업무에 뛰어들고 있는 상태였다.

'그저 현대의 회사 운영 방식 하나를 본뜬 것뿐인데 큰 효과를 보는 것 같군.'

노예 생활에 길들여진 이종족들로선 처음으로 손에 거머쥐는 골드였을 터.

자기들 딴에는 귀향 혹은 터전을 꾸리는 게 목적인 듯 보였지만 가장 큰 이유는 일한 만큼 보상이 따른다는 이유 때문일 것이다.

'어쨌든 잘된 일이겠지. 지겹도록 긴 연계 퀘스트였지만 얻은 것들은 많아서 좋군.'

손에 쥔 홍옥 목걸이가 영롱한 빛을 발한다. 가공소 운영권과 제트의 창들에 전혀 뒤지지 않는 새로운 장비. 그것도 로드 멜이 직접 개봉한 랜덤 박스에서 나온 유니크급 목걸이였다.

[브릿 사트리]

[등급 : 유니크]

[설명 : 브릿의 악마가 만들었다는 홍옥의 목걸이다. 사트리가 돌아오길 간절히 기원하며 제작한 목걸이는 착용자의 형상을 한 분신을 만들어낼 수 있다.]

[옵션 : 민첩 2 증가, 마력 2 증가, 하루에 두 번 시전자 형태의 분신들을 소환하는 '환영 분신' 스킬 사용 가능(환영 분신은 시전자의 3분의 1 생명력을 가지고 형성됨), 생명력 흡수력 5% 증가.]

'이게 내 손에 들어올 줄이야. 전생의 론이 본다면 통곡을 내질렀겠어.'

페이튼 진영의 권좌 론 다즐리. 유태현과 동일한 도적 클래스로서 치밀한 암살이 특기인 하이 랭커였다.

특히 론이 자랑하는 기술 중 하나가 환영 분신을 통해 적을 혼란 시키는 암살 기술이었는데, 이번 생은 좀 다르게 브릿 사트리가 용찬의 손에 먼저 들어온 상태였다.

'어떻게 브릿 사트리를 얻어낸 것인지는 밝혀진 정보가 없지만 동일한 유니크 장비가 두 개 이상 존재할 수는 없지.'

즉, 브릿 사트리는 완전히 용찬의 소유가 된 것이다.

[브릿 사트리의 스킬인 환영 분신을 시전합니다.]
[착용자의 마력을 소모해 세 개의 분신을 소환합니다.]

따로 장비에 달린 스킬에 숙련도가 존재하는 탓일까. 최대 10개까지 소환이 가능한 환영 분신이지만 지금은 고작 해봐야 3개가 한계였다.

"마왕님. 다음 서열전 일정이 잡혔…… 으헉? 마왕님이 네 명!"

마침 방으로 들어온 그레고리가 분신을 보자마자 대경실색하며 엉덩방아를 찧었다. 생김새는 전부 착용자와 동일한 분신이다 보니 이런 상황이 생기는 것도 어찌 보면 당연했다.

"이번에 새로 터득한 기술이다. 겉만 그럴듯한 내 분신들이지."

"아아, 그렇군요. 순간 제 눈을 의심했습니다."

"그래서 다음 서열전 일정이라고?"

부축을 받고 일어선 그레고리가 다시 자세를 잡으며 편지 한 장을 내밀었다.

출처는 다름 아닌 서열전을 관리하는 마계 위원회. 용찬은 편지에 적힌 내용들을 쭉 훑어보며 고민했다.

"서열 21위 마왕 겐스인가. 마침내 다이러스 가문의 마왕과 붙게 되는군. 그런데……."

"예. 서열전 일정이 약간 늦게 잡힌 것 같습니다."

"14일 뒤인가. 시간은 넉넉하겠어. 그나저나 작센 지역에 갔다 온 동안 별다른 문제는 없었나 보지?"

"시간 흐름상 마계에선 4일 정도로 압축되어 있더군요. 다행히 마계 위원회가 마왕님께서 자리를 비우셨다고 판단해 그동안 서열전 일정을 미루고 있었나 봅니다."

"프로이스 가문은?"

"마넬 사형 집행 이후 통치 국가 바이칼을 주시하며 정보를 수집하는 중입니다. 듣기론 가문전에서 패배한 로이스가 바이칼을 이용해 공작을 부리고 있다고 하더군요."

"잘하면 전쟁이라도 날 판이군."

가문전에서 크나큰 손실을 입은 샤들리 가문은 더 이상 프로이스 가문에 대적할 막강한 전력이 존재하지 않았다. 그저 남은 수단이라면 국가 바이칼과 마왕성 카롯뿐.

당장 국가간의 전쟁이 벌어진다면 당연히 승자는 프로이스 가문이겠지만 역으로 바쿤까지 전쟁에 참여하게 되는 치명적인 단점이 존재했다.

'아리엇 산맥 원정을 앞두고 가문에 발이 묶이면 곤란하지. 원정 준비까진 대략 한 달 정도. 차소희의 성격상 거울성이 사라진 시점부터 미리 준비해 두고 있었을 거야.'

어쩌면 악몽의 탑 27층을 공략한 것도 단순히 시선을 돌리기 위한 수단이었을 지도 모른다.

그나마 다행이라면 원정을 주도하는 디어스 길드에 정보통인 리우청이 속해 있다는 것. 이미 그를 통해 대략적인 일정을 파악한 용찬은 가장 우선적인 목표를 아리엇 산맥으로 잡고 있었다.

"그렇게 되면 우리도 길잡이가 하나 필요하겠지."

"예?"

"아무것도 아냐. 그러면 다른 방문자는 없었다는 건가?"

"음. 한 분이 계시긴 했는데……."

잠시 보고를 고민하는 기색이 느껴진다.

어느새 창가를 향해 있는 그레고리의 두 눈빛. 그 시선을 따라 창밖을 내려다보자 네펜데스 줄기 위에 올라타 있는 헥토르가 보였다.

"와하하핫! 좀 더 높이 올라가 봐!"

"쿠에에에!"

"지금 뭐 하는 거야. 얼른 내려와!"

안절부절못하며 말리고 있는 아이리스도 함께 보이고 있었지만 그의 시선은 오직 헥토르를 향해 있었다.

그리고.

-헨드릭. 자네가 돌아왔다는 소식을 들었네. 잠시 내 마왕성에 들러줄 수 있겠나?

테이블 위에 놓여 있던 통신 수정구에서 익숙한 목소리가 들려오고 있었다.

"개펄이었던가."

"……게펄트일세."

정식으로 초대를 받아 마왕성 칸보르테에 들어가자 다문 가문의 후계자 게펄트가 직접 1층으로 내려와 용찬과 병사들을 격하게 반겨왔다.

이전 서열전 이후로 거의 한 달 만에 다시 대면하게 된 상황. 하지만 용찬은 무심한 눈길로 마왕성 내부를 훑으며 그에게 물었다.

"그래서 여기까지 날 부른 용건이 뭐지?"

"섭섭하군. 만나자마자 하는 말이 그거라니. 아무튼 일단 들어오게."

게펄트 딴에는 바쿤을 거의 동맹 관계로 여기고 있는 듯했다. 그 증거로 함께 방문한 바쿤 병사들에게 극진한 대접을 해 주었고, 식사가 끝나자마자 용찬을 자신의 방으로 데려왔다.

그리고 자연스럽게 아끼던 술까지 꺼내며 분위기를 잡기 시작한 칸보르테의 마왕. 테이블에 마주 앉아 있던 용찬은 그가 건넨 술잔을 만지작거리며 일순 회상에 잠겼다.

'고용찬이라고 했었지? 의외로 술빨이 센데?'

'벙어리처럼 그렇게 묵묵히 있지만 말고 짠 하자.'

'같은 동기로서 앞으로 잘 부탁해.'

현대에서 몇 차례나 겪어왔던 대학 동기들과의 술자리. 전생까지 합치면 거의 12년 동안 하멜에서 생활해 왔던 용찬은 그동안 잊고 있던 현대의 기억에 인상을 구겼다.

'현대로 돌아가기 위해 그렇게 노력했는데 정작 떠오르는 기억이 이런 것뿐이라니. 나도 참 인생을 헛살았군.'

불현듯 쓴웃음을 흘리자 게펄트가 고개를 갸웃거렸다.

"왜 그러나?"

"아무것도."

"음. 아무튼 잔부터 받게. 진품 중의 진품인 버닐러 7백년 산이네. 자네를 위해 이것까지 꺼내 들었다고."

"지스 때문에 날 이리로 부른 것이겠지?"

정곡을 찌른 것일까.

술병을 들고 있던 게펄트가 움찔거렸다. 그리고 얼마 되지 않아 그가 한숨을 푹 내쉬며 고개를 끄덕거렸다.

"맞아. 괜히 이야기를 질질 끌어서 미안하네. 자네, 뱀파이어 왕국인 바하무트에 대해서 알고 있는가?"

"몇 번 들어본 적은 있지. 절망의 대지 북부에서 독립한 뱀파이어만의 국가라고 했던가."

"정확하네. 거의 몇백 년 동안 존재해 온 국가지. 유일하게 수인 코르덴 연합에 속하지 않은 바하무트는 최근에 새로운 로드의 후계자를 뽑기 위해 큰 혈투를 준비하고 있다고 하더군. 그것도 오직 진혈의 일족끼리 말이지. 한데, 며칠 전에 큰 사고가 터지면서 일이 커져 버렸어."

"음?"

술잔을 내려놓은 게펄트가 굳은 안색으로 말을 이어갔다.

"뱀파이어 로드가 살해당한 것이지."

"범인은?"

"아직 밝혀진 것이 없어. 하지만 그 사건 이후로 바하무트는 혼란에 빠졌고 후계자가 되기 위해 혈투를 준비하던 진혈의 일족들은 각자 자신의 영역에서 큰 전쟁을 준비하는 상황일 세. 그래서 자네에게 부탁하는 것이야. 부디 지스의 바람대로 헥토르란 병사와 함께 바하무트로 가주게."

"헥토르를 데리고 바하무트에 간다고 해도 해결되는 것은 아무것도 없을 텐데?"

"아니, 분명 자네와 자네의 병사라면 해결 방법을 찾을 수 있을 걸세. 난 그렇게 믿고 있네."

게펄트에게 있어 지스는 단순히 임시적으로 계약한 용병 수준이 아닌 듯했다. 그 증거로 갖가지 대가를 약속하는 계약 서까지 꺼내 들고 있지 않은가.

아마 그만큼 자신의 수하들을 아낀다는 뜻일 것이다.

띠링!

마침 눈앞으로 새로운 마왕성 퀘스트까지 갱신된 상황.

계약서를 확인하던 용찬은 남은 서열전 일정을 떠올리며 잠시 고민에 빠져들었다.

'이번에도 보상은 물음표인가. 작센 지역 때처럼 강제 퀘스트는 아니지만 약간 애매하단 말이지.'

그렇게 한참 동안 선택을 망설이고 있었을까. 불현듯 품속에 있던 종이 한 장이 빛을 발하기 시작했다.

"그건 무엇인가. 헨드릭?"

"……이게 왜 갑자기?"

종이의 정체는 다름 아닌 길서드에게 건네받았던 마계의 지도였다. 그동안 오르비안의 가신들과 관련된 일을 미루고 있던 용찬은 천천히 빛나는 지도를 펼쳤고, 얼마 되지 않아 두 눈이 휘둥그레지고 말았다.

'뱀파이어 왕국 바하무트?'

지도에 표시된 곳 중 하나가 바하무트였던 것이다.

위대한 바하무트의 로드 카세린.

무려 칠백 년간 왕국을 다스려 온 뱀파이어들의 왕이자 구세주였던 그녀는 진정한 진혈의 힘을 각성해 마족들에게서 완전한 독립을 선언한 적이 있었다.

덕분에 바하무트는 코르덴처럼 위원회에게 압박받지 않고 자립적으로 국가를 운영해 왔고, 마계의 모든 뱀파이어들은 카세린을 칭송했다.

하지만 그런 평화도 잠시.

"카세린 님이 이국의 첩자에게 암살을 당하셨다!"

새로운 로드 후계자를 선발하기 위해 신성한 혈투를 준비하던 찰나, 로드가 정체불명의 적에게 암살을 당했다.

그것도 A급을 코앞에 두고 있던 진혈의 왕이 말이다.

"말도 안 돼. 로드님께서 암살을 당하시다니."

"바하무트에 암운이 도래한 게야. 이럴 때일수록 외부의 적을 조심해야 해!"

"잠깐. 이렇게 되면 후계자 선발전은 어떻게 되는 거지?"

일부 뱀파이어들은 이 사건이 전조에 불과하다며 경계심을 곤두세웠지만 당장 큰 걱정거리는 후계자 선발전이었다.

카세린이 암살당하며 로드의 자리는 비어 있었고, 남아 있던 원로들이 꿋꿋이 선발전을 추진하려 했지만 일은 쉽게 풀리지 않았다.

"이럴 수가! 북쪽을 다스리던 진혈족 페툰 님께서 남쪽에 전쟁을 선포하셨어!"

다섯 명의 진혈족 뱀파이어들이 선발전에 순응하지 않고 다른 영역을 견제하기 시작한 것이다.

"페툰, 이 자식. 결국 더러운 욕망을 참지 못하고 일을 벌이는구나!"

"비열한 놈들. 로드님께서 핏빛으로 돌아가시자마자 기회를 노리고 달려드는 꼴이라니. 내 절대 참지 않을 것이야!"

"전쟁? 원하던 바다. 아주 끝을 보자꾸나!"

평화롭던 바하무트 곳곳에 발발한 영역간의 전쟁들.

진혈족으로서 왕국의 각 도시들을 다스리고 있던 후계자들은 눈에 불을 켜고 병사들을 양성했다. 결국 뒤에 가선 다른 이종족들까지 용병으로 끌어들이며 어떻게든 다른 영역을 집어삼키려 들었다.

그리고 서쪽의 영역을 다스리던 레폰하르트가 전쟁을 도모하며 용병을 모집하던 날.

"여기가 서쪽의 도시 아카드인가."

일련의 무리가 아카드 정문 앞으로 나타났다.

[바하무트로 향하라!]

[등급 : B]

[설명 : 당신은 진혈의 일족일 지도 모르는 헥토르를 수하로 두고 있다. 현재 바하무트는 진혈족들의 영역 다툼으로 인해 한창 전쟁이 발발하고 있는 상황. 한평생 로드를 모셔왔던 지스를 따라 바하무트로 가서 현 상황의 해결 방법을 모색해라!]

[목표 : 바하무트 NPC들과 대화 0/3, 첫 번째 단서 0/1]

[보상 : 뱀파이어 헥토르 1차 각성, 히든 스킬북, 히든 특성북.]

[제한 조건 : 정원사 아이리스 합류, 놀 전사 딩크 합류, 뱀파이어 헥토르 합류, 그 외 병사 합류 불가.]

새로 갱신된 마왕성 퀘스트의 목표는 간단했다.

다만, 문제는 제한 조건이었는데 헥토르와 딩크는 그렇다 쳐도 인간인 아이리스를 동행시키는 것은 상당히 애매한 부분이었다.

'헥토르 님과 달리 바하무트의 뱀파이어들은 피의 냄새를 아주 잘 맡는다고 합니다. 우선 후각을 둔하게 만드는 아이템으로 아이리스님의 정체를 숨기시는 게 좋을 것 같습니다.'

'혈향이라. 그런 쪽으로 쓸 만한 아이템이 있긴 하지. 미리 로버트에게 지시를 내려놔야겠어.'

상대가 자신을 인지할 때 그 상대의 후각을 둔하게 만드는 플레이어 아이템 리벌테인. 워낙 효과가 특이해 플레이어들 사이에서도 거의 쓰이지 않는 아이템이었지만, 지금의 아이리스에겐 딱 안성맞춤이었다.

그렇게 냄새에 대한 대비시켜 두고 여행자 로브로 인상착의까지 가렸을까.

"헨드릭, 헨드릭. 우리 지금 어디로 가는 거야?"

"뱀파이어의 왕국 바하무트다."

"오오오! 뱀파이어! 그러면 헥토르랑 비슷한 애들이 엄청 많겠네?"

"……."

이젠 팔에 매달린 채 방방 뛰어다니며 주변을 소란스럽게 만들고 있었다. 아마 처음으로 바깥을 돌아다니게 되어 즐거운 기분을 참지 못하는 것일 터.

할 수 없이 용찬은 더 이상 소란을 피우지 못하게 아이리스를 등에 업은 채로 움직이기 시작했다.

그리고 얼마 되지 않아 눈앞에 보이는 커다란 성의 정문.

"여기가 서쪽의 도시 아카드인가?"

"예. 그렇습니다. 진혈족 레폰하르트 님께서 관리하시는 영역이기도 하죠."

"그래도 네놈의 좌표 덕분에 일찍 도착했군."

"제 부탁을 들어주셨는데 이런 이동 마법쯤은 당연한 것 아니겠습니까."

"말은 잘하는군."

현재 바쿤 일행은 지스가 기억하고 있던 좌표 덕분에 쉽게 아카드 정문에 도착한 상태였다.

"여기가 뱀파이어들의 도시?"

"설마 네놈의 고향도 몰랐던 거냐?"

"처음 와봐요. 사실 바쿤에 소환되기 전에 서부를 잠깐 돌아다니고 있었거든요."

높다란 갈색 성벽을 올려다보던 헥토르가 씁쓸히 웃는다.

바하무트로 출발하기 직전 본인이 직접 출생에 대해 밝히기도 했던 그였다.

자신을 낳아준 부모를 알지도 못한 채 홀로 서부를 전전하던 뱀파이어의 삶. 그런 헥토르와 달리 출생이 명확하던 딩크는 괜히 질문을 던졌다고 여긴 것인지 뒤늦게 머리를 긁적거렸다.

"에이, 썅. 아무튼 들어갑시다."

"음. 다른 도시들과 달리 경비는 그렇게 삼엄하지 않은 것 같군."

"아마 최근 발발한 전쟁에 경비대의 인원까지 대부분 투입시켜서 그런 것 같습니다."

얼마나 전쟁이 심각해진 것인지 정문을 지키는 경비병도 겨우 두 명밖에 보이지 않았다. 마침 그들도 일행을 발견한 것인지 창을 치켜세우며 신분을 물어왔다.

"거기 다섯 명. 신분을 밝혀라!"

"무례하다! 감히 서열 20위대의 마왕님 앞에서 무기를 치켜들다니. 어서 창을 내리고 예의를 취해라!"

"……마왕?"

역으로 지스가 목소리를 높이자 경비병들이 멍하니 일행들을 살피기 시작했다.

마왕의 일행치곤 전부 로브를 입고 있어 겉모습이 추레한 상황. 특히나 동행까지 얼마 되지 않아 의심을 살 법도 했다.

"쓸데없는 짓 하지 말고 가만히 있어라."

"죄송합니다."

"내가 직접 소개하지. 바쿤의 마왕 헨드릭 프로이스다. 잠깐 바하무트에 용무가 있어 들른 참이니 나머지는 통신을 통해 확인하도록."

무작정 용찬이 건넨 통신 수정구에 경비병이 식은땀을 뻘뻘 흘리며 물었다.

"어, 어디로 통신이 이어지는 것입니까?"

"프로이스 가문이다."

"예?"

"참고로 바로 가주님께 통신이 걸어지지."

"히이이익!"

홍염의 패자가 있는 프로이스 가문의 명성은 독립적인 국가인 바하무트에서도 널리 알려져 있었다.

그렇게 바쿤의 일행은 따로 절차를 밟지 않고 곧장 아카드로 입성했다.

☙

"그래서 생각해 둔 계획은 있나?"

"일단 중앙 수도인 세힌트까지 도달하는 게 우선입니다. 거기서 정보를 수집하고 원로분들을 만나 로드님께서 암살당하신 날의 증언을 들어볼 예정입니다."

역시 예상대로 로드를 모시고 살았던 지스의 계획은 간단명료했다. 특별히 스케일이 크다거나 불안 요소가 있던 것도 아니기에 용찬은 곧장 고개를 끄덕거렸고, 얼마 되지 않아 한 뱀파이어가 운영하는 여관에 자리를 잡게 됐다.

"오호. 마족의 피 냄새로군. 어디서 온 것이지?"

카운터를 맡고 있던 중년의 사내가 다짜고짜 출처를 물어온다. 그다지 불쾌해하는 기색은 아니었지만 바하무트에 마족이 방문하는 것은 극히 드문 일인 듯했다.

"헤임달에서 왔습니다."

"아아, 프로이스 가문이 다스리고 있는 자유 국가 미첼의 수도로군. 홍염의 패자. 그의 명성은 귀가 따갑도록 들어봤지. 그래서 며칠 동안 묵고 갈 예정이지?"

"일단 5일 정도로 부탁드립니다."

"좋아. 방 열쇠는 여기 있어. 2층의 빈방들이니까 편히 쓰도록 해. 그리고 음식 같은 경우엔 1층으로 직접 내려와 주문해야 할 거야."

달빛 여관 주인장은 의외로 친절했다. 아마 멀리서 온 방문객이기 때문에 더욱 반기는 것일 터.

잠깐 주위 테이블을 둘러보던 용찬은 내친김에 그에게 현 바하무트 상황에 대해서 묻기로 했다.

"거리가 소름 끼치도록 조용한 것 같은데 최근에 무슨 일이 벌어지기라도 한 건가?"

"으흠?"

빈 잔을 닦고 있던 주인장 한슨이 넌지시 눈짓을 보내왔다. 그리고 그 눈짓의 의미를 단숨에 알아챈 지스가 냅다 자리에서 일어나려 했지만, 그전에 앞서 용찬이 소량의 골드가 든 주머니를 그에게 던졌다.

"오. 그래도 눈치가 빨라서 좋군. 옆에 친구는 같은 동족 같은데 좀 보고 배우도록 해."

"감히……."

"본론부터."

사납게 으르렁거리던 지스가 뒤늦게 분노를 가라앉히며 자리에 다시 앉았다. 그제야 한순도 피식 웃으며 본격적으로 아카드에 대한 정보를 전해주기 시작했다.

가장 먼저 언급된 것은 레폰하르트가 전쟁을 선포한 남쪽 영역.

로드가 암살당하기 전부터 서로 사이가 좋지 않던 레폰하르트와 남쪽의 주인 베일리는 후계자 선발전이 영역전으로 치닫자마자 빠르게 병사들을 끌어모았고, 지금은 서로 물고 뜯으며 어떻게든 상대의 영역을 차지하려 전쟁을 시작한 상태였다.

"하지만 갈수록 상황이 안 좋아지고 있어. 베일리가 갑자기 외부의 용병들을 수백 명씩이나 끌어들였거든. 그 때문에 아카드의 피해는 계속 누적되고 있고 레폰하르트도 발을 동동 굴리며 급히 용병을 모집하고 있는 실정이지."

"진혈의 일족은 총 몇 명이지?"

"다섯 명. 전에는 여섯 명이었다고 하긴 하던데 그쪽으론 나도 자세히 모르겠어. 아마 자세한 것은 전부 로드님께서 알고 계실 거야. 물론 지금은 세상을 떠나셨지만 말이지."

대화를 마치는 즉시 퀘스트 알람이 귓가로 울려 퍼졌다. 원하던 퀘스트 목표 중 하나를 달성한 것일까. 용찬은 1로 갱신된 NPC들과의 대화 목표를 확인하며 고개를 끄덕였다.

그리고 진혈의 일족 부분이 걸려 잠깐 지스에게로 고개를 돌렸는데, 마침 그도 의미심장한 눈빛으로 조심스레 고개를 끄덕이고 있었다.

'보아하니 헥토르가 여섯 번째 진혈의 일족이라고 추측하고 있나 본데. 이거 잘하면 일이 복잡해질 수도 있겠어.'

정작 헥토르는 그새 목적을 잊어버린 것인지 딩크가 건네는 술잔을 실실 웃으며 받고 있었지만 말이다.

"여어. 주인장. 여기 술이 꽤 괜찮은데?"

"우오오오. 술이 이런 맛이었다니. 맛있어요!"

"캬하하하. 그래. 이런 맛에 여관에서 술을 마시는 거라고. 자자, 얼른 더 들이켜!"

"에헤헤헤. 왠지 기분이 좋아지는 것 같……."

털썩!

주인장과 대화를 하는 사이 멋대로 점원에게 술들을 주문했던 것일까. 테이블 위로 수두룩하게 쌓인 술병 사이로 얼굴이 벌게진 헥토르가 축 늘어졌다.

"이런. 역시 어린 애는 약하다니까. 벌써부터 쓰러지면 어떻……. 꾸엑!"

"누가 멋대로 술을 주문하라고 했지?"

결국 딩크까지 테이블에 코를 박으며 바닥으로 나자빠졌다.

그런 광경에 주인장 한슨은 폭소를 하고 있었지만 용찬은 어이가 없어 한숨만 나오고 있었다.

하지만 그것도 잠시.

'음?'

뒤늦게 기척을 느끼고 발동한 탐지 스킬에 수많은 무리가 포착됐다.

끼이이익!

조용히 여관 문을 열고 들어서는 한 명의 청년. 겉에서부터 고귀한 기품이 느껴지는 그의 모습에 술을 들이켜고 있던 뱀파이어들은 급히 바닥에 머리를 조아렸다.

그리고.

"아, 여기에 계셨군요. 찾고 있었습니다. 헨드릭 프로이스 마왕님."

용찬을 발견한 청년, 아니, 레폰하르트가 환한 미소를 지으며 천천히 다가오고 있었다.

서쪽의 왕 레폰하르트.

진혈의 일족 중 한 명으로써 남쪽의 왕인 베일리와 이전부터 묘한 신경전을 벌였던 뱀파이어였다. 그런 그가 갑작스레 달빛 여관으로 찾아온 이유는 뻔할 뻔 자일 터. 마침 곁에 앉아 있던 지스도 낌새를 느낀 것인지 조심히 통신을 보내왔다.

-큰일이군요. 레폰하르트가 마왕님을 회유하러 온 것 같습니다.

'B등급의 뱀파이어라. 간이 부었군.'

-프로이스 가문인 것을 알면서도 접근한 것을 보아 전황이 매우 좋지 않은 듯합니다.

그 정도로 영역을 호시탐탐 노리고 있는 베일리가 두려워지기 시작한 것일 터. 아마 레폰하르트는 외부의 용병을 막을 수단으로 용찬을 선택한 듯했다.

'시기가 안 좋았군. 보아하니 주인장도 한 패인 것 같은데. 단단히 잘못 걸렸어.'

아까 전부터 레폰하르트에게 보내는 한슨의 눈빛이 예사롭지 않았다. 바쿤의 일행이 경비병들과 접촉하던 당시 미리 그에게 언질이라도 해두었던 것일까.

용찬은 쓴웃음을 흘리며 자리에서 일어났다.

"무슨 용건이지?"

"섭섭합니다. 헨드릭 프로이스 님. 아카드에 방문했는데 저를 안 보시고 가실 생각을 하시다니요. 제가 마왕님을 극진히 대접하기 위해 미리 준비하고 있었습니다. 부디 제게 마왕님을 대접할 영광을 주시지요."

"용건을 말하라고 했을 텐데?"

"아, 물론 자세한 얘기도 저희 저택에서……."

콰직!

둥그런 테이블에 단숨에 부서진다.

갑자기 소란스러워진 상황에 꾸벅꾸벅 졸고 있던 아이리스까지 입에 침을 닦아내며 일어났고, 주위 뱀파이어들도 몸을 부르르 떨며 당황해했다.

그리고 정중히 예의를 차리고 있던 레폰하르트까지 안색을 굳히며 내밀고 있던 손을 회수했다.

"이것을 어떻게 받아들이면 되겠습니까. 마왕님?"

"질질 끌지 말고 여기서 본론을 말하라는 뜻이다."

"곤란하군요. 전 마왕님을 만나 뵙고 좋은 제안을 건넬 참이었는데. 무척 안타깝습니다."

태도가 돌변한 놈을 중심으로 수많은 뱀파이어들이 몰려왔다. 대화가 통하지 않으면 힘으로써 제압하겠다는 뜻인 것일까.

금방 전투라도 벌어질 분위기에 다른 뱀파이어들은 급히 여관을 빠져나갔고, 바닥에 머리를 박고 있던 딩크도 얼마 되지 않아 정신을 차리며 자리에서 일어났다.

-이놈들. 가만 보니 최근 벌어진 가문전의 소식을 듣지 못한 것 같습니다. 그렇지 않고서야 이렇게…….

'멍청하게 행동할 리 없겠지.'

프로이스 가문의 후환은 생각치 않기로 결정한 것일까. 가장 시급한 전쟁을 해결하기 위해 상대도 무척 강압적으로 나오고 있었다.

아마 지스의 말대로 최근 바쿤의 서열전 소식은 알지도 못할 터.

용찬은 가소롭기 그지없는 놈들을 마주 보며 가볍게 실소했다.

-마, 마왕님?

그리고.

파지지직!

몰아치는 천둥 벼락 속에서 바쿤의 마왕이 살기를 내뿜었다.

"오늘 약자가 어떤 자세를 취해야 하는지 내가 직접 가르쳐주마."

털썩! 털썩! 털썩!

마치 도미노처럼 수십 명의 신형이 촤르르 쓰러진다. 여관에 찾아올 때만 해도 자신감 넘치게 레폰하르트를 보좌하던 뱀파이어들이었지만 지금은 만신창이가 되어 바닥에 나자빠지고 있었다.

"무척 안타깝다고 했었나? 아, 그래. 나도 무척 안타까워."

"무, 무슨 착오가 있었던 것 같으신데……."

"말귀가 통하지 않는 놈들은 내가 직접 손을 봐줘야 정신을 차리거든."

진혈의 일족? 로드의 후계자?

기껏 해봐야 B급 언저리에 들어서 있는 뱀파이어들이 않은가. 이미 B급 중에서도 상위권에 도달해 있는 용찬에게 어찌 감히 대적한단 말인가.

'헤, 헨드릭 프로이스가 이렇게 강할 줄이야. 서열 20위대 정도면 충분히 제압할 수 있을 거라 생각했는데!'

뒤늦게 깊은 후회가 밀려왔지만 이미 벌어진 일을 되돌릴 순 없었다. 추풍낙엽처럼 우수수 쓰러지는 수하들을 보던 레폰하르트는 위기를 느끼고 급히 박쥐로 형태를 변형했다.

하지만 그 순간, 흉악한 마수가 온몸을 뒤덮었다.

"어딜 가려고 그러지?"

"컥!"

"당장 내려와라."

쿠웅!

데스 그랩에 붙잡힌 서쪽의 왕은 볼품없이 땅으로 처박히고 말았다.

그제야 한 명도 남김없이 용찬의 앞에 무릎 꿇린 수십 명의 뱀파이어들.

뒤늦게 딩크가 우물쭈물하던 수하 한 명의 뒤통수를 후려치자 상황은 완전히 정리됐다.

물론.

"끄아아아아. 내 여관이!"

엉뚱한 피해자가 나오기도 했지만 사건과 전혀 관련이 없는 것도 아니었기에 모두 내버려 두는 분위기였다.

"자, 다시 한번 지껄여 봐."

"죄송합니다, 죄송합니다. 그저 죄송합니다, 마왕님!"

"정말 네 죄를 잘 알고 있는 거냐?"

"무, 물론입니다!"

"그렇다면 당장 저택으로 돌아가 베일리에게 통신을 걸어라. 그리고 놈에게 말해. 우리 아카드는 협상을 원하고 있다고."

퀘스트가 해결 방법을 원한다면 뜻대로 따르는 것이 인지상정. 물론 순서를 완전히 뛰어넘어 단숨에 관련자 두 명을 끌어모으려 했지만 다행히 하멜의 시스템은 부정적으로 보고 있지 않았다. 아니, 오히려 긍정적으로 보고 있던 것인지 원하던 반응을 즉시 표현해 냈다.

[진혈의 일족 레폰하르트와 조우했습니다.]

[퀘스트 목표가 변경됩니다.]

[목표 : 진혈의 일족 조우 1/5, 첫 번째 단서 0/1, 수도 세힌트 도착 0/1]

마치 게임 속 연계 퀘스트의 단계를 뛰어넘듯 단숨에 진실에 가까워졌다.

이로써 번거롭게 NPC들과 대화하며 정보를 수집하지 않아도 될 터.

힘에 굴복당한 레폰하르트도 급히 고개를 끄덕거리며 수하들과 함께 서둘러 저택으로 돌아가기 시작했다.

"마, 마왕님. 대체 어떻게 하시려고 그런 지시를!"

"네놈은 헥토르를 여섯 번째 진혈족이라고 추측하고 있겠지?"

"……."

정곡을 찔린 것인지 지스가 꾹 입을 다문다.

용찬 딴에는 헥토르의 각성을 이유로 동행한 것이지만 그의 입장에선 로드의 사건을 파헤치고, 헥토르를 통해 영역전을 종결시키려 했을 것이다. 그리고 거기에 가장 필요했던 수단이 바로 프로이스 가문에 속한 바쿤이었을 터.

파이오니아를 벗은 채 가볍게 손을 털던 용찬은 헤롱헤롱거리는 헥토르를 보며 입가를 말아 올렸다.

"기왕 이렇게 된 거 속전속결로 해결해 주지."

오직 바쿤의 마왕만이 할 수 있는 선언이었다.

그 시각, 저택으로 돌아온 레폰하르트는 혼비백산한 상태로 급히 통신 수정구를 꺼내 들고 있었다.

'내가 너무 성급했었어. 헨드릭 프로이스가 그렇게 강할 줄

이야. 이렇게 되면 어쩔 수 없이 놈에게 통신을 보낼 수밖에 없잖아!'

차라리 정중히 제안을 건네며 대가를 제시했다면 어땠을까. 다시 한번 생각해 봐도 너무 경솔한 행동이었다. 만약 헨드릭이 가문에게 통신을 걸었다면 프로이스 가문까지 개입해 상황이 더욱 악화되었을지도 모른다.

"젠장. 젠장. 젠장!"

진정으로 사죄하는 방법은 그의 지시를 따르는 것뿐.

하지만 통신 수정구를 가동시키던 순간 손이 멈칫했다.

'잠깐. 이건 오히려 나한테 좋은 기회잖아. 그 정도로 강한 마왕이 협상 테이블을 원하는 거라면 나뿐만 아니라 베일리에게도 용무가 있다는 건데…… 아!'

애초에 바쿤 일행은 진혈의 일족에게 용무가 있었던 것일지도 몰랐다. 그렇지 않고서야 갑자기 베일리와의 협상을 지시하진 않았을 터.

잘하면 일거양득이 될 수도 있는 상황에 레폰하르트는 서서히 입가를 말아 올렸다. 그리고 즉시 통신 수정구를 통해 남쪽의 왕이던 베일리에게 통신을 걸었다.

-오호라. 네놈이 무슨 일로 내게 통신을 건 것이지? 드디어 항복할 마음이 생긴 건가.

"……협상을 원해. 오직 너와 나. 단둘이서 대화를 하도록 하지."

-협상? 내가 왜 그렇게 해야 하지?

역시 예상대로 상대는 쉽게 제안을 받아들이려 하지 않았다. 처음부터 모든 영역을 집어삼키려 했던 자인 만큼 협상으로 그의 욕망을 막을 순 없을 터.

하지만 지금은 자신 또한 비장의 수를 가지고 있었다.

"소식이 좀 느린가 보군. 지금 아카드에 어떤 분이 와 계신지 모르는 거냐?"

-하. 그래도 협력자를 구했나 본데 어디 한 번 들어나 보⋯⋯.

"프로이스 가문의 후계자."

-뭐, 뭣?

"거짓말 같으면 병사들을 이끌고 찾아와 봐라. 설마 프로이스 가문의 명성을 모르는 것은 아니겠지?"

마치 프로이스 가문을 진정한 협력자처럼 포장한다. 이로써 베일리는 자연스레 협상을 원하는 이유를 의심하게 될 터.

하지만 그가 어떤 결론을 짓든 더 이상 제안을 흘려들을 순 없을 것이다.

-⋯⋯날짜와 시간을 정해라.

"그래. 그렇게 나와야지."

그렇게 남부의 영역 솔리드와의 협상은 일사천리로 진행되었고, 이틀이 채 지나지 않아 두 명의 왕이 한자리에 모이게 됐다.

협상 장소는 서부와 남부의 중심 지역인 게오르그 평야. 그것도 평야 중간에 우뚝 솟아 있는 감시탑 최상층에서 서로 대면하게 된 상태였다.

"자, 네놈의 뜻대로 나 홀로 찾아왔다. 이제 슬슬 어떻게 된 것인지 이유를 설명해 주지 그래?"

"굳이 그럴 필요도 없지. 프로이스 가문의 후계자께서 친히 이 자리에 오셨으니까 말이지."

"……아주 작정을 했군. 네놈은 마족의 가문이 영역전에 간섭하는 게 얼마나 큰 위험을 초래하는지 모르는 거냐."

특히나 가문들 중 다섯 손가락 안에 드는 프로이스 가문이 아니던가. 그런 가문이 본격적으로 영역 싸움에 개입하기 시작하면 오히려 진혈족들이 그들에게 휘둘려 버릴 수도 있었다.

즉, 뱀파이어들이 마족들의 꼭두각시 역할을 하게 될지도 모른다는 것이다.

하지만 레폰하르트는 그저 가볍게 실소하며 받아칠 뿐이었다.

"먼저 외부의 세력을 끌어들인 게 누구였지?"

"그건 용병 수준에 불과……."

"좀 분위기가 과격해진 것 같군. 벌써 대화 중이었나?"

베일리가 버럭 소리치려던 찰나, 최상층으로 흑발의 청년이 들어왔다.

이 모든 상황의 원흉인 프로이스 가문의 후계자. 헨드릭이 직접 협상 테이블에 참여하자 베일리가 성을 내며 그에게 물었다.

"대체 이게 무슨 짓이오. 이게 진혈족들 간의 영역 다툼이란 것을 모르진 않을 텐데. 왜 갑자기 가문이 개입하려 드는 것이오?"

"용무가 있어서 말이지. 그리고 바깥에 네가 숨겨둔 놈들은 전부 처리하고 왔다."

"무, 무슨!"

설마 영역에서 몰래 데려온 용병들을 뜻하는 것일까. 화들짝 놀란 베일리는 급히 창가를 통해 바깥을 확인했다. 그리고 뒤늦게 대자로 쓰러져 있는 리자드맨들을 볼 수 있었다.

'최근 코르덴에서 주가를 올리고 있던 리벌스 용병단이 전부?'

황급히 고개를 돌리자 넙죽 엎드려 머리를 조아리고 있는 레폰하르트가 보였다. 그제야 모든 것이 헨드릭의 계획이란 것을 깨달은 베일리였지만 감히 프로이스 가문의 후계자한테 대항할 순 없었다.

하지만 그것도 잠시.

"네놈들이 약간 착각하는 게 있는 것 같군. 이건 프로이스 가문이 개입한 게 아냐. 그저 내 개인적인 용무 때문에 이렇게 자리를 만든 것일 뿐. 쓸데없는 착각은 그만두는 게 좋아."

자리에 착석한 헨드릭, 아니, 용찬이 진실을 밝히며 모든 것이 자신의 소행임을 알렸다.

"……대체 무슨 목적이십니까."

"이제야 말투가 좀 달라졌군. 좋아. 본론으로 들어가자면 우선 나머지 세 명의 진혈족들부터 토벌하려 해. 뭐, 놈들도 회유할 수 있으면 되도록 회유하는 게 더 편하겠지. 어쨌든 너희들은 이제부터 새로운 주인을 위해 충성을 다해야 할 거야."

"서, 설마 바하무트 자체를 원하시는 것입니까?"

"음? 아니, 나는 너희들의 새로운 주인이 아냐. 진정한 주인은 바로 이놈이지."

가볍게 눈짓을 주자 둘의 고개가 홱 돌아간다.

어느새 계단을 타고 올라와 있는 순진무구한 뱀파이어 소년. 순식간에 왕들의 시선이 모여들자 헥토르는 싱글벙글하며 둘에게 물었다.

"아저씨들이 서부와 남부의 왕이에요?"

"……."

"……."

왕들의 표정이 돌처럼 굳어지는 순간이었다.

◀ **66장** ▶
로드 메이커

　거의 내전을 방불케 하는 영역전은 시간이 지나면 지날수록 더욱 심각해졌다. 수많은 피해자와 갈 곳을 잃고 방황하는 뱀파이어들까지. 중심 영역인 세힌트를 제외하면 불바다가 아닌 영역이 거의 없을 지경이었다.

　하지만 어떻게 된 것일까. 서쪽의 영역인 아카드와 북쪽의 영역인 메포른을 동시에 상대하던 남쪽의 영역 솔리드가 돌연 아카드와 전쟁을 멈추며 갑자기 평화 협정을 맺어버렸다.

　'두 번째로 세력이 강하던 솔리드가 동맹을 맺었다고?'

　'그 욕망 덩어리이던 베일리가 레폰하르트와 손을 잡다니. 뭐가 잘못된 거 아냐?'

　'그렇다면 이제 아카드와 솔리드가 뭉쳐서 다른 영역을 치

는 건가.'

순식간에 다른 영역을 압도하는 커다란 세력이 탄생한 것이다.

자세한 속사정을 모르던 뱀파이어들은 그저 영역전의 또 다른 구도를 예상하는 분위기였지만, 정작 두 명의 왕들은 심경이 복잡하기만 했다.

"아니, 뱀파이어이긴 뱀파이어인데……."

"같은 동족이니까 상관 없지 않나?"

"아니, 진혈족이란 보장도 없는데……."

"그것은 두고 보면 알겠지. 당장 너희 둘이 보좌할 대상이 헥토르란 것은 달라지지 않아. 잔말 말고 지시대로 행해라."

그래도 진혈족으로서의 자존심이 있지 않던가. 그런데, 무작정 바쿤 소속이던 뱀파이어 소년을 보좌하라니. 당최 용찬의 의도를 이해할 수 없었다.

"나, 난 따를 수 없소! 아카드와의 동맹은 그렇다 치더라도 이런 피도 안 마른 뱀파이어를 보좌하라니. 아무리 프로이스 가문의 후계자라고 하더라도 이것만큼은 따를 수 없소!"

결국 자존심이 드높던 베일리가 격하게 거부 의사를 표현하며 계획에서 발을 빼려 시도했다.

"오호라? 내 지시를 따르지 않겠다는 건가."

"프로이스 가문이 개입하지 않았다면 결국 바하무트에 온 것은 마왕성 바쿤뿐이란 것이겠지. 자꾸 날 협박하려 들면 솔리드와의 전면전도 생각해 봐야 할 것이오. 신중히⋯⋯."

"바쿤? 아니, 너희같은 피래미들이라면 나 혼자서도 충분하지."

마왕의 지시를 거부한 것을 넘어 역으로 바쿤을 협박하려든 남쪽의 왕. 그 죗값은 이루 말할 수 없을 정도였고, 용찬은 가볍게 솔리드의 외곽 도시들을 휩쓸며 본보기를 보여줬다. 그렇게 시도 때도 없이 사라지는 건물들 속에서 솔리드의 정예 병사들은 용찬의 털끝 하나 건들지 못했고, 한참 외곽 도시들을 순회(?)하던 도중 뒤늦게 통신이 걸려왔다.

"⋯⋯지시를 따르겠소."

끝내 남쪽의 왕이 굴복을 택한 것이다. 덕분에 헥토르를 왕으로 끌어 올리는 로드 메이커 계획은 일사천리로 준비되기 시작했지만, 그런 아카드와 솔리드의 동맹을 의아하게 지켜보는 또 하나의 시선이 있었다.

"이런 난국 속에서 베일리와 레폰하르트가 손을 잡았다고?"

가장 깊은 음지에서 영역전을 지켜보는 자. 그 누구도 예상하지 못한 존재의 방관 속에서 바하무트는 새로운 이변을 맞이하고 있었다.

"현 상황에서 가장 우선적으로 노릴 목표는 북쪽의 왕인 페툰입니다. 남쪽의 왕인 베일리와도 한 번 크게 충돌이 있었던 영역의 왕이죠. 저희는 이대로 꼬맹이…… 아니, 헥토르 님을 새로운 바하무트의 왕 후보자로 내세워 북쪽의 영역으로 먼저 선전포고를 할 것입니다."

한 차례 참교육을 당했던 탓일까. 레폰하르트는 용찬의 제안을 승낙한 이후 온순한 양처럼 돌변해 계획의 방향성을 잘 잡아주고 있었다.

이제 남은 영역은 동부, 북부. 그리고 수도 세힌트가 자리 잡고 있는 중심 영역.

미리 베일리와 레폰하르트를 회유한 덕분에 상대할 진혈족은 세 명으로 줄은 상태였지만, 중앙의 왕인 하즈웰 또한 세력이 만만치 않았기 때문에 안심할 순 없었다.

"마왕님. 저 정말로 새로운 로드가 되는 거예요?"

"우선적인 목표는 그렇게 잡고 있지."

"우와. 제가 뱀파이어들의 왕이 된다니. 쉽게 상상이 안 돼요!"

레폰하르트의 저택에 머무는 동안 헥토르는 로드가 된다는 사실에 한시도 가만히 있지를 못했다. 아마 본래 뱀파이어들의 국가인 바하무트에 찾아오면서 더욱 기대감이 부푼 것일 터.

그런 광경에 지스 또한 흐뭇하게 웃으며 헥토르를 바라보고 있었지만 딩크는 아니었다.

"아까부터 더럽게 시끄럽네. 좀 조용히 있어라. 꼬맹이 자식아."

"딩크 아저씨. 저 뱀파이어 로드가 된대요!"

"윽! 미치겠네."

이 얼마나 순진하기 그지없는 소년이란 말인가. 할 수 없이 딩크는 아이리스와 함께 헥토르를 바깥으로 내쫓았지만 그 요란한 목소리는 여전히 귓가로 들려오고 있었다.

결국 두 귀를 막고 인상을 구기던 딩크는 짜증 섞인 목소리로 자신의 신세를 한탄했다.

"에휴. 저런 꼬맹이 자식도 한 국가의 왕이 된다고 난리 치는데 나는 언제 아버지에게 자리를 물려받을는지."

"흐음."

"시펄. 술이나 퍼마셔야지. 어이. 레폰하르트란 놈 얼른 불러와 봐!"

이젠 서쪽의 왕까지 마음껏 부려먹는 카오스의 후계자였다. 그렇게 딩크까지 술을 마시기 위해 방을 떠났을 때.

사뭇 잠잠해진 분위기 속에서 용찬이 먼저 입을 열었다.

"바하무트의 로드를 모셔왔다고 했었나?"

"아, 그렇습니다."

"그런데 갑자기 바하무트를 떠나 코르덴에 갔던 이유는 무엇이었지?"

"……이런. 설명을 드린다는 것을 그만 잊고 있었군요. 제가 어째서 로드님의 곁을 떠나게 되었는지 말이죠."

숭고한 진혈족들을 제치고 직접 로드를 보좌하던 지스다. 그런 그가 돌연 바하무트를 떠나 칸보르테의 용병으로 들어간 데는 다 이유가 있을 터.

서서히 아련하게 물드는 지스의 눈빛에 불안해진 용찬은 급히 손을 들며 경고를 던졌다.

"잠깐. 이야기가 길어질 것 같으니 세 줄로 요약해라."

"예?"

"음. 간단히 요약해서 설명하란 뜻이다."

"아, 예. 알겠습니다."

작센 지역 퀘스트를 거듭하며 빼앗긴 시간들만 해도 얼마던가.

지스는 갑작스러운 경고에 약간 떨떠름해하는 기색이었지만 용찬의 뜻대로 자초지종을 최대한 요약하기 시작했고, 얼마 되지 않아 그가 바하무트를 떠날 수밖에 없던 이유를 전해 듣게 됐다.

모든 것의 출발점은 로드 카세린의 부탁.

'지스. 너도 잘 알고 있겠지만 지금 바하무트의 진혈족들은 총 다섯 명이야. 전부 숭고한 진혈의 피를 계승한 아이들이지. 하지만 진혈족은 사실 다섯 명이 끝이 아니야. 오히려 총 여섯 명의 진혈족이 마계에 존재했었지. 줄곧 너에게도 비밀로 해왔었지만 이제는 밝혀야 될 것 같구나.'

갑작스레 진혈족에 대한 진실을 밝힌 그녀는 가장 충신이던 지스에게 여섯 번째 진혈족의 행방을 찾아달라고 부탁했고, 유일하게 진혈족의 기운을 감지할 수 있던 그는 고민할 것도 없이 부탁을 승낙했다.

그리고 가장 먼저 수인 연합 코르덴을 방문하며 수색을 시작했지만 숨겨진 진혈족의 행방은 좀처럼 발견되지 않았다.

'역시 힘을 숨기고 있는 건가. 아니면 진혈족으로서 아직 각성하지 못한 건가?'

수많은 경우의 수가 존재했지만 그중 가장 최악의 수는 찾는 대상이 명을 다한 것. 불안함을 느끼며 거듭 수색을 이어나갔지만 코르덴의 뱀파이어들만 해도 숫자가 천이 넘어갔고, 도중 수색을 도와주겠다는 게펄트를 만나게 되어 잠시 동안 칸보르테의 용병으로 활동하고 있던 것이었다.

"그 이후에 로드의 암살 소식을 듣게 된 것이었나?"

"예. 그렇습니다."

"그러다가 게펄트가 악몽의 탑 27층에서 풀려나게 되고 서열전 도중 헥토르에게서 진혈의 기운을 느꼈다는 거군. 그래서 헥토르의 정체는 무엇이지? 로드 카세린이 행방을 찾으라고 부탁한 의도는?"

"저도 잘 모르겠습니다. 그저 로드님은 제게 여섯 번째 진혈족을 찾아 데려와 달라고 부탁한 것뿐. 자세한 속사정은 제게도 알려주신 적이 없었습니다. 그래서 저도 수도로 입성해 비밀을 파헤치려 했던 것이죠."

"쯧. 난감하게 됐군."

즉, 로드 카세린이 누군가에게 암살당했는지. 그리고 헥토르가 바하무트에서 어떤 존재였는지도 비밀에 감춰져 있단 뜻이었다. 하지만 마왕성 퀘스트가 갱신된 것으로 보아 여섯 번째 진혈족은 헥토르가 분명할 터.

퀘스트 보상으로 1차 각성까지 언급된 와중에 다른 뱀파이어가 진혈족일 리는 없었다.

'그러고 보니 아직 오르비안의 가신이 누구인지도 모르는 상태였지. 지도엔 그저 바하무트를 가리키고 있을 뿐. 퀘스트를 진행하면서 길서드가 말한 가신도 천천히 찾아봐야겠어.'

이미 헥토르의 각성뿐만 아니라 암살된 로드 카세린. 그리고 오르비안의 가신까지 뒤섞인 여정이 되어 있었다.

아마 진혈족들간의 영역 다툼을 끝내는 순간 하나둘씩 실마리가 풀릴 터.

지도를 쥐고 있던 용찬은 벽 너머로 뛰어오는 레폰하르트를 탐지해내며 즉시 자리에서 일어났다.

끼이익!

"먹이가 미끼를 물었습니다!"

페툰과의 전쟁이 도래한 것이다.

"흥! 새로운 로드 후계자라고? 웃기지도 않는 소리. 진혈족도 아닌 뱀파이어를 왕으로 모신다니. 드디어 미쳤나 보군. 진정한 로드의 그릇이 어떤 것인지 이번에 똑똑히 보여주도록 하지."

북쪽의 왕 페툰. 진혈족 중에서 가장 무력이 강하기로 소문이 자자한 뱀파이어였다. 그 때문인지 진혈족 두 명을 상대로도 크게 망설임이 없었고, 헥토르를 추대한다는 공식 발표에 더욱 자극을 받아 서쪽으로 즉시 출정을 나서고 있었다.

"아마 이쪽 요들 강을 건너 곧장 아카드의 외곽 도시 레슬림으로 향해 올 것입니다. 숫자만으로 따지면 저희가 우위에 서 있다고 말씀드릴 수 있지만 전술보다 무력에 치중한 놈의 병사들이면 화력이 예상보다 강력할 겁니다."

"적어도 무력 면에선 네놈들보단 강하다는 거군."

"……."

성벽 위에 서 있던 두 명의 왕이 순식간에 꿀 먹은 벙어리가 됐다.

특히 자존심이 드높던 베일리의 얼굴은 찌그러진 페트병 마냥 잔뜩 구겨져 있었지만 용찬은 신경 쓰지도 않고 장비를 점검했다.

[암살왕의 머플러(+2)]

[등급 : 유니크]

[옵션 : B급 투명화 스킬(사용 횟수 제한), 민첩 능력치가 영구적으로 4 상승.]

[설명 : 폰버츠의 전설로 알려진 암살왕의 유품 중 하나다. 길게 이어진 생김새와 달리 편안한 착용감을 준다.]

바하무트로 출발하기 직전 잭에게 건네받은 암살왕의 머플러. 레어 등급이던 예전과 달리 지금은 강화를 통해 유니크로 등급이 상승하며 효과가 대폭 향상된 상태였다.

'한 번에 2단계나 강화가 성공할 줄이야. 하루에 한 번으로 사용 횟수가 줄긴 했지만 B급까지 투명화가 통한다면 활용성은 더욱 높아지겠지.'

마침 페툰의 부대를 맞이하기 위해 외곽 도시 레슬림을 수성하는 차였다. 대부분 C급 혹은 B급에 달해 있는 뱀파이어들이라면 새로워진 투명화를 실험하기엔 가장 안성맞춤일 터.

특히나 흡혈, 형태 변환, 저주, 광범위 기술 등등 그들의 특징을 세세히 알고 있던 용찬이었기에 대처 방법 또한 완벽히 숙지하고 있었다.

그렇게 얼마 동안 수성을 준비하며 적의 부대를 기다렸을까. 마침내 성벽 너머로 수천의 부대를 이끌고 오는 북쪽의 왕 페툰이 보였다.

"나 북쪽의 왕 페툰이 찾아왔다! 거기서 쥐새끼처럼 숨어 있지만 말고 얼굴을 보여라. 얼간이 놈들아!"

"얼간이라니! 네놈이 얼간이겠지. 생긴 것은 꼭 오크같이 생긴 게!"

"뭐, 뭣? 오크! 설마 네놈이 헥토르란 애송이인 거냐!"

"에헴! 그래. 내가 로드의 진정한 후계자 헥토르 님이시다!"

도시 전체로 쩌렁쩌렁 울려 퍼지는 헥토르의 목소리에 레폰 하르트와 베일리가 동시에 한숨을 내쉬었다. 부대들끼리 서로 대치하는 가운데 적의 대장과 말싸움을 하고 있으니 속이 터질 만도 할 터.

평원 위에 서 있던 페툰도 어이가 없던 것인지 뒤늦게 인상을 구기며 마력을 발현시켰다.

"감히 내 앞에서 후계자를 언급하다니. 정말 간이 부은 놈이로구나!"

"웃기시네!"

언제 드레이크 장궁을 꺼내 든 것일까. 성벽 위에 걸쳐 서 있던 헥토르가 빠른 손놀림을 보이며 페툰을 향해 시위를 당겼다.

"푹!"

빠르게 목표를 향해 쏘아지는 화살. 하지만 마력이 실린 화살은 얼마 되지 않아 힘을 잃고 땅바닥으로 내리꽂히고 말았다.

그것도 정확히 페툰의 발밑으로.

"……어라?"

"푸하하핫! 이따위 궁술 실력을 가지고 내게 대적하려 했다니. 정말 기가 차서 말이 안 나오는군."

"이, 이건 실수야. 다시 할 테니까 잘 보라고!"

"그걸 내가 기다려 줄 것 같으냐? 너 같은 쓰레기 말고 북쪽의 왕과 서쪽의 왕이나 얼른 불러내!"

어마어마한 핏빛 액체들이 손바닥 위로 뭉쳐진다. 진혈족 중 가장 무력이 강하다는 것은 거짓이 아니었던 것인지 페툰은 성벽까지 부술 기세로 헥토르를 압박했고, 뒤에 있던 그의 병사들도 즉시 광범위 마법을 준비하기 시작했다.

"어떻게 하시겠습니까, 마왕님?"

"고민할 것도 없지."

"예?"

지스의 물음에 용찬은 즉시 성벽 아래로 뛰어 내려갔다. 그제야 마법을 발현하고 있던 페툰의 시선도 성문으로 쏠렸고,

용찬은 그런 시선 속에서 천천히 파이오니아를 장착하며 앞으로 걸어 나갔다.

"네놈은 또 뭐야?"

"오르비안을 알고 있나?"

"오르비안? 그게 누군지는 모르겠지만 뒤지기 싫으면 거기서 멈추는 게 좋을 거다. 보아하니 마족인 것 같은데 나는 다른 뱀파이어들처럼 상대를 가리지 않아."

따로 대외적으로 프로이스 가문 및 바쿤에 대해선 알리지 않은 상태. 자신이 헨드릭 프로이스인 줄도 모르는 북쪽의 부대였기에 페툰은 자신만만하게 위협을 가하고 있었다.

"모르거나 혹은 모른 척하고 있다 이거군. 일단 맞고 시작하지."

"이 미친 마족 놈이!"

허공을 가르는 수십 개의 블러드 스피어. 나름 뛰어난 마법사였던 것인지 마력 운용력이 제법 상당했지만 그전에 앞서 용찬의 신형이 네 개로 갈라졌다.

"부, 분신?"

"단순한 분신은 아니지."

말하기가 무섭게 방향이 나눠진 창들이 신형을 꿰뚫고 지나갔다.

피슉!

표적이었던 네 개의 신형 모두 창들이 통과해 버린 것이다!

당황한 페툰은 다시 한번 마법을 시전하려 했지만 그에 앞서 부대 위로 천둥 벼락이 내리치기 시작했다.

"젠장! 모두 맞대응해! 분명 저놈의 기술일 거야!"

"기껏 해봐야 B급 네임드 수준인가. 고작 그 정도 수준으로 바하무트의 로드가 되려 했다니. 어이가 없군."

"입 다물어. 네놈은 내가 반드시……."

덥석!

불현듯 목을 쥐어트는 악마의 손길.

형태를 변형해 도망갈 틈도 없이 데스 그랩에 붙잡힌 페툰은 뒤늦게 몰려오는 살기에 몸을 부르르 떨었다.

그리고.

"기억해 둬라. 새로운 로드가 될 바쿤의 헥토르를."

"빠샤아아!"

"꾸엑!"

잽싸게 몸을 날린 헥토르의 장궁이 페툰의 안면에 내리꽂히는 순간이었다.

B급에 도달한 헥토르는 결코 약하지 않았다.

비록 엉뚱한 근접 전투술을 배우긴 했지만 나름대로 큰 장점으로 작용하여 근거리 교전에도 특화되어 있었고, 스나이핑 및 사격 보정 기술을 통해 원거리 지원도 훌륭히 소화해 내고 있었다.

"이야아아압!"

"크윽. 무슨 궁수가 활로 근접전을?"

특히 마법사였던 페툰은 마법을 캐스팅할 틈이 보이지 않자 무척 당황해했고, 뒤늦게 박쥐로 변이해 거리를 벌리려 했지만 오히려 그것이 패착으로 작용했다.

[헥토르가 스나이핑을 시전합니다.]
[지정된 대상에게 마력 압축 화살을 발사합니다.]

완전히 헥토르에게 스나이핑 기술을 시전할 틈을 내주고 만 것이다.

쾅!

결국 북쪽의 왕은 축적된 피해를 버티지 못하고 공중에서 떨어졌고, 아카드와 솔리드의 병사들은 그 기세를 몰아 레슬림의 뱀파이어들을 몰아붙이기 시작했다.

"크흐흐흐. 전투다. 전투. 이것들아! 좀 더 세게 쳐보라고!"

그런 전투 속에서 덩달아 딩크까지 폭주하며 난장판이 되기도 했지만 전체적으로 페툰의 부대를 압도하는 분위기였다.

그렇게 전쟁의 흐름이 아군 쪽으로 넘어왔다.

적들에게 강렬한 인식을 심어주었던 용찬은 아직까지 유지되고 있는 환영 분신을 보며 머플러를 매만졌다.

'환영 분신에게도 투명화가 적용될 줄이야. 이건 다른 적을 상대로도 꽤 유용하게 쓸 수 있겠어.'

두 가지 장비 스킬의 조합.

물론 환영 분신의 생명력은 고작 3분의 1이었지만 투명화를 더한다면 충분히 상대를 교란하는 것도 가능했다.

그사이, 전쟁의 주역이 된 헥토르는 벌써 페툰을 전투 불능 상태로 만든 것인지 바닥에 떨어진 놈을 향해 시위를 잡아당기고 있었다.

'각성하지 않아도 충분히 다른 진혈족을 상대할 수 있다는 건가. 역시 그동안의 경험들이 헛된 것은 아니었군. 그나저나……'

헥토르를 새로운 로드의 후계자로 내세워 페툰을 때려눕힌 것까진 매우 만족스러웠다. 헌데, 시간이 지나면 지날수록 바하무트에 대한 의문이 점점 깊어지고 있었다.

'이게 마족들에게서 독립을 선언한 뱀파이어들이라고? 로드 카세린이 A급 언저리란 것도 그렇고……. 설마 아직도 내게 숨기는 게 있는 건가?'

암살당한 로드의 진면목은 알지 못한다. 하지만 여태껏 진혈족들을 상대해 오면서 어느 정도 느끼는 것은 있었다. 그것은 영역을 차지하고 있는 왕들이 예상보다 약하다는 것.

용찬이 단신으로 영역의 도시들을 박살 내고 다니기도 한 만큼 왕과 그들의 수하들은 바쿤의 적수가 되지 못했다.

때문에 의심 들린 눈빛으로 지스를 노려보고 있었지만 전쟁이 끝날 때까지 그는 단 한마디도 입을 열지 않았다.

그리고.

"항복, 항복한다고!"

북쪽의 왕 페튼까지 굴복을 선택했다.

"이상하군요. 바하무트의 왕들이 이 정도로까진 약하지 않았는데."

용찬의 추측은 완벽히 빗나갔다. 그걸 깨달은 것은 전쟁이 마무리된 후였고, 지스도 용찬처럼 뱀파이어들이 예상보다 약한 것을 의문스럽게 여기고 있는 상황이었다.

몇십 년간 로드를 보좌하던 그가 의아하게 본다는 것은 이전에는 뱀파이어들이 지금보단 강했다는 뜻일 터. 마침 곁에 있던 레폰하르트와 베일리가 지스의 중얼거림을 들었던 것인지 그 자리에서 의문을 해결해 주었다.

"몰랐던 거냐. 로드님께서 핏빛으로 돌아가시면서 진혈족들은 전부 힘의 일부를 잃게 되었어. 그래서 나나 베일리도 외부 세력의 손을 빌리려 했던 것이고 말이지."

"힘의 일부를 말입니까?"

"그래. 꽤나 자존심 상하는 일이긴 하지만 지금의 바하무트는 바람 앞에 촛불 수준이야. 로드님께서 계시던 때와는 완전히 다르지. 그래서 진혈족들도 급하게 로드의 자리에 오르려고 영역전을 치러왔던 거야. 오직 단 한 명의 승자만이 다른 진혈족들을 짓밟고 그들의 힘을 흡수할 수 있기 때문에 말이지."

수인 연합 코르덴과 달리 완전히 독립적인 국가를 선언했던 바하무트.

그런 과정 속에서 가장 큰 영향을 주었던 것이 바로 로드 카세린이었고, 그녀는 힘의 중심을 잡기 위해 다섯 명의 진혈족들을 영역의 왕으로 인정하며 바하무트의 도시들을 다스리게 했었다.

하지만 진혈족들의 연결 고리이던 로드가 암살당하면서 힘의 일부를 소실한 것이 현재의 왕들이었다.

'그래서 급하게 영역전을 시도했던 것이군. 그런 사정이 있던 거면 왕들이 무력하게 당했던 것도 어느 정도는 이해가 돼. 하지만 로드 카세린만큼은 아니지.'

겨우 B급 히어로 수준의 로드가 마계 전체로 독립을 선언한다? 그것도 몇백 년 전부터 바하무트를 통치했던 왕이?

웃기지도 않는 소리다. 만약 그랬다고 해도 되려 마계 위원회에게 압박을 받았을 터.

가만히 왕들의 얘기를 듣고 있던 용찬은 좀 더 다른 가능성을 떠올리며 그들이 언급한 진실을 부정했다.

"크크크. 그래. 확실히 힘이 약해지긴 했지. 하지만 너희들은 아무것도 모르고 있어."

"음? 그게 무슨 뜻이지?"

순간 잊혀져 있던 페툰이 몸을 일으키며 조소를 지었다.

"우리들뿐만이 아니야."

"무엇이 말이지?"

"힘이 약해졌던 것은 우리 영역의 왕들뿐만 아니었어. 사실 그 전부터 힘을 잃고 있던 작자가 한 명 있었거든."

"설마……"

"그래. 로드 카세린. 우리의 숭고한 로드님께선 원래 A급에 달하는 힘을 가지고 계셨지. 그동안은 실력을 숨기고 있어서 누구도 모르고 있었겠지만 나만큼은 알 수 있었어. 그분께서 진정한 진혈의 힘을 각성해 독립을 선언했다는 것을 말이지."

숨겨져 있던 진실이 밝혀지자 주변에 있던 자들의 두 눈이 휘둥그레졌다. 그 말은 즉, 로드 카세린이 이전부터 A급에 달하는 힘을 가지고 있다가 지금의 왕들처럼 서서히 힘을 잃어버렸단 뜻.

가장 가까이서 그녀를 보좌했던 지스조차 그 사실을 몰랐던 것인지 얼굴에 깊은 그늘이 져 있었다.

물론.

"아니, 패배자 새끼가 뭐 이리 당당해."

"컥. 이 놀 새끼가!"

"얌전히 바닥에 무릎 꿇고 있으라고."

당당히 큰소리쳤던 페툰은 딩크에게 뒤통수를 얻어맞으며 다시 바닥에 주저앉았지만 말이다.

[로드 카세린의 진실을 듣게 됐습니다.]

[첫 번째 단서를 획득했습니다.]

[퀘스트 조건이 갱신됩니다.]

로드 카세린과 관련된 진실이 첫 번째 단서였던 것일까. 마침내 퀘스트 조건 중 하나가 클리어되며 퀘스트가 갱신됐다.

[목표 : 진혈의 일족 조우 3/5, 로드 카세린의 숨겨진 방 조사 0/1, 수도 세힌트 도착 0/1]

'숨겨진 방 조사? 설마 수도 세힌트에 있는 곳을 말하는 건가.'

서서히 바하무트의 진실들이 밝혀지고 퀘스트의 조건들은 대부분 수도 세힌트로 이어지고 있었다. 당장은 진혈의 일족들과 조우하기 위해 차근차근 전쟁을 주도하고 있었지만 이렇게 되면 도중 세힌트에 방문하는 것도 진지하게 고려해야 할 것이다.

"레폰하르트."

"아, 예. 예!"

"중앙의 영역을 관리하고 있는 게 누구라고 했었지?"

"진혈의 일족 셀로스입니다. 영역전을 치르는 내내 그저 다른 왕들을 방관만 하며 세힌트에 박혀 있는 놈이죠."

진혈족 중에서 무력도 세력도 그리 강하지 않다고 평가받던 중앙의 왕 셀로스. 로드가 암살되기 직전까진 간간이 모임에 얼굴을 내밀곤 했지만 지금은 어찌된 것인지 완전히 교류를 끊고 도시에 틀어박혀 있는 중이었다.

마침 지스도 초조한 눈길로 용찬을 바라보며 고개를 끄덕이고 있는 상황.

"봤어? 내가 혼자서 북쪽의 왕을 제압했다고!"

"대단해. 헥토르!"

"엣헴. 내가 좀 대단하긴 하지."

자세한 속 사정을 모르던 헥토르는 그저 아이리스 앞에서 우쭐하고 있었지만 뒤늦게 분위기를 알아채고 고개를 돌리는 모양새였다.

"어라? 다들 왜 그래요?"

"……하아, 저런 뱀파이어를 로드 후계자로 모셔야 된다니."

"……최악이군."

두 명의 왕이 동시에 자신의 신세를 한탄했다. 아마 벌써부터 앞길이 막막하다고 느끼고 있을 터. 용찬은 모든 진실의 열쇠가 될 수도 있는 헥토르를 빤히 쳐다보다 이내 고개를 돌렸다.

"소개가 늦었군. 바쿤 마왕성을 이끌고 있는 헨드릭 프로이스다."

"뭣? 네놈이 프로이스 가문의 후계자라고?"

"말이 좀 짧군. 아무튼 네 패배를 인정하겠지?"

"우, 웃기지 마. 네놈이 끼어들어서 그런 거야. 그래! 다시 한번 붙으면 무조건 내가……."

파지지직!

페툰이 버럭 소리치던 찰나, 주위로 푸른 뇌전이 일렁거렸다. 그 사이로 놈을 주시하는 싸늘한 두 눈빛.

카리스마 특성을 발동한 채 잔뜩 살기를 내뿜고 있던 용찬은 다시금 파이오니아를 장착하며 놈에게 물었다.

"네놈의 패배를 인정하겠지?"

"윽. 자, 잠깐만 내게 생각할 시간을 줘!"

"불가."

"끄아아아악!"

그날, 세 명의 왕이 연합했다는 소식이 바하무트 전체로 퍼져 나갔다.

로드 메이커 계획은 예상대로 순탄하게 진행되어 갔다.

가장 먼저 레폰하르트를 회유한 것이 큰 구심점으로 작용했고, 뒤따라 두 명의 왕까지 가세하자 거칠 것이 없었다. 덕분에 동부, 중앙을 제외한 나머지 세 영역의 연합이 성공적으로 결성되었고, 세력이 어마어마하게 커진 탓인지 동쪽의 왕 마틸다가 먼저 합류를 청하는 상황까지 발생하고 말았다.

"어떻게 혼자서 세 명의 왕을 감당하겠어. 남아 있는 왕이라곤 셀로스밖에 없는데 놈은 수도에 틀어박혀 나올 생각도 안 하잖아? 이럴 땐 차라리 큰 쪽에 붙는 게 현명한 선택이지."

네 번째 진혈족이었던 마틸다는 무작정 전쟁을 선포한 페툰과 달리 현명했다. 세력에 속한 뱀파이어들의 수만 해도 몇천은 쉽게 넘어가는 상황이었기에 맞대응하는 것은 거의 자살 행위에 가까웠고, 용찬은 고민할 것도 없이 그녀의 청을 받아들였다.

"프, 프로이스 가문의 후계자라구요?"

"그래. 그리고 앞으로 네가 보좌할 바쿤의 뱀파이어 헥토르다."

"……지금 장난하시는 거죠?"

물론 헥토르가 새로운 로드의 후계자란 것을 그리 달갑게 받아들이지는 않았지만, 페툰과의 승부에서 이겼다는 사실에 약간은 생각을 달리하는 듯했다.

이로써 다섯 명의 왕들 중 네 명은 헥토르를 위주로 세력을 결성한 상태.

비록 용찬의 도움으로 인해 강제로 그를 모시는 관계가 되긴 했지만 그 누구도 쉽게 배신을 생각하진 않았다.

"들었어? 네 명의 왕이 새로운 로드의 후계자로 헥토르란 뱀파이어를 모시고 있대."

"바쿤에 속해 있는 뱀파이어라고 하던데. 역시 프로이스 가문이 뒤를 봐주고 있는 건가."

"이러다가 바하무트 전체가 마족 놈들에게 집어 삼켜지는 거 아닌가 몰라."

그 정도로 프로이스 가문에 속한 바쿤의 영향력이 어마어마하단 뜻일 터.

바하무트의 일부 뱀파이어들은 그런 세력을 부정적으로 보기도 했지만 대체적으론 영역전이 최대한 빨리 끝나길 바라고 있었다.

그렇게 헥토르의 세력은 중앙의 영역만을 남겨둔 채 입지를 키워가고 있었지만 반대로 가신들의 단서는 좀처럼 쉽게 발견되지 않고 있었다.

'네 명의 진혈족은 전부 오르비안에 대해서 모르는 것 같은데. 일단 헥토르의 퀘스트부터 집중해야겠어.'

공교롭게도 퀘스트의 모든 조건은 수도 세힌트로 이어져 있었다. 페툰과 조우하면서 로드 카세린에 대해서도 약간은 실마리가 풀린 상황. 그리고 며칠이 채 되지 않아 중앙의 왕 셀로스에게서 통신까지 오게 됐다.

-수도의 입성을 허락하마.

적이나 다름없는 세력을 역으로 세힌트에 끌어들인 것이다.

전혀 의도를 알 수 없는 접촉에 네 명의 왕은 당황해했지만 용찬은 제안을 승낙했고, 마침내 이동 게이트를 통해 중심 수도 세힌트에 입성할 수 있었다.

"우와. 여기가 바하무트의 중심 수도 세힌트?"

"다행히 바뀐 것은 그다지 없군요."

"헨드릭. 거리의 뱀파이어들이 자꾸 우리를 쳐다봐."

빼곡히 도시를 꽉 채운 건물들 속에서 보이는 언덕 위에 커다란 백색 성. 로드 카세린이 거주했다던 진혈의 성까지 보이는 가운데 뱀파이어들의 시선까지 일행을 향했다.

은근 주목받는 분위기에 아이리스가 용찬의 등 뒤로 숨기도 했지만, 딩크가 기선 제압을 한답시고 철퇴를 뽑아 들자 주변에 모여 있던 뱀파이어 무리들이 단숨에 흩어지기 시작했다.

"헹. 한주먹 거리도 안 되는 것들이."

"소란 피우지 마라."

"아니, 저 잡것들이 자꾸 쳐다……."

딩크가 어설픈 변명을 시도하던 차였을까. 거리 한가운데로 커다란 마차가 멈춰 서더니 이내 안에서부터 비쩍 마른 청년 한 명이 모습을 드러냈다.

그리고.

"처음 뵙는군요. 중앙의 왕인 셀로스라고 합니다. 오르비안 님께 얘기는 많이 들었습니다. 헨드릭 프로이스 님."

"……"

전혀 뜻밖의 장소에서 두 번째 가신을 마주하게 됐다.

진혈족들 중에서 최약체로 평가받던 중앙의 왕 셀로스. 그런 뱀파이어에게 로드 카세린은 바하무트의 중심인 세힌트를 맡겼었다. 일부에선 그녀의 선택에 어떠한 이유가 있었다고 나름 추측을 하기도 했었지만 아직까지 정확히 밝혀진 것은 없었다.

특히나 대외적으로 모습을 잘 드러내지 않는 셀로스의 태도 때문에 더욱 그 이유는 베일에 감춰져 있었지만, 어떻게 된 것인지 그런 그가 마차를 이끌고 직접 수도 중앙에 찾아온 상태였다. 그것도 오르비안의 가신이란 것을 밝히면서 말이다.

"무척 놀라셨을 겁니다. 그동안 코빼기도 안 보이던 제가 이렇게 직접 마왕님 앞에 모습을 드러냈으니까 말이죠. 하지만 이해해 주셨으면 좋겠습니다."

"사정이 있었단 건가?"

"아무래도 바하무트의 중심 수도를 맡고 있어서 말입니다. 그나저나 저분들은 마왕님의 병사분들이십니까?"

"대충 그렇지."

"그러면 저 중간의 뱀파이어 소년이 이번에 마왕님께서 밀고 계신 새로운 로드의 후계자 분이시겠군요. 첫 인상은…… 음, 글쎄요. 제가 이런 말씀을 드리는 것도 좀 웃기지만 약간 부족한 점들이 있는 것 같군요."

셀로스의 야박한 평가에 해맑던 소년의 인상이 와락 구겨졌다. 예상대로 바하무트의 다섯 왕들은 헥토르를 로드의 후계자로 인정하지 않는 분위기였다.

"우으으으."

페툰을 쓰러트릴 때만 해도 기세등등하던 헥토르가 지금은 고개를 떨군 채 주먹을 부르르 떨고 있었다. 아마 자신도 기대에 비해 부족한 게 많다는 것을 슬슬 자각하고 있을 터.

'퀘스트 조건에 집중한다고 내가 직접 나선 게 이런 결과로 돌아오는군. 후계자로서 인정받을 기회를 만들어주는 것도 한 번쯤은 생각해 봐야겠어.'

물론 당장 집중해야 할 것은 로드 카세린의 뒤얽힌 진실들과 중앙의 왕인 셀로스였지만 말이다. 그렇게 용찬은 진혈의 성에 도착할 때까지 셀로스의 잡담을 묵묵히 받아내며 사뭇 경계 어린 태도를 취했다.

"흠. 보기보다 무뚝뚝한 분이셨군요. 일단 저녁 식사 때 다시 뵙도록 하죠. 그때까지 편하게 2층의 빈방들을 사용하시면서 진혈의 성을 구경하시길."

"로드를 모셨다던 원로들은 어디 있는 거지?"

"아, 그분들은 4층 원로의 장에서 회의를 진행하고 계십니다. 아마 얼마 되지 않아 끝날 테니 그때 한 번 만남을 청해보시길."

그 말을 끝으로 셀로스가 먼저 진혈의 성으로 들어가 버렸다. 다른 왕들에게 들었던 대로 그리 사교적인 성격은 아닌 듯 보였다.

그렇게 홀연히 입구 앞에 남겨진 일행 사이로 아이리스의 앙증맞은 하품 소리가 들려오고 있었을 때.

"우선 원로분들을 만나 뵙는 게 가장 먼저일 것 같습니다."

"그러는 게 좋겠군. 딩크. 아이리스를 데리고 2층의 빈방으로 향해라."

"무슨 내가 아이 돌보는 놀도 아니고. 에휴. 내 신세야."

지스의 한마디에 간단한 일정이 빠르게 정리됐다.

용찬은 구시렁거리면서도 아이리스를 챙겨 2층으로 올라가는 딩크를 보며 약간의 의문을 품었다.

'딩크는 그렇다 쳐도 아이리스는 왜 퀘스트 제한 조건에 포함되어 있었을까. 아직까지는 딱히 그렇다 할 이유를 모르겠는데 말이지.'

그런 묘연한 눈빛 속에서 성 외곽에 처져 있던 넝쿨들이 천천히 꿈틀거리고 있었다.

"원로 마데루스라고 합니다. 프로이스 가문의 후계자분을 만나게 되어 진심으로 영광입니다."

다행히 원로들의 회의는 그리 길지 않았다. 그들 딴에선 로드가 사라진 빈자리를 메꾸기 위해 여러 의견을 주고받은 듯했지만 딱히 그렇다 할 진전은 없었고, 오히려 영역전의 피해로 골머리를 썩이고 있는 듯했다.

그 때문일까. 원로 대표로 나선 마데루스는 영역전을 깔끔히 정리한 용찬을 사뭇 경계하면서도 은근 호의적인 눈길로 바라보고 있었다.

"마데루스 님. 늦어서 죄송합니다."

"자네는 지스 아닌가?"

"로드의 명을 받아 마계를 돌아다니던 도중 뒤늦게 소식을 듣고 마왕님과 함께 찾아왔습니다. 다시 한번 진심으로 사죄를 드리겠습니다."

"……우선 앉도록 하지."

어째서인지 마데루스는 지스의 귀환을 썩 반기지는 않는

분위기였다. 하지만 지스는 아랑곳하지 않고 그동안의 이야기들을 풀었고, 그제야 마데루스도 사정을 이해하고 심각한 안색을 풀었다.

"그래. 그런 것이었군. 유일하게 진혈의 기운을 감지해 내는 자네라면 로드님께서 그런 명을 내리실 만도 하지. 하지만 시기가 좋지 않았어. 하필 자네가 자리를 비웠을 때 외부의 세력이 로드님을 급습했으니까."

"그 사건에 대해 자세히 들을 수 있겠습니까?"

"우리도 자세한 것은 모르네. 암살자의 정체도 정확히 밝혀진 게 없고 어떤 세력이 연루된 것인지도 좀처럼 파악되지 않고 있어. 그저 알 수 있는 것이라곤 성 뒤편의 정원에서 로드님이 암살당하셨다는 것뿐. 다른 것은 좀 더 우리도 조사를 해봐야 할 것 같아."

오직 로드 카세린만이 드나들 수 있는 진혈의 정원.

그곳에서 그녀는 처절한 비명을 내지르며 목숨을 거두었고, 뒤늦게 근위병들이 시신을 발견했을 땐 이미 암살자들은 자취를 감추고 만 상태였다.

[퀘스트 목표를 달성했습니다.]
[조건이 갱신됩니다.]

[목표 : 진혈의 정원 조사 0/1, 로드 카세린의 숨겨진 방 조사 0/1, 암살자의 정체 0/1]

'점점 진실에 가까워질수록 퀘스트 목표가 바뀌는 건가. 정말 복잡하게도 만들어놨군.'

용찬이 퀘스트 창을 보며 인상을 구기는 사이 마데루스가 어색히 자리에 앉아 있는 헥토르에게로 눈길을 주었다.

"그래서 이 아이를 여섯 번째 진혈족으로 판단하고 데려왔다는 거군."

"그렇습니다."

"흐음. 아직 자질이 많이 부족해 보여. 바쿤의 병사란 것도 충분히 영광적인 자리지만 진혈의 힘을 각성하지 못한 상태라면 어떤 뱀파이어에게도 인정을 받지 못할 게야. 지금 진혈족들이 로드님을 대신해 바하무트를 지키고 있는 게 그 증거지."

그만큼 테일러 혈통의 숭고한 힘이 뱀파이어들에게 절대적인 힘으로 각인되어 있단 뜻일 터. 그것을 본인도 서서히 자각하고 있던 것인지 헥토르가 울상을 지으며 고개를 떨구었다.

"그래도 이런 난국 속에서 자신의 욕심을 채우기 위해 영역전을 벌이는 다른 왕들보단 훨씬 낫군. 서로 힘을 합쳐 바하무트를 더욱 굳건하게 만들어도 모자랄 판에. 쯔쯧."

"……."

뒤늦게 마데루스가 다른 진혈족들을 크게 비판하기도 했지만 울상이 된 안색은 풀리지 않았다.

"그 얘긴 그만하도록 하지. 그것보단 로드 카세린이 가지고 있던 힘에 대해서야. 혹시 알고 있는 게 있나?"

"무슨 말씀인지 잘 모르겠습니다만."

표정 하나 바뀌지 않고 답하는 그의 모습에 용찬이 대뜸 탁자 위로 계약서를 올려놓았다.

"사실을 숨기는 것인지 아니면 페툰의 말이 거짓인지는 잘 모르겠지만 지스의 부탁을 받아 찾아온 만큼 일단 내부 사정에 대해 알고 있는 게 좋겠지? 우선 이 계약서는 담보라고 해두지. 바하무트의 진실을 일절 언급하지 않는다는 조건으로 말이지."

일전부터 로드의 진정한 힘에 대해 의심을 품었던 북쪽의 왕 페툰. 그리고 어떻게든 진실을 감추기 위해 노력했던 원로들의 사정까지.

"알려주십시오. 부탁드립니다. 마데루스 님."

"……."

다소 안색이 굳어져 있던 마데루스는 한층 간절해진 지스의 눈빛에 동요한 것인지, 탁자 위의 계약서를 내려다보다 이내 로드 카세린에 대해 실토하기 시작했다.

'언제나 저희는 외부의 세력을 경계해야 돼요. 지금은 마계 위원회가 저희의 독립 선언을 받아들여 국가를 보존하고 있지만 언제고 진혈의 힘에 대해 의구심을 품는 일련의 세력이 나타날 지도 몰라요. 그러니 전 최대한 제힘을 숨기도록 하겠어요.'

로드가 진정한 진혈의 힘을 각성해 A급에 도달한 것은 대외 적으로 알려지지 않은 사실이었다.

물론 마계 위원회의 상위 집단인 흑단만큼은 그 사실을 인 지하고 독립을 받아들였지만 대부분은 B급 최상위 수준으로 만 알고 있었고, 카세린은 그 점을 이용해 차후 나타날 외부의 세력을 대비하려 했다.

하지만 모든 것이 완벽할 순 없던 것일까?

돌연 북쪽의 왕이던 페튠이 그 사실을 알아차려 버렸고, 뒤 따라 그녀의 힘까지 서서히 소실되기 시작하면서 원로들은 난 관에 봉착하고 말았다.

"사실 진혈족들의 힘이 약해진 것도 로드님의 힘이 사라지 기 시작한 것과 비슷한 경우라고 생각하고 있었습니다. 하지 만 정확한 원인은 끝내 밝혀지지 않았고 결국은 로드님께서 암살당하고 마셨죠."

"……."

"솔직히 말씀드려서 이런 난국 속에서 마족의 개입은 그리 달갑지 않지만…… 지스가 모시고 온 마왕님이라면 믿어볼 만하다고 생각되는군요. 여기 카세린 님 방의 열쇠입니다. 로드 님께서 핏빛으로 돌아가신 이후로 철저히 방의 출입을 봉쇄해 방 안은 그때 그대로일 것입니다."

"나를 믿는 건가?"

"좀 더 진솔하게 말씀드리자면 지스를 믿기 때문에 이렇게 열쇠를 건네주는 것이라고 볼 수 있겠죠. 물론 계약서도 작성할 것입니다. 부디 억울하게 세상을 떠나신 로드님의 한을 풀어주시길."

수백 년간 로드를 보좌해 온 원로로서의 연륜인 것일까. 그는 이미 지스의 의도를 명확히 파악하고 있는 듯했다.

아마 용찬 또한 그의 부탁을 받아들여 바하무트까지 따라 왔다고 생각하고 있을 터.

그렇게 계약서를 작성하고 4층에서 빠져나가자 바깥은 슬슬 해가 저물고 있었다.

"벌써 시간이 이렇게 됐군요. 어떡하시겠습니까?"

"일단 로드의 방으로 갔다가 시간에 맞춰서 셀로스를 만나보도록 하지. 아직까지 놈의 의도를 정확히 파악한 것도 아니니까 말이지."

어쩌면 카세린이 자신의 방에 무언가를 남겨두었을지도 모른다. 작은 단서 하나도 결코 놓칠 수 없던 용찬은 즉시 최상층에 있는 그녀의 방으로 향했고, 어깨가 축 처진 헥토르가 그의 뒤를 천천히 따라가고 있었다.

그 시각, 2층 빈 방으로 향한 딩크와 아이리스.

둘은 하얀 시트가 깔려진 침대를 서로 나눠 가진 채 태평히 시간을 보내고 있었다.

"딩크. 헨드릭은 언제 돌아오는 거야?"

"낸들 알아. 난 아직까지 마왕성에 인간이 있다는 것도 믿기지 않는다고."

"내가 인간인 게 뭐 어때서. 그러는 딩크도 마족이 아닌 놈이잖아!"

"쿵. 내가 너랑 무슨 말을 나누겠어. 됐고 얌전히 방에서 기다리고나 있으라고."

현재 바쿤에 소속된 인간들만 하더라도 총 세 명.

비록 그중 한 명은 병사들과의 접촉을 피해 레필스 약초밭에 머물고 있는 상태였지만 나머지 두 명은 보란 듯이 마왕성을 돌아다니고 있었다.

그 탓에 루시엔, 록시를 비롯한 병사들은 아직까지도 바쿤 내에서 그들을 경계하고 있었고, 바하무트까지 따라온 딩크 또한 인간들에 대한 불만이 가득했다.

"부우우우. 멍멍이 주제에!"

"뭐, 뭣? 멍멍이?"

"흥. 됐어. 이제 딩크랑은 말 한마디도 안 섞을 거야."

딩크가 완전히 무시하는 태도를 고수한 탓일까. 아이리스가 볼을 부풀린 채로 대뜸 방에서 나가 버렸다.

"아이 씨. 저 꼬맹이가 자꾸 짜증 나게 만드네. 이젠 나도 몰라. 뭐, 알아서 잘 돌아오겠지."

유치한 말싸움이 어느새 서로의 감정을 상하게 만든 상황. 특히 여린 소녀의 감성을 지닌 아이리스는 더욱 자극을 받을 수밖에 없었고, 뒤따라 나오는 발걸음 소리가 들리지 않자 순식간에 눈시울이 붉어지기 시작했다.

'헨드릭한테 갈 거야.'

그저 기댈 수 있는 곳이라곤 자신을 마왕성까지 데려와 준 용찬뿐. 아이리스는 두 눈에 맺힌 눈물을 닦아내며 2층의 복도를 거닐었다.

그리고 상층으로 향하는 계단을 발견한 참일까.

-뭐가 그리 슬퍼?

불현듯 귓가로 속삭이는 듯한 목소리가 들려오기 시작했다.

"훌쩍. 누구야?"

-이쪽이야. 이쪽.

"그쪽?"

-그래. 성 뒤편의 정원!

마치 무언가에 홀린 것처럼 발걸음이 자연스레 내밀어지고 있었다. 방향은 다름 아닌 성 뒤편에 위치한 진혈의 정원. 감미로운 목소리가 귀를 간지럽히는 가운데 눈앞으로 화사한 꽃밭이 펼쳐지자 아이리스의 양쪽 볼이 빨갛게 달아올랐다.

어찌 이토록 아름다운 정원이 있는 것일까.

"……대단해."

그동안 깔끔히 식물들이 관리 되었던 것인지 꽃들은 전부 생기가 가득했고, 정원사인 아이리스는 재깍 그 사실을 알아차렸다.

띠링! 띠링! 띠링!

얼마나 정원의 풍경에 정신이 팔렸던지 시스템 알람 소리에도 채 반응하지 못할 정도였다. 그리고 마침내 감미로운 목소리가 점점 가까워지기 시작했다.

-왜 그렇게 슬퍼하고 있어?

"네가 날 부른 거야?"

-맞아. 자, 좀 더 가까이 와봐.

목소리의 근원지로 다가가자 해맑은 미소를 짓고 있는 커다란 꽃이 보였다. 마치 네펜데스처럼 길고 굵은 줄기를 가진 정체불명의 식물.

그 식물은 자신을 멍하니 올려다보는 아이리스를 보며 싱긋 입가를 말아 올렸다.

-내 이름은 토마스! 네 이름은 뭐야?

"아이리스. 아이리스야."

-그래. 아이리스. 여기서 내 목소리가 들리는 것은 너밖에 없을 거야.

"나밖에?"

-바로 네가 정원사이기 때문이지.

하멜에서 단 한 번도 등장하지 않았던 정원사란 직업이다. 드루이드와 비슷한 특징을 가지고 있으면서도 역할이 다른 정원사는 자체적으로 식물들과의 친화력이 매우 높았고, 마침내 토마스로 인해 봉인되어 있던 교감의 특성이 발현된 순간이었다.

-그래서 왜 그렇게 슬퍼하고 있었어?

"나는……."

-앗, 잠깐! 놈이 오고 있어!

"놈이라니?"

-날 여기에 묶어두고 있는 아주 나쁜 놈이야. 얼른 도망쳐. 아이리스!

불안한 기운을 감지한 토마스가 서둘러 아이리스를 대피시키려 했다. 하지만 이미 늦었던 것일까. 정원 한가운데로 길쭉한 그림자가 나타나며 주위가 어둡게 물들었다.

"이런, 진혈의 정원에 뜻밖의 손님이 오셨었군요. 혹시 길이라도 잃으신 겁니까. 레이디?"

"아, 아까 마차 안에서 봤던 뱀파이어?"

"오호. 그래도 기억하고 계셨군요. 다행입니다."

검은 실루엣 속에서 드러난 자의 정체는 다름 아닌 중앙의 왕 셀로스였다.

그는 다크 서클이 짙은 두 눈으로 바닥에 주저앉은 아이리스를 내려다봤고, 얼마 되지 않아 양손으로 시커먼 날의 대거가 쥐어졌다.

"저 커다란 식물을 보셨습니까?"

"⋯⋯."

"보셨나 보군요. 그렇게 벌벌 떨고 계신 것을 보니 말입니다. 흐음. 목격자가 있으면 곤란한데 말이죠. 어찌 할까요?"

죽음에 대한 공포가 밀려온다. 정원사로서 그렇다 할 전투 계열 특성을 가지고 있지 않던 아이리스였다. 때문에 주위로 몰려드는 살기를 버텨낼 수 없었고, 그저 몸을 떨며 다가오는 셀로스를 바라만 봐야 했다.

그리고 그가 마침내 판단을 내린 것일까. 고민을 마치자마자 입가를 쭉 찢으며 날을 치켜들고 있었다.

"안타깝군요. 어쩔 수 없이 죽어주셔야겠습니다."

"아, 아무나 도와줘."

"이미 사일런스를 발동시켜 놓은 상태입니다. 그렇게 소리 질러봐야⋯⋯."

"도와줘-!"

쿠웅!

두려움이 물씬 담긴 비명 속에서 하늘로 붉은 털들이 흩날린다. 익숙하기 그지없는 커다란 덩치와 가볍게 한 손으로 들고 있는 흉측한 철퇴까지.

어느새 정원 한가운데로 착지한 딩크가 머리를 긁적거리며 아이리스를 뒤돌아보고 있었다.

"거참. 귀찮게 만드는 꼬맹이일세."

"딩크!"

"자, 그러면 왜 갑자기 우리 일행을 건드리려 했는지……. 어디 이유나 한번 들어볼까?"

턱을 치켜 올린 딩크의 두 눈빛이 사납게 이글거리고 있었다.

◀ 67장 ▶
진혈왕

끼이이익!

카세린이 암살당한 것도 벌써 몇 주 전 일이었다. 그 때문일까. 한동안 방치해 둔 탓인지 문짝이 꽤 녹슬어 있었다.

"로드님을 보좌할 때만 해도 이렇게 제가 직접 방으로 모시러 온 적이 많았었는데 말이죠. 물론 그때만 해도 노크가 필수였지만 지금은 굳이 그럴 필요가 없게 되어버렸군요."

안내를 맡고 있던 지스는 착잡한 표정으로 문을 열었다. 붉은색으로 도배한 벽지들과 깔끔히 정돈되어 있는 침대. 마치 진혈족으로서의 기품을 드러내듯 온통 새빨간 방 안이 눈에 들어오자 금방 지스의 눈시울이 붉어졌다.

"……로드님."

털썩 주저앉은 그의 뒷 모습은 무척이나 쓸쓸해 보였다.

'이것들이 아주 단체로 난리군.'

아까 전부터 저기압이던 헥토르에 이어 이젠 지스까지. 어깨가 축 처져 있는 둘을 보던 용찬은 고개를 절레절레 저으며 홀로 방 탐사를 시작했다.

[정원사 아이리스가 교감 특성을 터득했습니다.]

[정원사 아이리스가 식물 조종 스킬을 터득했습니다.]

[정원사 아이리스의 씨앗 종류가 소폭 늘어납니다.]

'음?'

한참 방 안을 뒤지고 있었을까. 전혀 예상치 못한 시스템 메시지에 자연스레 고개가 돌아갔다.

'갑자기 아이리스가 새로운 기술들을 터득했다고? 대체 저쪽에서 무슨 일이 벌어지고 있는 거지.'

창가를 통해 바깥을 내려다봐도 별다른 문제는 없는 듯했다. 직접 2층으로 내려가지 않고서야 무슨 일이 벌어진 것인지는 알 도리가 없을 터.

할 수 없이 용찬은 탐색을 멈추고 일행에게로 돌아가려 했다.

그 순간, 울상이 되어 있던 헥토르에게서 붉은 아지랑이가 피어오르기 시작했다.

[진혈의 마법진이 반응합니다.]

[로드 카세린의 숨겨진 방이 공개됩니다.]

드르르륵!

시계 방향으로 돌아가는 침대 뒤편의 벽.

순식간에 새로운 공간으로 향하는 길이 열리자 지스가 멍하니 두 눈을 깜빡거렸다.

"아니, 로드님의 방에 이런 숨겨진 공간이 있었다니?"

"음. 헥토르가 열쇠였던 건가."

"어라? 전 아무 짓도 안 했는데……."

지스가 유일하게 진혈의 기운을 느낀 뱀파이어 헥토르. 바하무트의 여섯 번째 진혈족으로 추정되고 있는 가운데 헥토르는 로드 카세린의 숨겨진 진실과도 매우 관련이 있는 듯 보였다. 그렇지 않고서야 그녀가 심어둔 마법진이 헥토르에게 반응할 리 없을 터.

용찬은 어리둥절해하는 헥토르를 쳐다보다 이내 폐허처럼 이루어진 좁은 공간들을 유심히 살펴봤다.

'이건?'

얼마 되지 않아 구석으로 보이는 은빛 제단.

따로 카세린이 설치해 두었던 것인지 그 위로 책이 하나 놓여져 있었다.

[로드 카세린의 일지]

[바하무트의 숨겨진 진실이 적힌 그녀의 일지를 발견했습니다.]
[퀘스트 조건을 완수했습니다.]

마침내 진실에 가까워진 것일까. 용찬은 긴장 섞인 얼굴로 자신을 쳐다보는 지스를 앞에 둔 채 빠르게 일지의 페이지를 넘기기 시작했다.

–상태에 이상을 느낀 것은 진월의 밤이 뜨던 날이었다. 나는 가장 먼저 진혈의 힘이 소실되고 있단 것을 깨달았고 원인을 파악하기 위해 원로들을 소집했었다. 하지만 며칠이 지난 지금도 여전히 원인은 불투명하다. 아마 좀 더 시간이 걸릴 듯하다.

–서서히 진혈의 힘이 소멸되고 있다. 처음부터 외부 세력을 경계하기 위해 힘을 숨기고 있었지만 이젠 정말로 진정한 힘을 발휘하지 못할 듯하다. 어떻게든 빠른 시일 내로 대비책을 세워야…….

–상황이 급격히 악화되기 시작했다. 나뿐만 아니라 다른 진혈족들까지 진혈의 기운을 소실되고 있던 것이다. 물론 당장 본인들은 알아채지 못하고 있지만 언젠가는 바하무트 전체로 알려지고 말 것이다. 태초의 왕 테일러 님이시여! 제게 답을 주소서.

'여기까진 들었던 대로인 것 같은데 말이지.'
일지에 적잖이 실망하던 차, 페이지의 내용이 점점 수상해지기 시작했다.

–갑자기 정원을 관리하던 리볼드가 핏빛으로 돌아갔다. 원인은 불명. 별다른 흔적조차 남겨져 있지 않았기 때문에 일부에선 자살이라고 여기고 있는 듯하다. 할 수 없이 나는 셀로스에게 새로운 정원사를 뽑아달라고 요청했다.

–셀로스의 동태가 수상하다. 내가 직접 허가를 내주긴 했지만 며칠 전부터 정원을 드나들기 시작한 것이다. 외출도 거의 삼가던 그 아이가 말이다. 아무래도 좀 더 지켜봐야 할 것 같다.

-원인을 찾았다. 진혈족의 힘을 앗아가던 원인은 다름 아닌 정원의 괴식물이었다. 만개하기 직전까진 주변의 꽃들과 다를 것이 없어 모르고 있었지만 지금은 아니었다. 하지만 어째서 셀로스 그 아이가 이런 괴식물을 모르고 있던 것일까. 일단 깊이 심어져 있던 싹까지 전부 제거해 두었으니 더 이상 힘을 뺏기진 않을 것이다. 동이 트는 대로 셀로스와 정원을 깊이 조사해 보자.

-배신! 배신자! 그 아이가 감히 나를 배신하고 그자와……

격해진 글귀를 마지막으로 나머지 페이지는 전부 뜯겨 있었다. 마치 누군가의 손에 의해 찢겨 나간 것처럼 말이다. 용찬은 페이지 마지막 줄에 적힌 배신자란 단어를 유심히 살피며 인상을 구겼다.

'여기서 말한 배신자가 누구인지는 생각해 볼 필요도 없겠지.'

아직까지 암살자의 정체는 정확히 밝혀진 것이 없었다.

하지만 일지의 내용이 사실이라면 적어도 암살을 도운 배신자. 그리고 진혈의 힘을 앗아간 원인 정도는 간단히 파악할 수 있었다.

"마, 마왕님. 일지의 내용은 어떻습니까?"

"네가 직접 확인해 봐라."

"알겠습니다. 아니, 이건!"

일지를 건네받은 지스의 안색이 창백하게 물든다.

이로써 바하무트에 숨겨진 진실의 절반은 풀렸다고 볼 수 있을 터. 남은 것은 이런 사건을 만든 장본인에게 직접 진실을 듣는 것뿐이었다.

'오르비안의 가신이었던 뱀파이어가 자신의 로드를 배신했다라. 아니, 어쩌면 가신이란 것도 거짓말일 수 있겠어.'

세힌트를 관리하고 있던 중앙의 왕이라면 배신할 계획을 더욱 편하게 세울 수 있었을 것이다. 다만, 한 가지 의문이 남는 것은 여섯 번째 진혈족을 데려오라고 지시한 카세린의 의도였다.

일지에 적힌 날짜로 볼 때 그녀는 훨씬 이전부터 배신자와 원인을 알아챘던 것일 터. 그런데도 불구하고 왜 뒤늦게 지스를 보내 여섯 번째 진혈족을 데려오라고 한 것인지 용찬은 당최 이해할 수 없었다.

뚝! 뚝!

"셀…… 로오스. 네이노오오옴!"

마침 지스도 배신자를 대충 파악한 것인지 입술까지 깨물며 분노를 표했다.

'일단 아이리스 쪽과 합류해 셀로스부터 만나봐야……'

일지를 챙겨 방을 떠나려던 차, 진혈의 성 전체가 흔들려왔다.

불현듯 창가를 통해 비치는 붉은 빛무리. 뒤늦게 바깥을 확인하자 마치 기둥처럼 솟아난 정원의 빛을 볼 수 있었다.

　그리고.

[거대 식물 안드라고스가 강제로 만개됐습니다.]
[지정된 뱀파이어들의 힘을 흡수하기 시작합니다.]

　세힌트를 중심으로 이변이 일어나기 시작했다.

　마계 식물 안드라고스.

　뱀파이어들의 천적 중 하나로 널리 알려진 식물로서 유일하게 그들의 혈기를 빨아들이는 변종 식물 중 하나다.

　주로 햇빛에 약한 하위 뱀파이어들의 혈기를 빨아들이며 덩치를 키우며 완전히 만개할 시, 뛰어난 저항력까지 발현하는 특징을 가지고 있었다. 때문에 바하무트는 예전부터 주변 지역을 분석해 일찌감치 안드라고스를 박멸하고 있었지만, 지금 눈앞에 보이는 거대 식물은 뱀파이어들조차 쉽게 구분할 수 없는 돌연변이 종이었다.

　"겨우 놈 한 마리 때문에 계획이 앞당겨질 줄이야. 이건 정말 예상외의 전개로군요."

"뒈. 지랄하고 자빠졌네."

"뭐, 딱히 상관은 없습니다. 아마 지금쯤이면 뱀파이어들은 물론 다른 진혈족들까지 전부 힘을 잃고 쓰러져 있겠죠. 그리고 얼마 되지 않아 안드라고스가 제게 그들의 힘을 전해줄 겁니다. 그때가 되면 누구든 저를 달리 보겠죠. 최약체이던 제가 단숨에 로드의 자리로 올라서는 거니까."

흉칙한 덩굴들이 하늘까지 솟아오른 채 꿈틀거린다.

원래라면 세힌트에 방문한 바쿤의 일행을 처리하고 완벽히 안드라고스를 만개시킬 생각이었지만 좀처럼 목격자가 쓰러지질 않았다.

때문에 좀 더 일찍 계획을 앞당겼다.

'오직 나만의 왕국을 만들기 위해서.'

다소 시간이 끌리긴 했지만 이대로 다른 뱀파이어들의 힘을 흡수해 바쿤의 일행을 처리하면 문제는 없을 터.

하지만 딩크는 입가에 묻은 피를 닦아내며 다시금 철퇴를 들어 올렸다.

'젠장. 그다지 큰 위력은 아니지만 좀처럼 피할 수 없단 말이지. 대체 어떻게 되먹은 기술이야.'

도저히 눈으로 좇지 못할 쾌속.

마침 셀로스가 다시 공격을 시도하려던 것인지 수십 개의 그림자를 조종하기 시작했다.

슉! 슈우욱!

온다.

자신을 만신창이로 만들었던 그림자의 칼날들이 좌우로 빠르게 쇄도하고 있었다.

"크읍. 돌아버리겠네. 진짜!"

"아하하하. 점점 더 빨라질 겁니다. 이미 안드라고스가 제게 다른 뱀파이어들의 힘을 안겨주고 있으니까 말이죠!"

"그 주둥이 좀 쳐 다물어. 개자식아!"

"이런. 이런. 좀 진정하셔야겠군요. 아니면 이런 것은 어떻습니까. 뒤에 일행분도 좀 즐기시는 방향으로 말이죠."

"미친!"

간신히 막아내고 있던 그림자의 칼날들이 방향을 우회한다. 목표는 다름 아닌 뒤에 있던 정원사 아이리스. 뛰어난 회복력으로 버티고 있던 딩크는 이를 악물며 몸을 날렸다.

"그런 느린 몸놀림으로 그분을 구해낼 수 있을 거라 생각하십니까?"

"꺄아아아아악!"

불가능. 도저히 자신의 이동 속도로 칼날들을 따라가는 것은 불가능했다.

그것을 빠르게 깨달은 딩크였지만 이미 그림자의 칼날은 아이리스의 눈앞까지 도달해 있었다.

"안……."

까앙!

허공으로 불똥이 튄다.

어느새 주저앉은 아이리스 앞으로 막아선 인영. 푸른 건틀 렛이 은은히 이채를 발하고 있는 가운데 등 뒤로 한 쌍의 날 개가 펼쳐졌다.

"내가 없는 동안 이런 일을 벌이고 있었나?"

바쿤의 마왕. 용찬이 살기를 내뿜으며 정면을 노려보자 셀 로스가 실실 웃기 시작했다.

"크흐흐흡. 이거이거. 마왕님이시로군요. 언제쯤 오시나 싶 었습니다."

"그래. 이게 전부 네놈의 계획이었나 보지?"

"그렇습니다. 오직 저만의 왕국을 위한 첫 번째 단계라고 볼 수 있겠죠. 그런데 여기서 방해꾼이 있으면 곤란할 것 아닙니 까. 아무리 그분의 아드님이라고 하시더라도 제 일을 방해받 는 것은 싫어서 말이죠."

"적어도 오르비안의 가신이란 것은 거짓이 아니었나 보군."

파지지지직!

환하게 밝혀진 정원 내로 푸른 뇌전이 일렁거린다. 뒤늦게 새파래진 안색의 지스와 헥토르가 힘겹게 걸어오고 있었지만 용찬과 셀로스의 눈빛은 오직 서로를 향해 있었다.

"그분이 떠난 직후 길서드 경이 저에게 찾아와서 이렇게 말하더군요. 나중에 도련님이 큰 결심을 하게 됐을 때 직접 가문으로 찾아가 도련님의 힘이 되어달라고. 한데 이걸 어쩝니까. 전 벌써 그분의 얼굴도 기억나지 않는데 말이죠."

"로드를 죽인 것도 너였나?"

"과연 어떠려나요."

"두들겨 팬 다음 물어보는 게 빠르겠군."

"아, 혹시 제가 홀로 마왕님을 상대하려 했다고 착각하시는 것은 아니시겠죠?"

"무슨 헛……."

푸슉!

불현듯 그림자 속으로 튀어나오는 또 다른 인영. 그리고 복부로 깊이 박힌 긴 칼날까지.

순식간에 벌어진 급습에 용찬은 와락 인상을 구기며 고개를 돌렸다.

"여기서 만나게 되서 유감이야."

"……네놈은?"

유독 짙은 은발이 인상 깊은 청년이 더욱 칼날을 깊이 찔러온다.

헨드릭의 고유 기억 속에 존재하던 서열 20위대의 마왕. 뒤늦게 배신자 셀로스가 깊이 고개 숙이며 예의를 갖추자 수천 명의 마족들이 정원 내부로 모습을 드러냈다.

"아마 안면은 있으실 거라 생각 됩니다. 자, 소개해 드리죠. 제 새로운 주인님이신 겐스 다이러스 님이십니다."

마침내 베일에 감춰져 있던 배후의 정체가 드러나는 순간이었다.

진혈의 힘을 완전히 각성하지 못했던 시절. 그때만 해도 셀로스는 바하무트의 연약한 뱀파이어에 불과했다. 때문에 일찍이 책을 곁에 두고 살았고, 부족한 무력을 대신해 갖가지 지식을 쌓으며 견문을 넓혀왔다.

그리고 우연히 인연이 닿게 된 한 마족 여인은 그런 재능을 높이 샀다.

'당신이 필요해요. 절 도와주세요.'

프로이스 가문의 정실부인 오르비안. 그녀는 가문의 내실을 다스리기 위해 가신이란 직책을 약속하며 제안을 건네 왔었다.

셀로스는 자신의 재능을 높이 사준 오르비안에게 충성을 맹세했고, 제의를 받아들여 가문을 위해 모든 것을 받쳐왔다.

하지만 그런 영광스러운 자리도 그리 오래가진 못했다.

'오르비안 님의 병세가 악화되셨어.'

충성을 맹세했던 주인이 명을 다한 것이다.

결국 일부를 제외한 오르비안의 가신들은 전부 마계 각지로 흩어지기 시작했고, 셀로스 또한 가문에 더 이상 연이 없다는 것을 깨닫고 바하무트로 돌아오게 됐다.

그리고 뒤늦게 진혈의 힘을 각성하며 로드의 눈에 띄게 되었고, 눈 깜짝할 사이에 중앙의 왕이 되어 세힌트를 다스리게 됐다.

아마 카세린으로선 전술, 전략에 능한 왕이 한 명쯤은 필요했을 터. 때문에 바하무트의 중심인 세힌트를 맡긴 것으로 추정됐지만 셀로스는 그리 만족스럽지 못했다.

'저런 비실비실한 놈에게 수도를 맡긴다고? 대체 로드님께서 무슨 생각이신 건지.'

'인정 못 해. 무력으로만 따지면 상위 뱀파이어 정도인 놈이 지금은 한 영역의 왕이라고?'

'일단 내버려 두자고. 어차피 쉽게 처리할 수 있는 놈이니까 당분간은 지켜보는 걸로 해.'

가문의 마족들에게도 인정받던 자신이 지금은 다른 왕들의 비웃음거리가 된 것이다.

'네까짓 놈들이 나를 무시한다고? 내가 없으면 제대로 왕국도 돌아가지 않을 텐데. 그저 무식하게 힘만 추구한다 이거야?'

어떻게든 인정받기 위해 부지런히 노력해도 결과는 바뀌지 않았다.

진혈족들에게 있어 가장 중요한 것은 오직 고유 혈통의 힘 뿐. 국가의 내실을 맡아 다방면으로 재능을 쏟아붓는 자신은 되려 천대받는 신세였다.

로드 카세린을 제외하곤 전혀 쓸모가 없는 뱀파이어들 뿐.
때문에 셀로스는 큰 결심을 하게 됐다.

'내가 이런 부조리한 왕국을 바꾸고 말겠어.'

목표가 서자 처음으로 욕심이란 게 생기기 시작했다. 그리고 마침 적절한 조력자까지 자신의 앞에 나타나 주었다.

'너에게 로드의 자리를 약속하마. 그러니 앞으로 날 따르도록 해라.'

'당신은 누구십니까?'

'겐스 다이러스. 편하게 겐스라고 부르도록 해라.'

일명 그림자의 군주.

북부 지역을 호령하던 서열 20위대의 마왕은 셀로스에게 뜻밖의 제안을 건네며 수십 개의 씨앗을 맡겼다. 하나를 제외한 나머지는 전부 시선을 돌릴 미끼. 그리고 가장 중요한 하나는 성장 직전까지 별다른 특징이 없는 돌연변이 안드라고스였다.

'진혈의 정원을 노려라. 다른 안드라고스보다 몇 배는 효과가 뛰어난 이 돌연변이면 충분히 진혈족들의 힘도 뺏을 수 있을 거다. 그리고 적절한 시기가 찾아오는 날. 그때 로드를 칠 거다.'

'……하지만 로드님 만큼은.'

'망설이는 기색으로구나. 헌데, 그리 싫어하는 눈치는 아니구나. 과연 왜일까?'

'…….'

'자, 받거라. 내 권능의 일부가 담긴 아티팩트다. 이게 있으면 널 얕잡아보는 놈들도 쉽게 제압할 수 있을 거다.'

바하무트를 집어삼키기 위해 나타난 겐스 다이러스. 그는 셀로스의 욕망을 채우는 데 전혀 부족함이 없었고, 공동된 목표를 두고 계획을 받아들였다. 그렇게 몇 년에 걸쳐 진혈의 정원에 안드라고스를 재배했을까.

'때가 왔구나. 예상보다 빠르게 로드의 힘이 소실되었어. 지금이 아니면 그녀를 죽이지 못할 거야.'

마침내 겐스의 손에 로드가 핏빛으로 되돌아가고 말았다. 그리고 몇 개월도 채 지나지 않아 바하무트에 찾아온 헨드릭 프로이스. 새로운 로드 후계자를 내세우며 세력을 키우기 시작한 그는 둘의 계획에 큰 걸림돌이나 다름없었다.

때문에 겐스는 역으로 놈을 수도로 끌어들이려 했다.

'차라리 잘됐어. 헨드릭 딴에는 로드의 암살을 둘러싼 진실을 파헤치려는 것 같은데 아예 서열전을 치르기도 전에 여기서 놈을 죽여 버리는 거다.'

'제가 그분을?'

'무엇을 망설이는 거냐. 이제 넌 더 이상 오르비안의 가신이 아니야. 지금은 오직 나를 따르고 있는 충실한 수하일 뿐. 그러니 놈에게 네 진정한 힘을 보여주도록 해라. 나도 곁에서 도와줄 테니까 말이다.'

'……진정한 힘.'

오직 자신만의 유토피아가 코앞까지 와 있었다. 헌데, 여기까지 와서 다른 놈들에게 방해를 받을 순 없는 노릇이었다.

진혈왕. 이젠 자신이 새로운 진혈왕이 되어 바하무트를 지배할 시간인 것이다. 때문에 셀로스는 방해꾼을 완벽히 처리하기로 마음먹었다.

푸슉!

바로 오르비안의 아들인 헨드릭 프로이스를.

[그림자 군주]

[등급 : B(히어로)]

[상태 : 흥분, 감격.]

겐스 다이러스.

다이러스 가문의 정식 후계자이자 겐트의 전폭적인 지원 하에 서열 21위까지 큰 무리 없이 올라갈 수 있었던 마왕이다. 최근 바쿤의 다음 서열전 상대로 일정이 잡혀 있기도 했던 겐스는 가문의 고유 권능을 물려받아 그림자를 자유자재로 다룰 수 있었는데, 기의 파동조차 감지하지 못한 지금의 급습 또한 그림자를 통한 기술이라고 볼 수 있었다.

'……근데 이놈이 대체 왜 여기에?'

셀로스는 그를 자신의 새로운 주인이라고 소개했었다. 그렇다면 가장 먼저 바하무트에 와 있던 것은 용찬이 아닌 겐스 다이러스란 뜻일 터.

어쩌면 힘이 약해진 로드를 암살한 것도 놈일 가능성이 컸다. 하지만 계획의 주범이 밝혀진 것과 다르게 상황이 여의치 않았다.

파지지직!

신형 주위로 방출되는 대량의 뇌전.

칼날을 쥐고 있던 겐스는 빠르게 몇 걸음 뒤로 물러나 입가를 말아 올렸다.

"이런, 예상대로 저항이 만만치 않은데. 하지만 도망칠 생각은 하지 말라고. 이미 여기는 내 구역이나 다름없으니까."

서서히 정원 주위로 몰려든 마족들이 일행을 둘러싸기 시작한다.

아직까지 딩크는 그리 큰 타격 없이 건재했지만 뱀파이어인 지스와 헥토르는 안드라고스에 힘을 빼앗겨 제대로 움직이지조차 못했다.

게다가 용찬 또한 예상치 못한 급습에 당해 버린 상황.

'셀로스가 조종하는 그림자 속에 미리 숨어들어 있었던 건가. 유태현과 비슷한 종류의 기술을 다루는군. 꽤나 번거롭게 됐어.'

미리 회피 기술을 사용할 틈도 없이 당해 버린 탓에 내상은 예상보다 더욱 심각했다.

"크으으으. 셀로스. 이 개자식! 전부…… 전부 다 네놈의 계획이었던 거냐?"

"아아, 지스 님이시로군요. 지스 님이 바하무트를 떠나신 덕분에 더욱 편하게 계획을 진행할 수 있었습니다. 좀 늦긴 했지만 감사의 인사를 드리도록 하죠."

"으드득. 설마 네놈들이 로드님까지……."

"역시 카세린 님이라고 할까나. 예상보다 빠르게 정원의 씨앗들을 눈치채 버리시더군요. 다행히 돌연변이 씨앗은 발견하지 못하셨지만 더 이상은 두고 볼 수 없어서 말이죠. 그래서 제 주인님께서 친히 로드님을 핏빛으로 되돌려 보내주셨습니다. 정말이지. 아주 장관이었는데 같이 볼 수 없었단 게 무척이나 아쉽군요."

내부의 적을 가장 조심하라고 했던가. 젠스에게 안드라고스의 씨앗을 건네받은 셀로스는 몇 년에 걸쳐 로드의 힘이 약화되고 있었다.

덕분에 젠스는 편하게 카세린을 처치할 수 있었을 터.

마침내 암살자의 정체가 밝혀지자 지스는 분노에 휩싸인 두 눈빛으로 셀로스를 공격하려 했지만 안드라고스에게 힘을 빼앗기고 있어 제대로 거동조차 불가능했다.

"뱀파이어들의 왕국 바하무트. 얼마나 로드의 힘이 강하기에 마계 위원회를 상대로 독립을 선언했을까. 나는 그게 무척이나 궁금하더라고."

젠스가 은발을 휘날리며 천천히 걸어 온다.

"근데 직접 보니까 이해가 되더군. 그리 강한 뱀파이어가 존재할 줄은 몰랐어. 그 밑에 있는 진혈족들도 그렇고 말이지. 그래서일까? 바하무트가 점점 탐이 나더라고."

"그래서 돌연변이 안드라고스를 이용해 바하무트를 지배하려 든 것이었나?"

"생각해 봐. 그렇게 강한 뱀파이어들의 힘을 한 명의 뱀파이어가 전부 가지게 되는 것을 말야. 얼마나 가치 있는 일이겠어! 내 마왕성의 병사가 하나의 국가를 다스리게 되는 거라고!"

"정신이 나갔군."

"아아, 물론 여기서 네놈을 만난 것은 유감이야. 어차피 서열전에서 만날 상대였는데 말이지. 나도 무척이나 안타깝게 생각하고 있어. 하지만 목격자가 있으면 곤란해져서…… 말이지!"

사방에서 솟아오르는 그림자 가시들. 그와 동시에 젠스의 병사로 보이는 마족들이 떼거지로 달려들었다.

[봉인술사 커프가 정령의 제약을 시전했습니다.]
[일정 시간 동안 지정된 범위의 정령 기술들을 봉인시킵니다.]
[봉인술사 레퍼스가 이동의 제약을 시전했습니다.]

[일정 시간 동안 지정된 범위의 이동 기술들을 봉인시킵니다.]

'봉인술사라고!'

대륙에서도 극히 드문 직업인 봉인술사다. 비록 아군, 적군 가릴 것 없이 지정된 범위 내의 모든 자들에게 제약을 걸지만 적들의 주기술을 사전에 차단할 수 있어 대형 길드에서도 극진히 대우하는 직업 중 하나였다.

"아하하하. 내가 이렇게 병사들만 떼거지로 부른 채 준비하고 있었을 것 같아? 네놈이 정령의 힘을 다루는 것은 일찍이 들어서 알고 있었다고!"

"젠장. 준비성 하난 철저하군."

"자, 더 이상 도망갈 틈도 없다고. 이제 어쩔 거냐. 헨드릭 프로이스!"

로이스를 제외하면 마족들 중에서도 유일하게 정령을 다루는 용찬이었다.

서로 제약이 걸린 것은 마찬가지였지만 정령의 기술을 다루지 못한다면 현재 상황에서 우위에 서 있는 것은 당연히 겐스 쪽일 터. 할 수 없이 용찬은 순수히 무투가의 기술만을 통해 반격에 나섰다.

그렇게 시작된 일대 다수의 전투. 과연 10년 동안 하멜에서 살아왔던 회귀자답게 용찬은 변화무쌍한 움직임을 선보이며 적들의 기술 및 마법들을 대처하고 있었지만, 서서히 복부의 부상이 악화되기 시작했다.

'이대로 가다간 당하겠어. 어쩔 수 없지만 퀘스트를 포기하고 다른 병사들을 소환하는 수밖에.'

슬슬 일행을 보호하고 있는 딩크 쪽으로도 안드라고스를 조종하던 셀로스가 접근하고 있었다. 사실상 퀘스트의 모든 조건은 완수했지만 언제까지 완료 메시지가 떠오르길 기다릴 순 없을 터.

때문에 용찬은 빠르게 판단을 내리고 마왕성 시스템을 오픈했다.

그 순간.

"안드라고스가 아냐-!"

"뭐?"

바닥에 주저앉아 있던 아이리스가 씩씩거리며 자리에서 일어났다. 주변 시선들은 단숨에 일행 쪽으로 쏠릴 수밖에 없었고, 당황한 딩크는 급히 그녀를 말리려 들었다.

하지만 아이리스는 멈추지 않고 돌연변이 안드라고스를 가리키며 재차 소리쳤다.

"안드라고스란 이름이 아냐! 쟤한테는 토마스란 이름이 있다고!"

"하. 지금은 소꿉장난할 시간이 아닐 텐데 말이죠?"

"나쁜 자식. 네가 토마스를 괴롭히고 있던 놈이었어!"

"크흐흐흡. 이거 이거 재밌군요. 좋습니다. 제가 토마스를 괴롭히고 있던 놈이라 치자구요. 그래서 뭐 어쩌시겠습니까?"

"혼내줄 거야!"

가소롭기 그지없는 선언에 셀로스가 제자리에서 폭소를 터트렸다. 별다른 전투 능력이 없던 소녀가 갑자기 성을 내고 있으니 어이가 없을 만도 할 것이다. 그리고 그것은 겐스 또한 마찬가지였던 것인지 용찬에게로 칼날을 던지며 조소를 흘렸다.

"저 꼬맹이도 바쿤의 병사인가 보지?"

"……."

"정말 보잘것없는 병사들로만 이루어진 것 같군. 그래도 기세 하난 좋았어. 다들 그렇게 생각하지 않나?"

잇따라 용찬을 둘러싸고 있던 마족들까지 비웃기 시작한다. 거의 승기를 잡았기 때문에 보일 수 있는 여유로운 태도였다.

때문에 용찬도 인상을 구기며 아이리스를 쳐다보고 있었지만 뒤늦게 눈앞으로 메시지가 떠올랐다.

서서히 올라가는 양쪽 입 꼬리.

"그 말, 후회하게 될 거다."

"웃기고 있군. 여기까지 와서 무슨 기적을 바라고 있는거지. 설마 저런 꼬맹이가 도움이 될 거라고 생각하는 거냐?"

정면에서 대놓고 비아냥거리는 겐스의 모습에 자연스레 눈길이 안드라고스 쪽으로 쏠렸다.

[정원사 아이리스가 교감을 시도합니다.]
[교감 성공!]
[토마스와의 호감도가 대폭 상승합니다.]
[정원사 아이리스가 식물 조종을 시전했습니다.]
[토마스가 아이리스를 새로운 주인으로 인식합니다.]

정원사, 아니, 정확히는 정원사 아이리스만이 만들어낼 수 있는 기적.

"토마스. 저 나쁜 놈의 힘도 전부 뺏어버려!"

"자, 장난은 그쯤…… 커억?"

마침내 조소가 가득하던 셀로스의 얼굴이 구겨지기 시작했다.

어느새 역으로 놈의 혈기까지 흡수해 버리기 시작한 돌연변이 안드라고스, 아니, 토마스는 심술이 잔뜩 난 표정으로 정원을 내려다보며 입을 열었다.

-누구도 내 친구를 건드리지 못해!

마치 이 때를 기다렸다는 듯 정원의 모든 식물들이 덩치를 불려간다. 화사하게 피어났던 꽃들도, 철장 사이로 자라났던 덩쿨들도 지금은 전부 아이리스를 지키기 위해 형태를 바꿔가고 있었다.

그리고.

"저 나쁜 놈들은 전부 혼내줘!"

우거진 수풀들 속에서 마침내 정원의 왕이 첫 번째 명령을 내렸다.

[거대 엔트]

[장미 덩쿨 그로우]

[토마스]

정원사를 지키기 위해 진화를 거듭한 정원의 식물들. 이런 현상을 가능케 한 것은 아이리스의 특성 '놀라운 성장력' 덕분이었다.

그리고 돌연변이 안드라고스였던 토마스. 카세린의 방을 탐사하던 도중 이 식물과 접촉을 했던 것인지 그의 이름을 불러주며 교감에 성공했다.

'이래서 바하무트에 데려오라고 했던 거였나. 정말 한 치 앞을 내다볼 수 없는 퀘스트로군.'

용찬이 소형 엘릭서를 꺼내 마시는 사이 식물 군단의 공격이 시작됐다.

"더, 덩쿨부터 잘라내. 이 자식이 날 먹어치우려 한다고!"

"엔트에서부터 그로우. 거기다가 돌연변이 안드라고스까지.

대체 무슨 일이 벌어지는 거야?"

"크아아악. 살려줘!"

특성의 영향 때문일까. 몬스터로 진화한 식물들은 단숨에 B급까지 급성장에 성공하며 마족들에게 반격을 시도하고 있었다. 되려 혈기를 뺏기기 시작한 셀로스가 무력화되는 것은 당연한 상황.

남아 있던 겐스의 병사들이 고군분투하고 있었지만 식물들의 화력도 만만치 않았다.

"크으으으. 감히 주인인 나를 배신하고 저딴 애송이를 주인으로 삼는다고?"

"풰. 그래도 너 같은 새끼보단 낫겠지. 이제야 좀 할 만해진 것 같은데. 다시 한번 싸워보자고."

"네놈 같은 잡종 버러지한테 내가……. 컥!"

힘겹게 몸을 일으키던 셀로스가 철퇴에 얻어맞아 볼썽사납게 바닥을 굴렀다.

일방적으로 당하던 때와는 정반대되는 상황.

딩크는 그 기세를 몰아 중앙의 왕을 마음껏 유린하기 시작했다.

그런 광경에 무척이나 당황하는 겐스. 자신의 의도와는 다르게 상황이 흘러가서일까. 어떻게든 아이리스를 제압하기 위해 후방으로 급습을 시도했지만 그걸 가만히 두고 볼 용찬이 아니었다.

까앙!

"어딜 가는 거지? 아직 나와 승부가 끝나지 않았을 텐데?"

"……헨드릭 프로이스!"

충돌 직후 시작된 두 마왕 간의 공방. 하지만 마족들이 떼 거지로 몰려들던 때와 달리 지금은 오직 둘만의 대결이었다. 게다가 그림자와 관련된 기술들은 이미 태현을 통해 신물 나게 겪어본 상황.

덥석!

결국 그림자 속으로 숨어들던 겐스의 신형이 백호신권에 붙잡히며 본격적인 용찬의 반격이 시작됐다.

"정령의 능력을 봉인하면 충분히 이겨볼 만하다고 생각한 거냐?"

"이, 이 자식?"

"웃기지 마라. 고작 해봐야 권능에 의지하는 놈 주제에."

복부를 걷어차 올리고 그대로 안면을 내리찍는다. 충격에 의해 반동되는 신형이 다시금 손에 붙잡히자 끓어오르는 뇌전 이 놈을 감전 상태로 만들었다.

그리고 레이지 드라이브의 효과로 가속력을 얻은 어깨에서 찬란히 빛나는 벡터.

뒤늦게 그림자가 붙잡혔단 것을 자각한 겐스였지만 이미 도망칠 길 따윈 존재하지 않았다.

쾅!

정원 전체로 울려 퍼지는 충격파. 필리모터의 관통 효과까지 더해져 파괴력은 어마무시했고, 성 외곽의 벽까지 날아간 겐스는 한쪽 팔을 쥔 채로 힘겹게 몸을 일으키고 있었다.

"마왕님!"

"젠장. 마왕님께서 당하셨다. 얼른 지원을⋯⋯."

쾅! 쾅!

헐레벌떡 뛰어오던 겐스의 병사들 위로 천둥 벼락이 작렬한다.

"누가 감히 끼어들라고 했지?"

전장을 압도하는 마왕의 카리스마.

아직까지 봉인술사의 스킬이 지속되고 있었지만 이미 회복을 마친 용찬을 막아내긴 역부족이었다.

"⋯⋯그래. 이 정도는 되니까 샤틀리를 상대로 가문전도 이겼던 것이겠지. 이런 상황도 예상 못 한 것은 아냐."

"뭐라고 지껄이는 거냐."

"이봐. 헨드릭 프로이스. 그걸 알고 있나? 한계치는 신경 쓰지도 않고 무작정 혈기를 흡수하는 안드라고스의 최후를?"

최후의 보루를 남겨두고 있던 것일까. 일방적으로 당하기만 하던 겐스의 눈빛이 돌변했다. 마치 목을 죄 오듯 토마스를 향해 손을 뻗는 그림자의 군주.

한창 마족들에게 거대한 줄기를 휘두르고 있던 토마스의 몸통이 단숨에 멈춰졌다.

"이렇게까지 하고 싶지는 않았지만 어차피 계획이 틀어진 거 아예 여기서 싸그리 몰살시켜 주마."

-뭐, 뭐야. 괴로워!

"크크큭. 잊고 있었나 본데 저놈의 씨앗을 가져온 것은 나였다고. 설마 아무런 대비 수단 없이 바하무트까지 들고 왔다고 생각한 것은 아니겠지?"

주로 뱀파이어들의 혈기를 빨아들이며 살아가는 안드라고스. 그중에서도 돌연변이에 속하던 토마스는 일반 안드라고스의 수십 배까지 혈기를 몸속에 흡수할 수 있었지만, 혈기를 분출할 대상 없이 계속해서 힘을 빨아들이는 것은 자멸에 가까운 행위였다.

그리고 그런 현상을 내다본 겐스가 선택한 대비책은 바로 토마스의 몸에 내제된 혈기를 폭발시키는 것.

[그림자 군주 겐스가 폭발의 각인을 발동시키고 있습니다.]
[토마스에게 새겨져 있던 폭발의 각인이 혈기에 반응합니다.]

미리 토마스에게 폭발을 유도하는 각인까지 새겨두었던 것인지 놈은 빠르게 손을 움켜쥐고 있었다.

"안 돼! 토마스를 괴롭히지 마!"

-괴, 괴로워. 더 이상은 못 버티겠어!

"그렇지. 괴로울 수밖에 없을 거야. 오직 주인으로 인식된 대상에게만 혈기를 나눠줄 수 있는 놈이 지금은 엉뚱한 꼬맹이를 주인으로 모시고 있으니까 혈기를 분출할 곳도 없겠지. 자, 이대로 폭발해라!"

서서히 팽창하는 거대한 줄기. 아예 자신의 병사들과 함께 주변 모든 것을 파괴시킬 생각인지 놈은 서둘러 각인을 활성화시켰다.

'저 정도의 혈기가 한 번에 폭발한다면 세힌트 정도는 가볍게 날아가겠군. 일단 저놈부터 막아야…… 음?'

마력탄을 쏘려던 차, 용찬의 품속에서 빛이 뿜어져 나왔다.

[퀘스트 목표를 달성했습니다.]

[마왕성 퀘스트를 완료하셨습니다.]

[보상이 지급됩니다.]

[로드 카세린의 일지가 공명하고 있습니다.]

그동안 잊고 있던 로드 카세린의 일지.

전혀 신경 쓰고 있지 않았던 한 권의 일지에서부터 새로운 이변이 일어나려 하고 있었다.

‘너 같은 쓰레기 말고 북쪽의 왕과 서쪽의 왕이나 얼른 불러내!’

‘첫인상은…… 음, 글쎄요. 제가 이런 말씀을 드리는 것도 좀 웃기지만 약간 부족한 점들이 있는 것 같군요.’

‘흐음. 아직 자질이 많이 부족해 보여. 바쿤의 병사란 것도 충분히 영광적인 자리지만 진혈의 힘을 각성하지 못한 상태라면 어떤 뱀파이어에게도 인정을 받지 못할 게야.’

내심 기대를 안고 찾아왔던 바하무트. 하지만 생각했던 것과 달리 그 누구도 자신을 환영하지 않았다. 오히려 로드의 후계자로 인정하지 않으며 심장을 후벼 팔 뿐이었다.

그만큼 뱀파이어들에게 있어 진혈의 힘은 영광의 상징과도 같은 것일 터. 문득 뇌리를 스쳐 지나가는 쓰라린 기억에 쓰려져 있던 헥토르는 주먹을 움켜쥐었다.

‘지스가 그랬어. 내가 여섯 번째 진혈족이라고. 근데 왜 누구도 인정하지 않는 거야!’

인정받고 싶었다. 뱀파이어로서 당당히 그들의 동족인 것을 밝히고 싶었다. 하지만 하나도 뜻대로 되는 것이 없었다. 그저 용찬의 그늘 아래서 보살핌을 받고 있을 뿐.

막상 그런 생각이 들자 점점 자신의 정체에 대한 의문까지 늘어갔다.

'대체 난 어떤 존재였던 걸까?'

과거의 기억이 모두 사라진 채 마계를 떠돌고 있던 뱀파이어. 만약 지스가 바쿤으로 찾아오지 않았다면 자신이 여섯 번째 진혈족이란 사실도 알아차리지 못했을 것이다.

그렇게 깊은 의문에 휩싸이고 있었을까.

-일어나렴.

불현듯 귓가로 한 여인의 목소리가 들려오기 시작했다. 당황한 헥토르는 쓰러진 채로 고개를 들어올렸고, 얼마 되지 않아 환하게 빛나고 있는 로드의 일지를 발견할 수 있었다.

"누구세요?"

-너의 창조주. 그리고 바하무트를 이끌던 뱀파이어들의 지배자. 로드 카세린이란다.

"창…… 조주?"

-그래. 위기에 몰린 바하무트를 구하고자 남겼던 내 마지막 의지. 헥토르, 넌 내가 남긴 유일한 희망이란다.

마치 시간이 정지된 듯 모든 것이 멈춘다. 그리고 카세린이 남긴 일지가 숨겨져 있던 그녀의 기억들을 보여주기 시작했다.

'……'

가장 먼저 보이는 것은 무언가를 망설이고 있는 카세린의 모습. 원인을 알지 못한 채 그저 무력하게 힘을 빼앗기던 시절의 기억인 것인지 그녀는 한참 동안 방 안에 서서 고민하는 기색을 보이고 있었다.

하지만 그것도 잠시.

'어차피 전부 소실될 힘이라면⋯⋯.'

마침내 결단을 내린 것인지 뽀얀 손 위로 핏빛 구슬이 둥둥 떠다녔다.

-그때 내가 할 수 있던 선택은 이것밖에 없었단다. 내 힘의 일부를 바하무트 바깥으로 내보내는 것. 그리고 내 예상대로 그 힘은 다시 바하무트로 돌아왔지.

"그러면⋯⋯."

-그래. 너는 여섯 번째 진혈족이 아니야. 내 힘의 일부로 만들어진 피조물. 그것이 바로 너의 진정한 정체란다.

느리게 이어지던 장면들이 빠르게 스쳐 지나간다. 핏빛 구슬 속에서 탄생하자마자 바하무트를 떠나야 했던 헥토르란 이름의 피조물. 그런 아이를 찾기 위해 자신의 곁으로 두었던 지스까지.

여태껏 숨겨져 있던 로드 카세린의 남은 진실들이 단숨에 풀려나가고 있었다.

그리고.

-자, 이제 봉인을 풀 때로구나.

원래 왕이 가지고 있어야 할 권리들이 돌아오기 시작했다.

[진혈왕으로서 자신의 존재를 자각했습니다.]
[1차 각성이 진행됩니다.]
[로드 카세린의 혈기를 물려받습니다.]

마치 따스한 품에 안긴 것처럼 평온이 깃든다. 그동안 무력하게 빼앗겨야만 했던 혈기들. 하지만 봉인이 풀리자 제자리를 찾아가듯 토마스에게 흡수됐던 힘들이 돌아오고 있었다.

"아, 안 돼. 날 왕으로 만들어줄 혈기들이!"

"다물어. 이 새끼야! 넌 오천 대는 더 처맞아야 해!"

서서히 흩어지는 혈기들 속에서 손을 뻗는 버림받은 왕.

하지만 셀로스에게 돌아오는 것은 그저 묵직한 딩크의 철퇴뿐이었다.

[발동 취소!]
[폭발의 각인에 반응하는 혈기가 존재하지 않습니다.]
[폭발의 각인이 소멸됩니다.]

혈기들이 모두 주인에게로 돌아가자 토마스에게 새겨져 있던 각인도 자연스레 소멸됐다.

손을 뻗고 있던 겐스가 당황하는 것은 당연지사.

오히려 바하무트의 뱀파이어들이 본래 힘을 되찾자 쓰러져 있던 지스도 멍하니 자리에서 일어나고 있었다.

"아아, 로드이시여."

정원을 가득 메우던 빛이 사라지고 그 자리에 남아 있는 것은 오직 단 한 명의 뱀파이어뿐.

뒤늦게 지스가 경배를 올리자 창백하던 하늘이 핏빛으로 물들기 시작했다.

그리고.

"권속들이여."

왕의 한마디에 바하무트의 뱀파이어들이 정원으로 집결했다.

버림받은 왕을 제외한 네 명의 왕. 그 뒤를 바하무트 전 지역의 뱀파이어들이 따르며 기나긴 행렬을 보인다. 오직 진혈왕의 명령을 이행하기 위해 모인 피의 권속들.

너무도 순식간에 반전된 분위기에 겐스는 마른침을 꿀꺽 삼켰다.

'뭐가 어떻게 된 거야. 분명 로드 카세린은 내 손에 죽었을 텐데. 어떻게 로드의 힘이 발휘되고 있는 거지!'

계획이 어긋난 것으로 모자라 역으로 뱀파이어들에게 포위를 당했다.

치욕도 이런 치욕이 없을 것이다. 바쿤의 마왕과 병사들. 그리고 로드 아래 모인 피의 권속들까지. 몬스터로 진화한 식물들까지 마족들을 압박하는 가운데 헥토르가 손을 치켜들자 일곱 명의 원로가 동시에 무릎을 꿇었다.

"우리의 영역을 침범한 적들을 토벌하라."

"핏빛의 영광을."

"핏빛의 영광을."

마침내 우려하던 일이 벌어졌다.

시뻘건 안광을 내비친 채 등을 돌리는 수만 명의 뱀파이어들.

토벌 대상은 고민할 것도 없이 수년간 바하무트를 노려온 겐스와 그들의 병사들이었다.

"네놈이 로드의 힘을 물려받은 거냐?"

"……."

"그래. 그렇지 않고서야 이렇게 권속들도 부릴 수 없겠지. 로드 카세린도 처리한 나다. 아예 여기서 네놈도 핏빛으로 돌려 보내주마!"

헥토르를 노려보던 겐스의 뒤로 해일처럼 그림자가 몰려온다. 수적으로 적들이 우세하다면 아예 우두머리의 목을 따서 상황을 역전시키면 될 터.

하지만 그의 권능은 끝내 진혈왕에게 닿지 않았다.

[진혈왕 헥토르가 피의 처형식을 시전했습니다.]
[지정된 대상의 신형을 구속해 생명력을 흡수합니다.]

오히려 피의 장막에 둘러싸여 몸을 구속당할 뿐.

완전히 속박 상태에 처한 젠스는 점점 빠져나가는 생명력을 확인하며 처음으로 두려움이란 감정을 느꼈다.

"애초에 죽음을 자초한 것은 네놈이었다. 감히 바하무트를 침범한 죄. 이제 그 대가를 치를 시간이다."

"이, 이건 말도 안 돼. 이럴 수 없어. 수년간 준비해 온 내 계획이 이렇게 무너진다고!"

"핏빛으로……."

"젠장. 커프. 레퍼스!"

권속들의 기세를 힘겹게 버텨내던 봉인술사 두 명이 급히 고개를 돌린다.

최후의 최후를 고려해 병사들에게 걸어두었던 마지막 암시. 설사 모든 계획이 어긋난다고 해도 군주의 목숨은 보존할 수 있도록 설정해 둔 각인이 활성화되기 시작했다.

[봉인술사 커프가 숭고한 희생을 시전했습니다.]

[봉인술사 레퍼스가 숭고한 희생을 시전했습니다.]

[시전자의 목숨을 희생해 지정된 대상에게 걸린 기술들을 전부 초기화시킵니다.]

단 한 번이지만 진혈왕의 능력을 무로 되돌릴 수 있는 희생형 기술.

마치 먼지처럼 흩어지는 봉인술사들의 소멸과 동시에 주변 일대에 걸려 있던 봉인 효과가 사라졌다. 그리고 그 기회를 놓치지 않고 신속히 이동 마법을 발현하는 수십 명의 마족들.

놈들을 놓칠세라 네 명의 왕들이 마법사들을 갈기갈기 찢어 놓았지만 최후에 남겨진 마족이 끝내 이동 마법을 성공시켰다.

"헨드릭 프로이스. 그리고 바하무트의 뱀파이어들. 이번 일은 절대 잊지 않으마! 언제고 다시……."

"이것도 희생형 이동 마법인가. 취소는 불가능하겠군."

"어, 언제 내 뒤로?"

불현듯 엄습해 오는 기운에 등을 돌리자 푸른빛의 뇌전이 보였다. 아까 전까지만 해도 기세등등하던 젠스가 되려 몸을 떨고 있자 용찬은 가볍게 조소를 흘리며 손끝으로 속성력을 끌어모았다.

"누가 봉인술사들을 희생시켰었지? 기술들의 봉인이 풀린 것은 새까맣게 잊고 있었나 본데. 가기 전에 받을 것은 받고 가야지."

파지지직!

서열전 규칙상 마왕들 간에 목숨을 건 혈투는 금지되어 있는 상황.

때문에 놈도 셀로스를 이용해 사건을 은폐하려 했던 것이겠지만 안타깝게도 모든 계획은 물거품이 되어 있었다.

이제 남은 것은 복부의 상처를 갚아주는 것뿐.

"돌아가서도 잊지 마라. 나는 당한 것은 무조건 몇 배로 갚아주니까."

"커억!"

그렇게 종결을 알리는 마지막 총성과 함께 용찬의 파이오니아가 겐스의 복부를 꿰뚫고 있었다.

바하무트를 둘러싼 일련의 소동은 마무리가 됐다.

비록 로드 카세린은 희생당했지만 그녀의 피조물이던 헥토르가 당당히 왕위를 계승하며 새로운 로드의 탄생을 알렸다.

그리고 수년 전부터 배신자를 이용해 국가를 집어삼키려 했던 겐스는 복부가 관통당하는 치명상을 안고 마왕성으로 돌아가게 됐다.

-마왕님. 어떻게 된 것인지 바쿤에 선전포고를 했던 겐스가 돌연 서열전을 포기한다는 소식을 알려 왔습니다. 그리고 방금 마계 위원회에서 통보가 내려왔는데…….

결국 일정이 잡혀 있던 바쿤과의 서열전은 자동적으로 취소되었고, 다이러스 가문은 그에 대한 보상을 프로이스 가문에게 전해줘야만 했다.

'차라리 잘된 것일 수도 있어. 곧 아리엇 산맥 원정이 시작될 예정이니까. 자, 그럼 이제 남은 것은 저놈인가.'

지나친 욕망에 사로잡혀 로드까지 암살했던 배신자.

마침 레일리와 레폰하르트에게 포박당한 중앙의 왕 셀로스가 만신창이 상태로 질질 끌려오고 있었다.

통신 수정구를 집어넣은 용찬은 막강한 기세를 내비치고 있는 헥토르에게 물었다.

"이제 어쩔 거냐. 헥토르."

-…….

"음?"

근엄한 표정 끝에 호기심이란 감정이 맺힌다. 진혈왕으로서 각성한 후로부터 완전히 달라진 태도로 권속을 부리던 헥토르. 마치 다른 사람이 된 것마냥 입가를 올리며 역으로 용찬에게 묻기 시작했다.

-당신이 헨드릭 프로이스이군요.

"……설마 로드 카세린?"

-맞아요. 잠시 이 아이의 몸을 빌려 대화하고 있죠.

"그러면 아까 권속들을 소환했던 것도 너였던 건가. 헥토르의 몸으로 그런 말투를 하고 있으니 약간 당황스럽군."

-…….

순진무구하던 소년에게서 고상한 말투가 흘러나오자 좀처럼 겉모습과 매칭이 되지 않았다. 때문에 헥토르, 아니, 카세린은 와락 인상이 구겨진 용찬의 표정에 되려 당황하는 기색을 내비쳤고 이내 헛기침을 하며 본론으로 들어갔다.

-그동안 이 아이를 보살펴 줘서 고마워요. 헨드릭 님이 아니었더라면 헥토르는 여기로 돌아오지 못했을 거예요.

"감사는 지스에게 하도록 해라. 저놈이 우리를 이곳으로 이끌었으니까."

-그래요. 지스에게도 고맙단 인사를 해야겠죠.

도중 눈이 마주친 지스가 방긋 웃으며 미소로 화답한다. 굳이 대화를 하지 않아도 서로 뜻은 통한다는 것일 터.

다만, 안타깝게도 용찬은 이런 분위기를 달갑게 여기지 않았다.

"그래서 헥토르는 어떻게 되는 거지?"

-걱정 마세요. 저는 아주 잠깐 동안 머무르고 가는 것이니까요. 아마 얼마 되지 않아 익숙하던 그 모습으로 다시 돌아

올 거예요. 그리고 지금 제가 발현하고 있는 능력들도 대부분은 봉인되겠죠. 아직 헥토르는 진혈의 힘을 전부 받아들이기 힘든 상태니까요.

"그건 어느 정도 예상했어. 중요한 것은 헥토르가 이대로 바하무트에 머물러 왕국을 통치해야 되는 가겠지."

-헨드릭 님께서도 잘 아시잖아요. 그 아이가 아직 왕국을 이끌 정도의 능력은 되지 못한다는 것을 말예요. 물론, 원로들과 네 명의 왕들이 있긴 하지만…….

로드가 암살당하자마자 영역을 놓고 다투기 시작한 네 명의 왕들. 카세린의 입에서 그 일이 직접 언급되자 내심 속이 찔렸던 것인지 모두 고개를 떨구고 있었다.

-어찌 됐든 아직 헥토르는 왕좌에 앉기 애매해요. 그래서 부탁드려요. 부디 이 아이가 완전히 진혈의 힘을 각성하기 전까지 난국에 처한 바하무트를 올바른 길로 이끌어주세요.

"로, 로드님!"

"……."

잠시 동안 로드 메이커를 맡았던 용찬에게 이번에는 바하무트 자체를 맡기려 했다.

전혀 예상치 못한 발언에 주변에 있던 왕들은 화들짝 놀라고 있었고, 헥토르의 몸에 들어가 있던 카세린은 진지한 얼굴로 대답을 기다렸다.

아마 전대 로드에게 있어 프로이스 가문은 난국에 처한 바하무트를 지탱하기 적합한 버팀목으로 보였을 터. 어찌 보면 바쿤에게 소속된다는 의미이기도 했지만 지금은 완전한 종속이 아닌 동맹 관계 정도로 받아들여야 할 것이다.

"왜 그런 생각을 한 거지? 나의 무엇을 믿고?"

-헥토르를 여기까지 이끌어준 당신이라면 충분히 믿을 수 있어요.

"흐음. 이건 내가 판단하기 어려운 문제로군. 잠시만 기다려라."

-네?

아직 C급에 불과한 바쿤 입장에서 수만 명의 뱀파이어가 머물고 있는 왕국까지 맡는 것은 감당 되지않는 커다란 짐덩이를 떠안는 것이나 마찬가지였다.

때문에 용찬은 정확한 판단을 내리기 위해 가장 먼저 세 명의 충신에게 차례대로 통신을 돌렸다.

-바하무트와 동맹을 맺어 뱀파이어들을 회유할 수만 있다면 더욱 전력이 보강될 것이라 생각됩니다. 물론 그들이 저희를 따를지는 좀 다른 문제겠죠. 그러니 미리 계약해 두시는 것도 좋을 것 같습니다.

-작센 가공소를 탈환하면서 재정은 거의 안정화되었습니다. 가문의 조력까지 받는다면 바하무트와 동맹을 맺는 것도 큰 무리는 아닐 겁니다. 게다가 바하무트는 예전부터 값비싼 천

연 염료와 천, 가죽들의 생산지로 알려져 있었습니다. 아마 수입원으로도 크게 한몫할 것이라 생각됩니다.

-제 생각 말입니까? 크흠흠. 제가 봤을 때 바하무트는 외부 교류가 거의 끊어진 곳이기 때문에 정보 수집 활동은 큰 성과를 내지 못할 것 같습니다. 하지만 잠입에 능한 뱀파이어들의 능력을 생각해 봤을 때 아예 그들을 회유해 쓸모 있는 정보원으로 활용할 수도 있겠죠. 은밀한 활동을 위한 모임 장소로도 적합한 장소이고 말이죠.

집사 그레고리, 상단주 로버트, 테오스 마스터 다페스의 의견까지. 그들의 의견을 잠시 종합해 보던 용찬은 고민 끝에 계약서를 꺼내 들었다.

"우선 계약부터다. 넌 일단 헥토르의 몸을 빌리고 있으니 공중은 원로들과 영역의 왕들에게 받도록 하지."

-…….

"자, 그러면 이제 바하무트는 해결됐고 남은 것은 이놈이겠지."

카세린이 멍하니 손에 쥔 계약서를 내려다보는 사이 포박되어 있던 셀로스에게로 싸늘한 시선이 꽂혔다.

오르비안의 가신이기도 했던 중앙의 왕.

로드를 암살하고 역으로 바쿤을 위협했던 죄는 차마 쉽게 넘어갈 수 없는 수준이었다.

"오르비안의 얼굴도 잊어 먹었다고 했었나?"

"크흐흐흐. 그래. 그게 그리도 억울했나? 네 어미의 부탁을 저버리고 이렇게 바하무트에 돌아온 것이?"

"현명한 판단이로군."

"그래. 그렇게 생각하겠지. 네 어미의 가신이었던 나였…… 뭐?"

입가에서 웃음기가 사라진다. 혹여 잘못 들은 것이 아닐까 고개를 들어봤지만 용찬의 얼굴엔 진심이 담겨 있었다.

하지만 그것도 잠시.

"물론 그렇다고 해서 네놈의 죄가 사라지는 것은 아니야. 설마 편안히 죽을 수 있다고 생각한 것은 아니겠지?"

덥석!

머리를 움켜쥔 손에서부터 전류가 방출된다.

감전 상태에 처한 셀로스는 격렬한 고통 속에서 입 한 번 뻥긋 못한 채 용찬을 올려다봐야 했다.

"앞으로 넌 평생 나를 위해서 목숨을 바쳐야 할 거다."

"움우! 으으으읍!"

"참고로 거부권은 없어."

그날, 카세린과 원로들의 기나긴 회의 끝에 중앙의 왕은 바쿤의 노예로 결정되고 말았다.

◀ 68장 ▶
길잡이

미개척 지역을 원정하는 데 있어 중요한 것은 세 가지다.

첫째, 뛰어난 판단력을 가진 리더. 둘째, 최단 시간 내로 지형을 파악할 수 있는 유능한 디텍터. 그리고 마지막 세 번째가 원정대를 올바른 길로 인도해 주는 길잡이였다.

이 외에도 탱커, 성직자, 딜러 등 중요한 직업군들은 다수였지만 원정대를 준비하는 입장에서 길드장들은 우선적으로 위에 세 가지를 가장 중요시했다.

"저 자식이 이번 원정대의 길잡이 후보로 올랐다면서?"

"미친. 저런 재능 없는 새끼가 후보로 올랐다니. 김민아가 저 새끼 데려올 때부터 도통 이해가 되지 않았었는데 도대체 저놈의 무엇을 보고 후보로 뽑은 거래?"

"그 소문 못 들었어? 저 자식이 김민아의 몸종이라잖아. 밤마다 몸이라도 내주면서 구걸했을 수도 있겠지."

디어스 길드 내에서 리우청이란 플레이어의 평가는 야박하다. 아니, 야박한 것을 넘어 거의 경멸하는 수준이다.

길드 하우스를 방문할 때마다 그런 시선들이 비수처럼 날아와 온몸에 꽂히지만 절대 고개를 들 수 없었다. 왜냐하면 민아와 관련된 얘기를 제외한 나머지는 전부 사실이었기 때문이다.

'그저 그런 검사?'

'딱히 재능은 없고 그렇다고 판단력이 높은 것도 아냐.'

'전투에 대해선 영 빵점이지. 그냥 누구나 다 할 줄 아는 수준의 기술들뿐이야.'

처음엔 민아의 파트너 정도로 인식되어 있었다. 하지만 시간이 지나면 지날수록 한계는 여실히 드러났고, 길드원들은 뒤늦게 리우청에게 재능이 없단 것을 깨닫게 됐다.

'그래. 거기까진 괜찮아. 나도 이 정도는 예상하고 있었으니까. 근데 왜……'

리미트리스 진영에서 오직 세 명만이 후보로 꼽힌 길잡이의 자리. 그런 위험천만하고도 부담감 넘치는 자리에 어째서 자신이 후보로 올라가 있는 것일까.

리우청으로선 도통 이해가 되지 않았다. 모든 진실은 두 명의 후보를 직접 선별한 디어스의 길드 마스터 차소희만이 알고 있을 터.

마침 그녀에게서 호출이 온 상태였기 때문에 그는 무거운 발걸음을 내밀며 길드 하우스 최상층으로 올라갔다.

똑똑!

"들어와."

집무실의 문을 열고 들어서자 다리를 꼰 채 테이블 위에 올려두고 있는 소희가 눈에 들어왔다. 겉으로만 보면 도도한 금발의 미녀처럼 보일지 몰라도 그녀는 진영의 일부를 대표하는 권좌 중 한 명이었다.

'매번 볼 때마다 드는 생각이지만 이쁘긴 더럽게 이쁘단 말이지.'

본인의 집무실이기 때문일까. 편한 가죽 숏팬츠를 입은 채로 아찔한 각선미를 드러내고 있는 소희의 모습에 저절로 눈길이 아래로 향했다.

하지만 그것도 잠시.

"들어서 알고 있을 테지만 넌 길잡이 후보로 선정됐어. 내가 직접 후보로 올린 것이기도 하고 말이지. 그 이유가 무척 궁금할 테지?"

다짜고짜 본론으로 들어가는 분위기에 정신이 차려졌다. 드디어 후보로 오르게 된 이유를 알려주는 것일까. 사뭇 진지해진 소희의 표정에 긴장감이 흘러넘쳤다.

"솔직히 궁금합니다. 왜 저 같은 놈을……."

"그래. 확실히 너에게 별다른 재능은 없지. 전투적인 센스도 꽝. 그렇다고 지휘에 재능이 있는 것도 아니었으니까. 누구나 그저 그런 검사로 보일 수밖에 없을 거야."

"윽."

"하지만 한 가지는 특별하지."

뼈아픈 진실에 인상을 구기던 찰나, 소희의 눈빛이 영롱히 빛났다.

"어떻게든 살아남을 길을 찾는다는 것. 여태껏 내가 봐온 너란 녀석은 그런 놈이었어."

"……."

"가끔씩 보이는 잔머리는 상당히 신비롭기까지 해. 그래서 너를 후보로 올린 거다. 그리고……."

끼익!

다소 납득하기 부족한 설명 속에서 다시금 집무실의 문이 열린다. 유독 손에 쥔 녹색 오브가 인상적인 적갈색 머릿결의 마법사. 언제고 한 번 본 적이 있던 익숙한 안면에 리우청은 멍하니 두 눈을 깜빡거렸다.

"앞으로 너와 함께할 안선욱이란 길잡이 후보다."

"오. 살아 있었네?"

"엥?"

질긴 악연이 전혀 의외의 장소에서 다시 이어지고 있었다.

[진혈왕 헥토르]

[등급 : B(히어로)]

[상태 : 활기, 기쁨.]

로드 카세린의 자아가 사라진 이후 헥토르는 본래 자신의 자아를 되찾았다. 비록 진혈의 힘을 전부 받아들이지 못한 탓에 대부분의 능력은 다시 봉인이 되었지만, 새로운 바하무트의 로드로 자리를 계승하며 일부 새로운 기술들을 터득한 상태였다.

[마력 감지탑이 새로운 생물체를 감지했습니다.]
[시야가 공유됩니다.]

마침 바쿤 동쪽에서부터 수십 마리의 가고일들이 몰려오기 시작했다.

이전에 설치했던 마력 감지탑 덕분에 병사들은 일찌감치 전투를 준비하는 모양새였고, 자신의 진정한 정체를 깨달은 이후로 기분이 한껏 상승해 있던 헥토르가 가장 먼저 장궁을 꺼내든 채 선봉을 맡았다.

"바하무트의 로드님 나가신다! 다들 길을 비켜라!"

"페펭. 아주 신났구만, 신났어!"

"야. 무슨 궁수가 나보다 먼저 달려 나가? 당장 안 돌아와!"

뒤늦게 루시엔이 황당한 표정으로 버럭 소리쳤지만 이미 헥토르의 시위 끝에선 화살이 쏟아지고 있었다.

[진혈왕 헥토르가 흡혈 화살을 시전했습니다.]
[화살에 명중한 상대의 생명력을 흡수합니다.]

가장 먼저 화살을 통해 적들의 생명력을 흡수할 수 있는 흡혈 화살이 가고일의 몸통에 틀어박혔다. 그와 동시에 화살촉에서부터 뿜어져 나온 붉게 일렁거리는 기운들이 헥토르의 몸으로 스며들었지만, 아직 숙련도가 낮은 탓에 흡수할 수 있는 생명력은 얼마 되지 않았다. 때문에 가고일들은 멈추지 않고 좌우로 흩어지며 영역으로 침범해 왔다.

"크와아아아!"

"웃차. 그럼 이제 본격적으로 시작해 볼까?"

장궁을 집어넣는 타이밍에 맞춰 빛을 발하는 유혈의 팔찌. 신형을 집어삼키는 피분수 속에서 전신 갑옷을 무장한 블러드 나이츠가 돌연 두 개의 창을 꺼내 들었다.

그것은 다름 아닌 제트가 소유하고 있던 파마의 장창과 파마의 단창이었고, 헥토르는 1차 각성을 통해 배운 영역 선포 스킬을 시전해 주변 일대를 진혈왕의 전장으로 만들었다.

[진혈왕의 영역이 선포됐습니다.]
[헥토르의 흡혈력이 20% 상승합니다.]
[헥토르의 자연 회복력이 30% 상승합니다.]

영역으로 들어선 가고일의 몸통에 틀어박히는 창날. 사방을 둘러싼 놈들에게 공격을 받으면서도 헥토르는 반격을 멈추지 않았고, 따로 로드멜의 치유를 받을 필요도 없이 흡혈만을 통해 생명력을 유지하기 시작했다.

그리고 가끔씩 파마의 창 효과를 발동하며 근처 가고일들에게 나선의 창이란 광역 기술까지 구사하고 있었다.

'파마의 단창과 장창을 헥토르에게 주게 될 줄은 몰랐는데. 이제 온전한 궁수라고 보긴 어렵겠어.'

마왕성 상층에서 전투를 지켜보던 용찬의 눈에 헥토르는 더 이상 마탄의 궁수만으로는 보이지 않았다.

진혈왕으로서 1차 각성을 하며 오히려 근접계열 기술 쪽으로 발전하게 된 상황. 그 덕분에 헥토르는 블러드 나이츠 상태로 모든 장비를 다룰 수 있게 되었지만 아직 창술 면에선 숙련도가 턱 없이 낮아 보잘것없는 수준이었다.

"원거리에선 궁수. 근거리에선 창기병. 이거 완전 혼자 다 해 먹는 퓨전 잡캐 아닙니까?"

"블러드 나이츠 지속 시간이 그리 긴 편은 아니지."

"뭐, 굳이 상관있겠습니까. 어차피 블러드 나이츠가 풀려도 활로 적들을 후려 팰 놈인데."

"……."

어깨를 으쓱거리는 한성의 태도에 입이 다물어졌다. 어떻게 보면 1차 각성을 통해 헥토르의 근접 전투 본능을 더욱 살려 준 셈.

그 때문인지 벌써부터 한조 부대 전체가 선봉에 서는 것이 눈앞에 아른거렸다.

'나중에 각별히 주의를 줘야겠어.'

B급 히어로 수준으로 성장을 했지만 아직도 여러모로 골칫덩어리인 헥토르였다.

"그나저나 정말 이 자식을 제 마음대로 가지고 놀아도 되는 겁니까?"

"마음에 들지 않는 건가?"

"아뇨. 오히려 정반대입니다."

흑마법사 특유의 음침한 웃음소리가 성 내부로 울려 퍼진다. 천천히 한성의 뒤로 걸어 나오는 비쩍 마른 신형의 뱀파이어. 일전에 바하무트에서 배신을 계획하기도 했던 중앙의 왕이 발에 족쇄를 찬 채로 둘에게 고개를 숙이고 있었다.

[중앙의 왕 셀로스]

[등급 : B(네임드)]

[상태 : 마력 봉인, 이동 제약, 종신 계약.]

절망으로 가득 찬 두 눈동자엔 이미 생기란 찾아볼 수 없었다.

'전투에선 거의 쓸모가 없는 놈이지만 그래도 어느 정도 머리를 굴릴 줄 아는 놈이니 언젠가 쓸모가 있겠지.'

로드가 자리를 비운 사이 홀로 원로들과 함께 바하무트를 통치했다고 하니 경영, 정치, 행정 측면에선 높은 평가를 줄 수 있었다.

물론.

"앞으로 잘 부탁해. 셀로스. 으흐흐흐."

한성은 그런 것 따위 신경 쓰지 않는 것 같았지만 말이다. 아마 조만간 개설될 예정인 그만의 실험실에서 조수 정도로 취급받게 될 것이다.

용찬은 그렇게 판단하며 손에 들고 있던 셀로스의 종신 계약서를 품속에 다시 집어넣었다.

그리고 바쿤의 정원에 네펜데스와 나란히 자리하고 있는 토마스를 내려다보며 잠시 상념에 빠져들었다.

'돌연변이 안드라고스. 보통 뱀파이어들의 혈기를 빨아들이며 살아가는 식물이라고 했었나. 그렇다면 다른 생명체한테는 그리 쓸모가 없단 소리인데.'

나름 희망을 걸어본다면 아이리스의 특성인 '놀라운 성장력' 정도일 것이다.

진혈의 정원의 식물들마저 몬스터로 진화시킬 정도의 효과였기 때문에 발전 가능성은 어느 정도 눈여겨볼 만했다.

"마왕님. 다문 가문에서 상당량의 골드와 잼을 선물로 보내왔습니다."

"다른 것은?"

"레어급으로 보이는 장비 다섯 개. 그리고……."

보고를 위해 상층으로 올라온 그레고리가 커다란 철퇴를 바닥에 내려놓았다. 겉으로만 봐도 상당히 무게가 많이 나갈 법한 무식한 구조의 철퇴.

가볍게 정보를 확인해 보자 파괴력에 특화된 유니크급의 장비였다.

"흐음. 딩크의 부실한 장비를 눈여겨본 건가. 아무래도 지스가 게펄에게 의견을 낸 듯한데."

"마왕님. 게펄이 아니라 게펄트입니다."

"아무튼 잘 됐어. 저번에 획득한 사이간 경갑 세트와 함께 이 철퇴를 딩크에게 건네줘."

"알겠습니다."

"아, 그리고 바하무트에 대한 가문 측 반응은 어떻지?"

바하무트와 정식적으로 동맹을 맺는 과정에서 조율을 맡게 된 프로이스 가문. 미리 그레고리를 통해 통신을 보내두었지만 아직까지 별다른 답변을 듣지 못했었다.

"마침 얘기해 드리려고 했습니다. 어제 날짜로 원로 나이언 님께서 바하무트에 방문했었습니다. 아직 가문에서 통신은 오지 않고 있지만 긍정적인 분위기로 보아 바하무트 지원건도 충분히 통과될 것으로 보입니다."

"잘 됐군. 나중에 따로 로버트와 다페스를 수도 세힌트로 보내 현황을 조사시켜."

"이미 보내두었습니다."

역시 유능한 집사답게 필요한 일들을 모조리 파악하고 있었다.

용찬은 흡족한 얼굴로 고개를 끄덕였고, 뒤늦게 바깥의 전투가 마무리된 것을 확인하며 메신저 창을 켰다.

'음?'

리우청에게서 급히 날아온 메시지가 눈에 들어온다. 무언가 잘못되기라도 한 것일까. 급하게 메시지를 작성한 것인지 내용은 오직 한 줄로만 요약되어 있었다.

"……."

내용을 확인하자마자 서서히 굳어지는 용찬의 안색. 곁에 있던 그레고리가 심각해진 분위기를 눈치채고 자리를 지켰지만 끝내 지시는 내려지지 않았다.

"무슨 일이십니까. 마왕님?"

"잠깐 레필스 약초밭에 갔다 와야겠어."

"음. 알겠습니다."

오히려 용찬이 향한 곳은 최근에 추가된 수입원인 레필스 약초밭. 1층의 게이트를 통해 곧장 그곳으로 이동하자 미리 대기하고 있던 로드멜이 고개를 숙여왔다.

"그레고리 님께 미리 통신으로 들었습니다. 제가 안내해 드리겠습니다."

"……."

"이쪽으로 오시죠."

바쿤 영역의 거의 두 배는 될 듯한 약초밭이 두 눈을 사로잡는다. 이 정도의 약초를 재배하기 위해선 상당한 인원이 필요할 터.

하지만 따로 병사들은 부리지 않는 것인지 탐색에 발견되는 존재는 없었다.

그렇게 로드멜을 따라 쭉 걸었을까.

약초밭 끝에 위치한 통나무집에서부터 인기척이 느껴졌다.

"이곳입니다."

"놈은 안에 있나?"

"예. 아마 잠시 쉬고 있을 겁니다."

아이리스, 한성에 이어 세 번째로 바쿤 소속이 되었던 플레이어. 한동안 레필스 약초밭에서 로드멜과 함께 약초를 재배하던 그였지만 이젠 바깥으로 나가야 할 시간이었다.

때문에 용찬은 망설이지 않고 안으로 들어섰다.

"로드멜?"

유일하게 로드멜에게 의지하고 있던 탓일까. 자리에 편하게 앉아 있던 그가 환한 인상을 지으며 등을 돌렸지만 이내 두 눈동자가 파르르 떨리기 시작했다.

미궁 타르타로스에서 정체를 밝히며 자신을 마왕성으로 데려온 장본인. 마침내 바쿤의 마왕이 직접 레필스 약초밭에 방문한 것이다.

용찬은 사시나무 떨듯 벌벌 떨고 있는 진협에게로 고개를 돌리며 입을 열었다.

"그동안 잘 지내고 있었……."

"왜, 왜?"

단숨에 경직되는 두 눈빛.

도저히 믿을 수 없는 광경에 용찬의 인상이 굳어졌다.

"넌 누구지?"

통통한 체형이던 진협은 어디로 가고 어느새 눈앞엔 호리호리한 몸매의 청년이 대신 자리하고 있었다.

과도한 도박 심리, 위험천만한 스릴을 즐기는 과격한 판단력. 하지만 그 끝에 따르는 행운과 감탄사를 금치 못하게 만드는 임기응변까지.

리우청이 함께 길잡이로 뽑힌 것은 용찬 또한 이해가 되지 않았지만 안선욱만큼은 크게 경계를 해야 했다. 때문에 그와 견줄 만한 길잡이가 바쿤에도 필요했고, 아리엇 산맥 원정을 위해 미궁에서 진협을 데려온 것이었다.

하지만 별다른 설명 없이 무작정 데려온 탓일까.

'식사는 매끼마다 제대로 제공되었을 텐데. 그런데도 불구하고 이렇게 살이 빠졌다는 것은 과도한 스트레스가 원인이라는 건가.'

제법 통통한 체형이던 진협은 어느새 살이 홀쭉 빠져 있었다.

"……누구냐니. 그건 오히려 내가 묻고 싶은 거라고. 그동안 왜 단 한 번도 만나주지 않다가 이렇게 갑자기 찾아온 거야."

"누구든 사정이 있기 나름이지. 음. 그나저나 달라진 모습에 잘 적응이 안 되는군."

"도대체 정체가 뭐야. 플레이어가 마족에다가 마왕성을 맡고 있는 마왕이라니. 난 아직까지도 이해가 되지 않는다고."

바쿤에 영입되자마자 레필스 약초밭으로 보내졌던 두 번째 플레이어였다.

아직 한성도 알지 못하는 용찬의 정확한 정체를 진협이 알리 만무할 터.

그 탓에 혼란스러울 수밖에 없겠지만 그렇다고 해서 회귀한 사실까지 알릴 생각은 없었다.

"내가 마족이란 것이 그렇게 중요한가."

"아니, 종족 자체가 다르······."

"종족은 중요치 않아. 그저 다른 놈들도 아닌 내가 너의 재능을 높이 샀다는 게 중요할 뿐이지."

"······."

지나친 욕망에 사로잡혀 재능 있는 자를 오히려 내쳤던 그 륜힐 길드. 그리고 깊은 배신감 속에서 방황하던 진협에게 손을 내민 것은 다름 아닌 용찬이었다.

"네가 다시 필요해졌다. 이진협."

"하, 하지만!"

"네놈의 능력이 필요해."

마치 그때처럼 손을 내밀자 휘둥그레진 두 눈동자가 파르르 떨리기 시작한다. 두 번째 제안에 심히 고민하고 있는 것일까. 진협은 손을 내려다보며 입을 우물쭈물거렸다.

하지만 그것도 잠시.

"……."

나직이 중얼거리는 듯한 진협의 대답에 용찬의 입가가 싱긋 올라가고 있었다.

[중립 지역 버랭스 들판으로 이동 했습니다.]

[마왕성 플레이어 시스템으로 인해 진영이 일시적으로 설정됩니다.]

거울성이 사라진 이후 버랭스 들판은 주로 다른 필드로 이어지는 통행로 취급을 받고 있었다.

가끔 무역 활동을 위해 제국 아울라스로 향하는 상단들의 마차까지 다니는 탓에 상단주에게 고용된 용병들도 번번이 눈에 밟히고 있었고, 사냥을 위해 파티를 꾸린 리미트리스 진영의 플레이어들도 예외는 아니었다.

'그러고 보니 푸른 갈퀴 용병단에게 받은 반지도 강화가 가능했던가. 출발 직전에 가공소에 들러 잭을 만나봐야겠어.'

용병들을 훑어보던 용찬의 시선이 금방 산맥 쪽으로 향했다.

아리엇 산맥. 회귀 이전 거의 3년 차가 다 되어갈 쯤 리미트리스 진영이 무리하게 원정을 시도했던 미개척 지역이었다. 주로 바바리안들과 야생 오우거들이 출몰하는 산맥은 지형부터 험난하기 그지없었고, 결국 디어스 길드와 동맹을 맺었던 대형 길드들은 전부 막심한 손해를 면치 못했었다.

'끝에 가선 무소속으로 고용된 플레이어들을 희생양으로 삼아 마지막 던전을 클리어했었지. 이번만큼은 역으로 놈들을 이용해 던전의 그것을 얻는다.'

불현듯 싸늘한 주검이 되었던 동료들의 시체들이 떠오른다. 하지만 용찬은 금방 정신을 차리며 가벼운 정찰을 위해 산맥 입구 부근으로 다가갔다.

가장 먼저 보이는 것은 정찰을 위해 주변을 둘러보고 있는 B급 디텍터들.

미리 대형 길드에서 파견한 것인지 그들은 원정을 위한 길들의 지형을 샅샅이 파악하고 있었다.

'벌써 준비를 거의 끝마친 것 같군. 며칠도 되지 않아 원정대가 꾸려지겠어.'

강화된 투명화의 효과로 몸을 감추고 있던 용찬은 확인을 마치고 곧장 바쿤으로 돌아갔다. 리미트리스 진영이 원정 준비를 거의 끝마쳤다면 자신도 미리 준비를 해두어야 할 터.

바쿤 입장에서도 꽤나 위험을 감수해야 되는 원정이었기 때문에 필요한 것들은 많았다.

"로버트. 지금 말하는 아이템들을 전부 구매해 둬라."

-맡겨만 주십시오.

"월트릿, 잭. 아이리스를 보호할 만한 장비들을 준비해라."

-흐음. 정원사를 위한 장비라. 우선 노력해 보겠습니다.

-마침 좋은 아이디어가 있습니다. 한번 제작을 시도해 보도록 하겠습니다.

최우선적인 목적은 소수 정예로 원정대를 뒤따르며 변수가 될 인물들을 미리 제거하는 것. 그런 계획을 위해선 바하무트에서 새로운 기술들을 터득한 아이리스를 동행시킬 필요가 있었다.

아마 산맥같은 지역에선 더더욱 식물에 관한 기술들이 자유로울 터. 비록 역으로 위험천만한 일을 초래할 수 있긴 하지만 그만큼 그녀의 기술들은 활용성이 깊었다.

'원정대에 내가 직접 잠입하는 것은 위험해. 할 수 없이 리우청을 이용하면서 원정대를 쫓을 수밖에.'

디텍터들의 시야를 피하기 위한 각종 주문서들도 필수불가결일 것이다. 그렇게 판단한 용찬은 미리 두어 가지 미션을 클리어하면서 필요한 소비형 아이템들을 챙겼고, 예정대로 가공소에 들리며 잭에게 반지의 강화를 요청했다.

"바쁜 와중에 미안하지만 이것도 부탁하지."

"아이구. 아닙니다. 마계 드워프들과 월트릿 님도 함께하고 있어 제작 시간은 그리 오래 걸리지 않습니다. 맡겨만 주십시오."

마계 드워프, 월트릿, 이종족, 프로이스 가문의 대장장이들까지 함께 작업에 임하고 있는 가공소 내부.

그동안 잭이 얼마나 심하게 그들을 굴린 것인지 자존심이 충만하던 마계 드워프들마저 두 손, 두 발 다 든 채로 지시를 이행하고 있었다.

"조만간 이종족들을 위한 도시도 완성될 것 같으니 그때 한번 구경이라도 오시죠."

"그러도록 하지."

"그럼 제작이 끝나는 대로 통신을……. 야, 이 자식들아. 손이 놀고 있잖아. 농땡이 피우지 말고 미친 듯이 작업하라고!"

제작에 관련된 열정은 그 누구도 잭을 따라가지 못할 듯했다. 그렇게 장비 강화 의뢰를 마치고 바쿤으로 돌아왔을까. 마침 전혀 뜻밖의 손님이 마왕성에 방문해 있었다.

"하이델 가주님?"

"아아, 그냥 편하게 제이먼이라고 부르게. 잠시 록시를 볼 겸 용무가 있어 찾아왔네."

록시를 바쿤으로 보낸 장본인이기도 했던 제이먼 하이델. 다행히 그가 방문하기 직전 한성과 아이리스를 라딕으로 보내 둔 것인지 차를 건네 오던 그레고리가 조심히 눈짓을 해왔다.

도통 의도를 알 수 없는 방문에 용찬은 사뭇 경계심을 갖추며 접대실 안으로 들어왔고, 한참 침묵어린 분위기가 흐른 뒤에야 제이먼이 먼저 입을 열었다.

"최근 자네가 플레이어들의 지역을 돌아다닌다는 소식이 들려오더군. 그게 사실인가?"

"……."

"아, 미안하네. 미리 말해두지만 이것은 추궁이 아닐세. 그저 한 가지 부탁을 하고 싶어 묻는 것뿐이야."

"부탁 말입니까?"

"그렇다네."

이미 대부분의 마족들은 용찬이 플레이어 아이템에 크게 관심이 있다는 것을 알고 있었다. 일부 프로이스 가문과 친밀한 관계를 맺고 있는 가주들은 용찬이 플레이어들의 지역을 오간다는 것을 어느 정도 추측하고 있을 터.

그것은 제이먼도 다르지 않았던 것인지 갑자기 테이블 위로 반지 하나를 올려두었다.

"초창기 시절 악몽의 탑에서 마족들과 플레이어들이 전쟁을 치렀다는 것은 들어서 알고 있을 거라고 생각하네."

"예. 대충은 알고 있습니다."

"생과 사의 경계를 오가던 전장. 그곳에서 그녀를 만났었지. 아직도 미련이 남아 있는 내 자신을 돌아보면 참으로 추하기 그지없지만 그래도 한 번쯤은 찾아보고 싶은 것을 어찌 하겠나."

"설마?"

씁쓸히 웃는 제이먼의 눈빛에 아련함이 물씬 묻어나 있었다.

"그래도 한 가지 확실한 것은 그녀가 살아 있단 것이지. 이 반지가 그것을 증명하고 있고 말이지. 그러니 부탁하네. 혹여 플레이어들 중 이 반지에 반응하는 여인을 만나게 되거든 부디 내게 그 사실을 알려주게."

"……이것은 부탁입니까. 아니면 거래입니까?"

"둘 다 포함되겠지. 여기 계약서일세."

비밀을 엄수하는 것은 이전과 동일한 것인지 반지와 함께 테이블 위로 계약서까지 올려졌고, 잠시 조건들을 살피던 용찬이 뒤늦게 거래를 승낙하자 제이먼이 정중히 감사를 표하며 가문으로 돌아갔다.

'일단 조건이 나쁘지 않아 거래를 승낙하긴 했지만…… 인간과 사랑에 빠진 마족이라. 좀 더 두고 봐야겠어.'

끝내 미련을 떨치지 못하는 것은 인간이든 마족이든 전부 동일할 것이다.

🐐

"헨드릭. 이것 봐바. 잭 아저씨랑 월트릿 아저씨가 만들어준 옷이야!"

"마왕님. 설마 이 꼬맹이까지 데려가시려는 것은 아니죠?"

"내 눈에는 너도 꼬맹이로 보이는데 말이지."

리우청이 알려준 원정대의 출발 날이 도래했다.

소수 정예를 위해 일행으로 뽑힌 병사들은 미리 바쿤 1층으로 집합해 있었고, 루시엔과 록시의 치열한 신경전 속에서 아이리스만이 싱글벙글 미소를 지은 채 여유로운 태도를 보이고 있었다.

"마왕님. 이거 완전 노답 파티 아닙니까?"

"화력은 원정대에게 밀릴지 몰라도 산맥에선 나름 쓸 만한 조합일 거다."

"아니, 다른 병사들은 그렇다 쳐도 저 꼬맹이를 데려간다뇨?"

"아직 한 명 더 남았어."

용찬의 대답에 한성이 의문 들린 표정을 짓던 차, 게이트를 통해 한 명의 청년이 걸어 나왔다. 얼마 전까지 그륜힐 길드 소속이었던 디텍터 플레이어.

하지만 지금은 바쿤의 소속이 된 진협이 뻘쭘히 자리에 선 채 배낭끈을 움켜쥐고 있었다.

"누구입니까?"

"이진협."

"미친! 왜 저렇게 살이 빠졌답니까?'

"과도한 스트레스가 원인이라고 하더군."

뜬금없이 마왕의 수하로 영입되어 두려움 가득한 나날을 보내왔던 진협. 다행히 로드멜이 곁에서 말동무가 되어준 탓에 그와는 편하게 대화를 나누고 있었지만 스트레스만큼은 어찌 할 수 없었던 모양이다. 그런 외모의 역변에 다른 병사들도 무척이나 당황하고 있었을까.

"네가 상대할 길잡이는 안선욱이란 플레이어다. 판단력만큼 은 너보다 뛰어나지. 물론 우리들은 원정대의 뒤를 밟겠지만 가끔씩은 놈들과 충돌하게 될 거다. 상대할 수 있겠나?"

사뭇 진지해진 분위기 속에서 용찬이 의지를 시험해 왔다. 예전 진협의 성격이었다면 이런 물음에 제대로 대답조차 하지 못한 채 벌벌 떨고만 있었을 터.

하지만 지금의 그는 달랐다.

"……한번 해볼게."

이젠 완전히 바쿤의 길잡이로서 결심을 마친 상태였기 때문에 진협은 대답할 수 있었다. 이것으로 모든 멤버는 갖춰진 상태.

남은 것은 버랭스 들판으로 이동해 원정대를 추적하는 일 뿐이었다.

"좋아. 그러면 출발한다."

"조심히 다녀오십시오. 마왕님."

"내가 없는 동안 바쿤을 부탁한다. 그레고리."

"걱정 마십시오. 지금은 저 혼자 있는 것도 아니니까 편히 갔다오시길."

1층 내부로 그레고리, 로버트, 다페스의 얼굴들이 스쳐 지나간다. 바쿤의 본 병력도 함께 대기시켜놓았으니 침입자를 막는데 큰 무리는 없을 것이다.

용찬은 그렇게 판단하며 버랭스 들판으로 이동했다. 그리고 얼마 되지 않아 소환되는 바쿤의 병사들. 루시엔, 록시, 아이리스, 한성, 진협, 로드멜, 딩크로 이루어진 새로운 조합의 파티가 금방 눈앞에 모습을 드러냈다.

"용…… 아니, 헨드릭. 그 원정대는?"

미리 주의를 준 덕분일까. 진협이 빠르게 호칭을 수정하며 상대할 적들을 물어왔다.

"다른 놈들은 용병들이니 무시해라. 우리가 상대할 원정대는 바로 저놈들이다."

"으응. 알겠어."

"특히 저 중간에 있는 녹색 오브의 마법사를 주의 깊게 봐둬라. 앞으로 네가 상대할 길잡이니까."

길드원들 사이를 돌아다니면서 유심히 그들의 장비와 능력을 파악하고 있는 녹색 오브의 청년. 거리가 먼 탓에 생김새는 뚜렷하게 보이지 않았지만 이미 진협의 두 눈동자 속에 선욱은 깊이 각인되어 있었다.

그리고 한참 동안 원정대를 살폈을까.

"후우. 대충 기억해 뒀어."

마침내 진협이 눈을 감으며 안도의 한숨을 내쉬었다.

대체 무엇을 전부 기억해 두었다는 것일까. 도통 뜻을 알아듣지 못한 한성은 고개를 갸웃거리며 그에게 물었다.

"무엇을 다 기억했다는 건데?"

"장비로 판별한 직업군이랑 대충 보이는 생김새. 그 정도만 우선 파악해 둔 거야."

"……."

서서히 산맥 입구로 진입하는 원정대.

"저 많은 놈들을 몽땅 외웠다고?"

"어, 응."

태연히 대답하는 진협의 모습에 한성은 멍하니 그를 쳐다만 보고 있었다.

To Be Continued

만 년 만에 귀환한 플레이어

나비계곡 퓨전 판타지 장편소설
WISHBOOKS FUSION FANTASY STORY

어느 날, 갑작스럽게 떨어진 지옥.
가진 것은 살고 싶다는 갈망과 포식의 권능뿐.

일천의 지옥부터 구천의 지옥까지.
수십만의 악마를 잡아먹고 일곱 대공마저 무릎 꿇렸다.

"어째서 돌아가려 하십니까?"
"김치찌개가… 김치찌개가 먹고 싶다고."

먹을 것도, 즐길 것도 없다.
있는 거라고는 황량한 대지와 끔찍한 악마뿐!

"난 돌아갈 거야."

「만 년 만에 귀환한 플레이어」